틀 밖에서
크게 키워라

틀 밖에서 크게 키워라

1판 1쇄 인쇄 2021년 1월 28일
1판 1쇄 발행 2021년 2월 3일

지은이 윤영한
펴낸이 백미옥
펴낸곳 리더북스
출판등록 2004년 10월 15일(제2004-000132호)
주소 경기도 고양시 덕양구 지도로 84, 301호(토당동, 영빌딩)
전화 031)971-2691
팩스 031)971-2692
이메일 leaderbooks@hanmail.net

ISBN 979-11-90616-25-6 03810

• 잘못된 책은 서점에서 바꿔드립니다.
• 책값은 뒤표지에 있습니다.

리더북스는 독자 여러분의 책에 관한 아이디어와 원고 투고를 설레는 마음으로 기다리고 있습니다. 책으로 엮기를 원하는 아이디어가 있으신 분은 이메일 leaderbooks@hanmail.net로 간단한 개요와 취지, 연락처 등을 보내주세요.

틀 밖에서 크게 키워라

화내지 않고 아이를 세상의 중심으로 키우는 법

윤영한 지음

리더북스

우리 아이들이 틀 속에 갇히지 않고 넓은 세상으로 나아가기를

남자(아빠)가 육아를 감당하는 일은 생각처럼 쉽지 않습니다. 가부장적인 사회 인식은 남자들이 육아를 바깥일보다 더 중요하게 해야 할 일로 받아들이는 것을 방해하기 때문입니다. 육아는 아내가 하는 일이고 남편은 시간이 나면 거드는 수준이 우리 사회에서 일반적으로 이해되는 육아의 역할 분담입니다.

그러나 육아에서 남녀의 구분이 따로 있을 필요가 없습니다. 아빠로서의 역할이나 엄마로서의 역할을 주 역할 또는 보조 역할로 구분하는 것이 아니라 부부의 공동의 협력으로 아이를 부모가 함께 훌륭하게 키워낼 수 있다는 말입니다.

과거에는 동네(집안)가 아이를 키운다는 말이 있을 정도로 육아에 많은 협력자들이 참여하였습니다. 그러나 지금은 동네에 육아에 필요한 도움을 기대할 수 없는 형편이므로, 아빠와 엄마의 협력, 즉 공동육아가 절대적으로 필요합니다.

저자 윤영한이 쓴 《틀 밖에서 크게 키워라》는 아빠의 육아 경험을 체계적으로 알기 쉽게 설명한 육아 지침서입니다. 공동육아뿐만이 아니라, 아빠의 육아에 필요한 경험과 부모로서 아이를 키우는 과정에 경험한 교훈적인 내용을 설득력 있게 서술하고 있습니다. 심지어 아빠가 더 잘 할 수 있는 역할에 대해서도 용기 있게 말하고 있습니다.

아이들은 부모라는 환경 속에서 자라게 됩니다. 그러므로 부모가 어떤 방식으로 양육하는가에 따라서 아이의 인격은 크게 영향을 받을 수밖에 없습니다. 도로시 로 놀테와 레이첼 해리스(Dorothy Law Nolte and Rachel Harris)는 그들의 저서 《아이들은 생활 속에서 자란다(Children Learn What They Live)》에서 아이들은 어떤 양육환경에서 어떤 인품이 형성되는지를 많은 상담사례를 통하여 설명하고 있습니다. 아이에게는 성장환경이 지배적인 역할을 하며, 그 환경을 아이의 부모가 만드는 것이라면 아이의 인격은 부모에 의해 만들어지는 것이라고 할 수 있습니다.

비난하기를 좋아하는 아이들이 야단을 맞으며 자란 성장환경의 결과라면, 싸우는 것에 익숙한 아이들이 적대적인 성장환경의 결과라면, 불안에 휩싸인 아이들이 두려운 성장환경의 결과라면, 자기연민에 잘 빠지는 아이들이 지나친 동정을 받아온 결과라면, 수치심을 안고 사는 아이들이 놀림의 결과라면, 시기심 많은 아이들이 질투의 환경에서 성장한 결과라면, 죄책감을 많이 느끼는 아이들이 수치심을 느끼게 하는 환경에서 자란 결과라면, 이것은 모두 아이를 키운 부모의 책임입니다.

《틀 밖에서 크게 키워라》는 아이를 지혜롭게 키우는 법, 아이를 위대하게 키우는 법, 크게 키우는 법을 알려주고 있습니다. 아이를 정의롭게 키우고 싶은 부모, 아이를 지혜롭게 키우고 싶은 부모, 아이를 위대하게 키우고 싶은 부모, 더 큰 아이로 키우고 싶은 부모들에게 이 책은 좋은 안내자의 역할을 할 것입니다.

행복하고 지혜로운 아이로 키우기를 원하는 부모는 가정이 안정감을 느끼는 환경이 되도록 하여 아이에게 자기 자신과 주변 사람에 대한 믿음을 가르치며, 가족 모두가 친밀하여 아이에게 이 세상이 살기 좋은 곳이라는 것을 알려주어야 합니다. 그러면 아이들이 살아갈 이 세상은 분명히 지금보다는 더 평화로운 세상이 될 것입니다. 우리 아이들은 틀 속에 갇히지 않고 지금과는 다른 세상을 살아가기를 저자 윤영한과 함께 간절히 기원합니다.

-허재영(대통령직속 국가물관리위원회 위원장, 충남도립대학교 총장)

가정에서 경험된 살아있는 인권의 체험

이 책《틀 밖에서 크게 키워라》의 저자인 윤영한은 내가 2010~2012년 사이 유엔 평화대학 석사과정에서 '유엔의 메커니즘과 인권'의 특강을 하면서 스승과 제자 사이로 알게 된 친근한 사이입니다. 그는 다른 젊은 동기들과 다르게 직장을 병행하면서 풀타임 석사과정을 하는 것이 무척 힘들었을 수도 있지만, 열심히 그리고 즐기면서 학교생활을 한 모범생으로 저는 기억하고 있습니다.

이번에 제자인 윤영한 가장이 낸 책에는 아이들의 육아뿐만 아니라 저자가 살면서 경험하고 깨달았던 소중한 지혜도 함께 녹아들어 있습니다. 그러기에 이 책은 젊은 부부뿐만 아니라 중년의 부부에게도 다양한 삶의 방식 중에서 또 다른 삶의 지표를 제시해 주고 있습니다. 저자가 아내와 두 아들과 살면서 겪은 다양한 경험과 지혜는 충분히 다른 가족에게도 좋은 모범이 될 수 있다고 생각합니다. 진지하면서도 곳곳에 살짝 노출된 위트를 보면서 또 다른 책에서는 이 숨겨진 위트가 더 많이 표출될 수 있기를 기대해 봅니다.

어린아이들에 대한 폭넓은 사랑과 인간에 대한 신뢰 그리고 삶에 대한 깊은 통찰은 다시 한번 순수함과 진실을 깨닫게 합니다. 가정에서 경험된 살아있는 인권의 체험이라 생각되어 즐겁게 독자들에게 추천합니다.

-박경서(대한민국 초대 인권대사, 대한적십자사 29대 총재)

아버지가 아빠에게 전하는 글

"세월은 문틈으로 백마가 달리는 모습을 보는 것같이 삽시간에 지나간다."라는 말이 실감 난다. 어리고 항상 철부지 같던 네가 변화하고 성장하면서 한 가정의 가장, 아버지, 남편, 아들 그리고 사회인으로 성숙되어 가는 것이 대견하구나. 사람답게 따뜻한 마음을 가진 멋진 남자로서 다시 태어나고 있는 너를 보고 있자니 아버지로서 자랑스럽구나.

드라마 같은 너의 47년의 인생 여정을 가감 없이 솔직담백하게, 소중한 모든 분과의 인연과 관계에 관해 고해하는 내용의 책을 잘 읽어보았다. 아버지의 책임과 의무를 수행하면서 경험하고 느끼고 깨달은 지혜를 필요로 하는 사람들과 공유하려는 너의 마음은 밝은 사회가 되도록 기여하는 중년 남성들에게 조금이나마 도움이 될 수 있으리라 생각한다.

인간은 변화하면서 성장하고 성숙해간다는 말이 너에게 딱 맞는 말인 것 같다. 앞으로 계속 열심히 노력하고 정진하여 무에서 유를 창조하는

주옥같은 책들을 꾸준히 집필하기를 바란다. 너의 무한한 가능성을 발휘하며 이 세상 다할 때까지 너의 능력이 필요한 곳에 봉사해 주길 간곡히 부탁하면서《대학》에 나오는 옛 성현의 말을 인용하여 마무리하고자 한다.

"苟日新(구일신)이거든 日日新(일일신)하고 又日新(우일신)하라."

'진실로 새로운 삶을 살려면 나날이 새롭게 하고, 또 날로 새롭게 하라.'는 뜻과 같이 한 사람으로서 성숙되고 새롭게 살려면 새로운 것을 바탕으로 더욱 새로워져야 하는 노력을 한순간도 중단해서는 안 된다는 내용이다. 이생을 다할 때까지 항상 배우고 새로워져야 한다는 것을 명심하자.

-윤영현(前 엽연초 생산협동조합중앙회 교육원장, 前 파평윤씨 현감공 종회장)

저자의 말

인간과 세상을 이롭게 하는 인재로 키워라

아이의 행복을 바라는 부모의 마음은 다 똑같을 것이다. 부모는 조건 없이 순수하게 아이를 사랑한다. 아이가 태어났을 때 부모는 자기를 쏙 빼닮은 존재를 보는 것만으로도 황홀하고 신비로우며 감격스럽다. 어쩌면 부모의 순수한 사랑은 그때까지가 아닐까 싶다.

아이가 사라면서 부모에게는 지극히 주관적인 이미지가 생겨나기 시작한다. 이 이미지는 허상이어서 수시로 바뀐다. 그렇게 만들어진 이미지에 자신의 아이를 끼워 맞추다 보니 부모와 아이 간에 갈등이 시작된다. 이제는 아이의 존재만으로는 감격하지도 않고 즐거워하지도 않는다. 오히려 "무자식이 상팔자."라는 말을 자꾸 되뇌며 존재만으로도 고마워했던 아이로부터 상처를 받는다.

그러나 그것은 사실이 아니다. 아이는 변한 것이 없다. 단지 부모의 갈망과 집착 때문에 만들어진 허상의 이미지로부터 오는 갈등과 상처일 뿐이다. 진짜 아이는 여전히 천진난만하게 웃으면서 부모 앞에 있다. 있는 그대로의 아이 모습을 인정하고 받아들일 때 아이와 매일 반복하는 갈등은 잦아든다. 그러한 과정에서 아이뿐만 아니라 부모 자신도 성숙해진다. 부모와 아이가 서로 성장하는 모습을 마주 보며 응원해 주는 관계가 만들어진다.

아이는 키우는 대상이 아니라 함께 성장하는 파트너이다. 어른이 되면서 잃어버렸던 순수하고 천진난만함은 아이를 통해서 다시 배울 수 있다. 아이 또한 부모로부터 객관적인 세상을 어떻게 주관적으로 해석하고 받아들이는지를 배운다.

이 책은 두 살 터울의 두 아이를 키우면서 아빠로서 느끼고 경험했던 소소하지만 값지고 소중한 이야기를 하고 있다. 초보 아빠 시절에는 많은 육아 책을 읽으면서 간접 경험을 하거나 육아 지식을 습득하고 그것을 실생활에 적용했다. 시중에 나와 있는 많은 육아 책은 엄마의 경험을 바탕으로 쓰였다. 아들의 교육을 다룬 육아서에서도 항상 엄마가 주체였다. 아들의 심리를 모르는 엄마가 갈등과 고통을 겪으면서 어떻게 아들을 이해하게 되었는지 그 경험담을 공유하고 있다.

단언컨대, 아이의 육아에서 더는 아빠가 조연이 되어서는 안 된다. 특히 정서적으로나 육체적으로 아들의 육아에 더욱 적합한 아빠가 한 발 뒤로 물러나 있는 사이에, 가장 소중한 아내와 아들의 갈등은 더욱 깊어질 수밖에 없다. 아들 육아뿐만 아니라 딸의 교육에 있어서도 더는 아빠가 들러리 역할을 해서는 안 된다.

가족이 함께 공연하는 인생의 무대에서는 부모와 아이가 각자의 역할을 충실히 할 때 아름다운 공연을 펼칠 수 있다. 누가 뭐라고 해도 아빠는 이 공연에서 가장 큰 영향력을 발휘하는 주연이다. 주연이 바로 서 있지 않으면 공연이 아름답게 진행되지 않는다. 부모와 아이가 서로 존중하고 자기 역할에 충실할 때만 가족의 행복한 울타리는 견고하게 자리 잡을 것이다.

이 책에는 아이들과 함께 보낸 행복했던 시간뿐 아니라 함께 힘들어 했던 갈등의 시간도 드러나 있다. 갈등을 해결하는 과정에서 우리 부부와 두 아이가 함께 성장한 이야기도 포함되어 있다. 내가 철없던 어린 시절에 느꼈던 부모님에 대한 기억과 미처 깨닫지 못했던 부모님의 인간적인 모습도 이야기하고 있다. '부모'라는 렌즈를 벗어버리고 있는 그대로의 부모님을 바라보니 나와 똑같은 한 남자 또는 한 여자와 마주할 수 있었다. 그리고 시선을 돌려 아이를 보니 나의 분신 같은 아이가 부모인 나와 아내를 바라보고 있음을 느꼈다. 우리는 나를 길러주신 부모님과 내가 돌보며 함께 성장해야 하는 아이 사이에서 중요한 징검다리 역할을 잘 감당해야 한다.

내 아이뿐만 아니라 모든 아이에 대해서 어른의 시각이 바뀌길 기대하면서 이 책을 썼다. '아이들이 우리의 미래'라고 이야기하지만 실제로 어른인 부모들이 그 말을 얼마나 실천하고 있는가? 부모라면 누가 시키지 않아도 본능적으로 아이를 사랑한다. 이제는 그 조건 없는 순수한 사랑을 조금 더 넓혀야 하는 시기가 아닌가 싶다. 우리의 지역 사회를 넘어서 세상을 널리 이롭게 하는 능력을 우리 아이들에게 심어주어야 한다. 아이들이 세상에 꼭 필요한 인재가 될 수 있도록 틀 밖에서 크게 키워야 한다.

건전하지 않은 행위는 내가 끔찍이 싫어하고 좋아하지 않는 일을 남에게 강요하는 것이다. 부모가 건전한 삶을 사면서 아이가 참된 행복을 경험하도록 어른이 모범을 보여주어야 한다. 이를 위해서 자녀 교육 컨설팅이나 청소년 멘토 등의 활동으로 부모나 아이들에게 조금이나마 도움을 주고 싶다.

이 책은 나에게 소중한 선물이었다. 책을 쓰면서 지나온 삶을 되돌아보았고, 앞으로 나아가야 할 삶의 방향을 확실히 정할 수 있었다. 결혼한 후에 내가 더 성숙한 어른으로 살 수 있도록 많은 자극과 격려를 해 주면서 헌신을 아끼지 않은 사랑하는 아내 양정란과 더욱 다양한 경험으로 나와 함께 성장하고 있는 멋진 아들 윤형근, 윤상원에게 이 책을 바친다. 지금의 내가 있기까지 무한한 사랑을 주신 아버지 윤영현 님과 어머니 서순자 님에게도 함께 이 책을 바친다. 부족한 원고를 선뜻 출판해준 출판사

대표님에게도 감사의 말씀을 드린다.

모든 존재가 고통에서 벗어나 행복하기를 바란다.

행복하세요, 행복하세요, 행복하세요.

1장 아이의 미래는 아빠에게 달렸다

2장 현명한 아빠는 아이에게 휘둘리지 않는다

3장 똑똑하게? 지혜롭게 키워라

4장 화내지 않고 아이를 위대하게 키우는 법

5장 틀 밖에서 크게 키워라

1장

아이의 미래는 아빠에게 달렸다

01

육아에서 아빠의 역할은 왜 조연인가?

'아내 주연, 남편 조연'의 가족 드라마

지금은 거의 술을 마시지 않지만, 30대까지는 주변에서 '애주가'라고 불릴 정도로 술 마시는 것을 좋아했다. 물론 술뿐만 아니라 친구들과 어울려 이야기하고 노는 것도 좋아했다. 그러다 보니 주변에 다양한 친구들이 생기고, 자연스럽게 사회적 활동들에 많이 참여하고, 몇 가지 모임을 주도적으로 운영하기도 했다.

28세에 동갑내기 아내와 결혼해서 29세에 첫아이를 낳았다. 나와 비슷한 친구도 있었지만, 대부분의 친구들에 비하면 조금 일찍 아빠가 된 셈이다. 그리고 두 살 터울의 작은아들은 31세에 낳았다. 이렇게 30대

초반에 두 아들의 아빠가 되었다. 아이들과 살면서 앞으로 어떤 일이 벌어지고 삶이 어떻게 흘러갈지 전혀 모르면서 단순하게 아빠가 된 것이 마냥 좋았다. 사랑하는 아내와 결혼하고 두 아이의 아빠가 된 것 자체가 좋았고 나를 바라보는 가족이 있다는 것을 자랑하고 싶었는지도 모른다. 집에는 든든한 아내와 사랑스러운 두 아이가 잘 있으니까, 나는 밖에서 사회생활을 열심히 한 대가로 친구들을 만나 술을 마시는 것은 당연한 보상이라고 스스로 생각했다.

내가 밖에서 술을 마시고 다니는 동안에도 집 안에 있는 아이들은 잘 자랐고, 큰 문제 없이 평화롭게 흘러가는 것처럼 보였다. 하지만 그런 평화는 똑같이 맞벌이하면서 나보다 더 많은 집안일을 하고 특히 두 아이에게 시간과 노력을 쏟은 아내가 있었기에 가능한 결과였다. 나는 그 결과만을 즐기고 있었을 뿐이었다. 우리 집에서는 '아내 주연, 남편 조연'의 드라마가 펼쳐지고 있었다.

지금 생각해보면, 참으로 이기적이었다. 아무런 노력 없이 맛있는 열매만을 즐기고자 했기 때문이다. 이것은 자연의 법칙에도 위반되기 때문에 금세 내가 선택한 행동에 적합한 결과가 나타났다. 당연하게도 주변의 평화에 점점 금이 가기 시작했고, 내가 원하지 않는 일들이 일어났다. 그럴수록 나는 힘들다는 핑계로 더 술을 찾게 되었다. 술 때문에 점점 실수하는 일이 잦아졌고, 그 횟수와 심각성은 시간이 지남에 따라 커질 수밖에 없었다. 그러한 이기심은 부부간의 갈등과 더 나아가 가정의 불화가 되기에도 충분한 불씨였다. 지금 생각해보면, 그 당시에는 내가 그 불씨를 지피고 있는지조차 인지하지 못했다는 것이 스스로 안쓰러울 뿐이다.

내가 그렇게 나 혼자만의 만족한 삶을 살아가는 동안에, 아내와 아이들은 어떤 심정이었을까? 여러 가지 핑계를 만들고, 나름대로 열심히 살았다고 항변하더라도, 개인 중심의 결혼 생활과 육아를 한 것은 바뀌지 않는 사실이다.

우리 각자는 다양한 관계로 이루어진 가족이라는 작은 사회의 구성원이다. 공동의 목표인 가족의 건강과 행복을 위해 함께 노력해야 하는 가족의 일원이다. 나 개인의 행복을 위해서 가족이 존재한다고 생각하는 것은 이기적인 발상이다.

한국 남자는 가족에 대한 책임감이 강하지만

이러한 결혼 초기의 실수는 나뿐만 아니라 지역과 문화와 관계없이 많은 가정에서 빈번하게 일어난다. 남자들은 대부분 결혼해서 가정을 이루면 책임감을 느낀다. 그리고 아이가 생기면서 아내와 단둘이 있을 때하고는 또 다른 신비함과 그만큼의 무게감을 더 느낀다. 그러면서 소중한 가족을 위해서 열심히 일한다.

특히 한국 남자는 다른 나라 남자들보다 가족에 대한 책임감이 강하다. 실제로 대학 졸업 후에 호주에서 워킹홀리데이로 지내던 시절에 만났던 일본 친구들은 군대까지 다녀온 한국 남자들의 책임감에 호감을 느낀다고 자주 언급했던 기억이 있다. 최근에는 유튜브를 통해 러시아 사람들도 가정에 끝까지 책임을 다하려는 한국 남자에 대해서 우호적으로 이야기하는 것을 보기도 했다.

이러한 책임감은 우리 아버지 세대를 보면서 자연스레 습득되었고, 주변 친구들도 비슷한 이야기를 한다. 사랑하는 가족을 위해서 열심히 일해야 한다고 하지만, 정작 이런 이야기는 주로 밖에서 친구들과 회식하는 자리에서 이루어진다. 당연한 듯이 퇴근 후에는 회식하고, 밤늦게까지 술을 마시는 건지, 술이 나를 마시는 건지 모를 정도가 되어야만 이미 지칠 대로 지친 몸을 이끌고 귀가한다. 한국의 일반 직장인이라면 모두가 공감할 것이다. 맨정신으로, 건강한 상태의 몸으로 귀가를 하는 날이 한 달에 얼마나 되는지 계산해보라고 하면 대부분 손가락으로 카운트를 하면서 쉽게 기억해 낼 정도일 것이다

소중한 가족을 위해서 열심히 일하는 것은 남편, 아빠로서 좋은 덕목이다. 하지만, 가족이 소중하다고 여기면서도 실제로 가족과 함께 시간을 보내지 않는 것은 다시 한번 생각해 볼 일이다. 무엇이 더 중요하고, 지금의 내가 결정한 선택과 행동이 앞으로 어떻게 내 삶에 영향을 미칠지 심사숙고해야 한다.

쳇바퀴 안에서 돌고 있는 다람쥐처럼 회사에서 있는 힘을 다해 달리고

2019년 남미 부에노스에서 환하게 웃고 있는 두 아들

달려도, 결국은 제자리이다. 정말 소중한 것은 국경, 인종과 관계없이 모든 사람이 너무나 잘 알고 있다. 단지 그 소중한 가족과 함께 시간을 보내는 것을 지금 당장 실천할지 안 할지는 각자의 결단에 달려있다.

아빠가 사회생활로 바쁘다거나, 아니면 아이를 돌보는 데 익숙하지 않다거나 하는 핑계는 그만둘 때가 되었다. 아빠로서 열심히 사는 목적이 가족을 위해서라면, 이제는 수단과 목적을 헷갈리지 말고 명확히 이해하고 실천해야 한다. 그리고 가족의 행복을 위한 아빠의 결정은 최종적으로 자신을 위한 행동이기도 하다. 웃고 있는 가족을 바라보는 아빠보다 더 행복한 사람이 있을까.

이번 생에서 부부로서 그리고 아빠와 자식으로서 만난 인연은 단순한 인연이 아니다. 내 삶에 어떠한 방식으로든 큰 영향을 끼치는 사람들이다. 더 늦기 전에 소중한 가족을 위해서 바쁘지만 시간을 내서라도 함께 할 수 있는 결단과 지혜가 필요하다. 오늘의 그 결단이 내일의 큰 변화를 가져다줄 수 있다.

아내의 독박 육아는 이제 그만

요즘에는 대부분 맞벌이를 한다. 내 아내는 결혼 전에 초등학교에서 교편을 잡고 있었다. 나는 한양대학교 대학원 재학시절에 아내를 만나서 결혼했다. 대학원을 마치기 전에 큰아들 형근이를 낳았고 같은 해에 대학원을 졸업하고 바로 취직을 했다. 실제 직장생활은 나보다 아내가 먼저 하였고, 아내는 첫아들을 출산하고 육아휴직 후에 다시 복직했다. 우리는 지금까지 맞벌이 부부로서 18년째 살아오고 있다.

출근해서 각자의 자리에서 최선을 다한 후에 퇴근하고 다시 집에서 만나는 맞벌이 부부의 일상은 이제 대한민국에서 흔하게 볼 수 있다. 퇴근해서 들어가는 집에 아무도 없다면 비록 몸은 힘들어도 조금 참으면서 집에 도착할 수 있을 것이다. 이제는 편하게 나 혼자 쉴 수 있다는 생각에 귀갓길이 가벼울 수도 있다. 하지만 징그럽게도 예쁜 아이들이 초롱초롱한 눈빛으로 아빠를 기다리고 있다면, 이건 그냥 단순하게 생각할 문제가 아니다. 집에서 겪어야 할 또 다른 '전쟁터'를 대하는 심정으로 정신 똑바로 차리고 귀가를 해야 한다. 물론 우리 아이들은 기대를 저버리지 않고 대부분 부모의 몸과 마음을 들었다 놓는 일을 반복하기 일쑤이다.

요즘 젊은 남편들은 많이 바뀌었다고 하지만, 아직도 나와 비슷한 또래 남편들은 주방 일은 아내의 몫이라고 생각하는 경향이 있다. 나 역시도 아직 부족한 것이 많지만 특히 요리에는 정말 소질이 없다. 요리뿐만 아니라 먹는 행복의 중요한 요소인 미각이 발달하지 않은 것이 분명하다. 실제로 이 단점을 극복하려고 요리 학원을 알아보고, 책을 사서 그대로 따라 해본 적도 있지만 머릿속에 그린 것처럼 음식이 나오지 않았다. 신은 공평하니까 한쪽이 부족한 만큼 나의 또 다른 부분은 더 발달했으리라 믿으면서 나의 단점을 받아들이기로 했다. 남에게 맛있는 요리를 해주지는 못하지만, 내 입맛에 맞게 스스로 먹고 살 수 있을 정도의 음식과 주방 일을 하는 데에는 아무런 문제가 없다.

어쨌든 결혼 초기를 생각해보면, 퇴근한 아내가 옷을 갈아입지도 못하고 곧바로 또 다른 일터인 주방으로 들어가는 모습을 자주 봤다. 아이가 있다면 당연히 아내가 요리하는 동안에 남편이 아이를 돌봐야 한다. 하지만 실생활을 보면 아내가 주방에서 일하는 동안에 남편은 자연스럽게 편안한 옷으로 갈아입고 당연한 듯이 씻는다. 그러곤 남편도 아내를 따라서 집안일과 육아 전쟁터로 돌격할까? 대부분의 남편은 낮에 직장에서 겪은 전쟁 후유증으로 인해 전투력이 상실되었다며 자신을 위로한다. 당연히 집에서는 스스로 보상을 받아야 한다고 생각하면서 자연스럽게 소파에 누워 TV를 시청한다. 오늘은 밖에서 술을 마시지 않고 집에 일찍 귀가한 것만 해도 오히려 아내와 아이가 나에게 감사해야 한다고 착각하면서…….

당연한 말이지만 신비롭고 사랑스러운 아이는 남편과 아내가 함께 만든 존재이다. 함께 뿌린 씨앗은 함께 보살펴야 한다. 씨앗을 뿌릴 때는 어렵지 않으니 함께할 거라는 믿음을 주고, 정작 가꾸고 보살펴야 할 힘든 시기에는 한 발짝 뒤로 빠진다면 어떻게 예쁘고 좋은 열매가 나오겠는가.

출산 당시에 신비로움과 벅찬 감정을 조금이라도 느꼈다면, 아이의 육아는 남편이 아내와 함께해야 한다. 아내 역시 엄마가 된 것이 처음이고 아내의 역할도 처음 해보는 것이다. 모든 것에 익숙하지 않고 서툰 것은 부부가 똑같지만, 엄마는 가정에서 만들어지는 드라마에서 절대로 조연의 위치에 머물지 않는다. 모성애가 부성애와 다르다는 핑계로 스스로 위안을 삼는 남편이 되어서는 곤란하다. 가정을 정말 소중하게 생각하는 아빠라면 이제는 가족이 함께 만드는 드라마에서 당당하게 주연 역할을 할 때이다.

02

아빠가 바뀌어야 아이가 달라진다

아이는 부모를 보고 배운다

아이는 하얀 백지와 같은 순수한 상태이다. 물론 아이 스스로 하얀 도화지에 인생의 멋진 작품을 그릴 수 있는 잠재력을 타고난다. 그러한 잠재력이 발현되기 전까지는 그림을 그려가는 방법과 밑그림은 부모의 행동을 보면서 배우게 된다. 가족의 친밀한 관계에서 부모와 아이가 서로에게 미치는 영향은 거의 절대적이다. 아이는 부모의 행동 패턴과 대응방식을 보면서 생활습관을 익히기 때문에 부모가 변하면 아이들도 자연스럽게 달라진다.

나는 아빠로서 많이 부족함을 느꼈다. 위빳사나 명상을 매일 수행하기 전에는 다른 사람들에게 긴장감을 주는 나쁜 습관을 지니고 있었다.

우리 집 4남매는 곗돈을 모아서 일 년에 몇 차례씩 부모님을 모시고 여행을 다니거나 식사를 하던 때가 있었다. 위로는 누님이 있었지만 내가 장남이기 때문에 무언가 역할을 해야 한다는 집착에 사로잡혔다. 가족끼리 대화를 할 때 내가 좋아하지 않는 말이 나오면 서슴없이 직설적으로 응대했다. 상대방의 감정은 아랑곳하지 않고, 오로지 내가 하고 싶은 말만 하는 아주 고질적인 나쁜 버릇이 있었다. 그러면서도 '나는 솔직한 사람이다'라고 되새기면서 스스로 위안을 삼는 어리석은 행동을 반복했다.

지금 생각해보면, 그 당시 욱하는 내 성질 때문에 가족에게 얼마나 많은 긴장감을 주었는지 모른다. 이러한 오래된 잘못된 습관에서 벗어나지 못했던 것은 스스로 변화하는 방법을 몰랐기 때문이다.

나의 직설적인 표현은 가족뿐만 아니라 친구들에게도 그대로 적용되었다. 주변의 많던 친구들의 소중함을 모르고, 그들의 마음을 헤아려주려는 시도조차 하지 않았다. 그저 내가 하고 싶은 말과 행동을 하기에 급급했다. 가끔은 친구들의 진심 어린 조언과 충고를 헌 신발짝처럼 걷어차기 일쑤였다. 세상 무서운 줄 모르고 혼자 잘난 것처럼 의기양양하던 시절을 생각하면 부끄러워서 쥐구멍이라도 찾고 싶은 심정이다.

한번은 대학교 때 친하게 지내던 친구가 "네가 나의 베스트 프렌드라고 생각한다."고 말했는데 "나는 그렇게 생각 안 하는데."라고 별생각 없이 대답했다. 내가 친구에게 했던 말을 아직도 두고두고 후회한다. 물론 지금은 그 친구 말대로 우리는 평생 친구로 지내고 있다. 아니, 그 친구는 지금의 나를 어떻게 생각할지 모르지만 적어도 나는 그를 진정한 친구라고 생각하고 있다. 어쩌면 그 친구가 미래를 예측하는 안목이 나보다 더 뛰어나서 부족한 나를 보듬어주었던 것일 수도 있다.

말은 그 사람의 생각과 의도를 겉으로 드러내는 가장 쉬운 수단이다. 내가 건전하지 못한 생각의 씨앗을 품고 그것을 계속 키우다 보면, 결국 말이나 행동으로 다른 사람에게 표현되기 마련이다. 그러한 불행의 씨앗은 반드시 나에게 다시 돌아온다. 다른 사람을 상하게 하면서 나만 행복해지는 법칙은 세상 어디에도 존재하지 않는다.

오래전의 나는 스스로 변화하기를 거부하고, 다른 사람들이 내 입맛에 맞게 변하기를 바라면서 어리석게 살았다. 이런 일은 부모와 자식 간에도 일어난다. 정작 부모가 스스로 변화하겠다는 의지가 없으면서 아이에게는 훌륭하게 성장하기를 바라는 것은 모순이 아닐까. 아이는 듣고 배우는 것이 아니라 눈으로 직접 보면서 배운다. 부모가 말로써 하는 칭찬과 잔소리는 아이의 기분을 좋게 만들 수도 있고 기분을 상하게 할 수도 있다. 하지만 정작 아이의 삶에 직접 영향을 미치는 것은 실제로 부모가 외부 환경이나 문제에 어떻게 대응하면서 해결하는지를 보면서 배우는 것이다.

먼저 부모부터 변해야 한다

아이가 부모를 닮아가는 것은 신비할 정도이다. 아이는 생물학적으로 부모의 DNA를 물려받았기 때문에 비슷한 신체적 특징을 가진다. 하지만 일란성 쌍둥이도 전혀 다른 삶을 살아가는 사례를 보면, 선천적으로 많은 것이 이미 결정되었다고 보기에는 우리의 삶은 너무나 다이내믹하고 변화무쌍하다.

가끔 큰아들 형근이에게 해주던 말이 있다.

"형근이는 새로운 것을 흡수하고 스스로 그릇을 키우는 훌륭한 장점이 있는 것 같아. 너도 잘 알다시피 사람은 성장할수록 더 겸손해져야 해. 네가 하는 말이 옳더라도, 가끔은 너의 말을 듣는 사람의 감정을 헤아려야 해. 상대방의 감정을 상하게 하는 너무 직설적인 표현보다 완곡하게 네 의견을 전달하는 연습을 해보는 건 어떨까?"

오래전의 내 모습을 기억하고 있는 가족이나 친구들이 이런 말을 아들에게 하는 지금의 내 모습을 본다면 무슨 반응을 보일지 쉽게 상상이 된다. 나의 경험을 바탕으로 나 역시도 많이 변했듯이 우리 아이들도 점점 더 변화하고 성장해가는 과정이라고 생각하면 지금의 모습이 너무나 사랑스러울 뿐이다. 주변 사람들에게 긴장감을 주었던 나의 잘못된 습관이 그대로 내 아이들에게 나타나는 것을 보면서 삶의 지혜를 다시 한번 깨닫는다.

전에 살던 동네 아파트에서 가족끼리 친하게 지내던 이웃이 있었다. 그 집의 가장은 서울의 좋은 대학교를 나왔고, 돈도 많이 벌고 사회적으로 능력을 인정받는 사람이었다. 자녀 교육에도 관심이 많아서 항상 아이들과 함께하는 시간이 많았고 그 모습이 보기 좋았다. 그 집에는 딸과 아들이 있었는데, 큰딸이 자라면서 아빠에게 약간 반항하는 모습이 가끔 목격되긴 했지만 그래도 그 가장은 두 아이와 늘 함께 활동하는 적극적인 아빠였다.

한번은 두 가족이 만나 식사를 할 기회가 있었는데, 식사 도중에 아빠는 딸과 아들에게 오늘 숙제를 다 했는지 물어보았다. 나는 당연히 학교에서 내주는 숙제라고 생각했다. 그런데 그 집 아빠는 학교 숙제 이외에 자기가 따로 내주는 숙제를 매일 검사하고 있다고 자랑스럽게 이야기를 했다. 그 순간 그 집 아이들이 왠지 안쓰러워 보였다. 그것은 나만의 착각이었을까?

그 집 큰딸이 자기의 의견을 조리 있게 말하자, 아빠는 기다렸다는 듯이 딸의 말이 틀린 이유와 왜 아빠 말을 따라야 하는지를 줄줄이 설명하기 시작했다. 차분한 말투였지만 오히려 나는 그 가장의 차가움을 느꼈다. 딸은 항상 그런 식이었다는 듯이 고개를 숙이고 체념한 채로 숙제를 하러 가겠다며 식사 자리를 먼저 떠났다. 마음이 아팠다. 끼어들어서도 안 되었겠지만, 이미 아빠를 포기한 듯한 그 딸의 표정과 눈빛을 잊을 수 없다.

그 집 아빠는 자기가 옳다고 믿는 생활방식을 아이에게 그대로 강요하고 있었다. 아이의 의견이나 감정은 중요하지 않아 보였다. 아이가 아직 어려서 잘 모르니, 지금은 서로 힘들어도 아빠 말대로 살면 나중에 커서 자기를 이해할 거라고 믿고 있었다. 그렇게 믿고 싶었겠지만, 한번 깨어진 아이들과의 유대관계를 회복시키기에는 생각보다 더 많은 시간과 노력이 필요하다는 것을 몰랐던 것 같다.

가정의 변화는 아빠로부터 시작되어야 한다. 아빠가 먼저 변해야 한다는 것은 자명한 일이다. 왜냐면 아이들이 원치 않는 가정의 분위기가 결국 아빠로부터 시작되었다고 아이들은 믿고 있기 때문이다.

부모가 성장해야 아이도 성장한다

시간을 가지고 우리 집 아이들을 천천히 관찰해보면, 아마 깜짝 놀랄 정도로 부모와 비슷한 점을 쉽게 발견할 수 있다. 좋은 점이든 나쁜 점이든 구분하지 않고 엄마 아빠의 모습이 그대로 복사되어 있다. 아이들은 부모의 또 다른 거울이다. 아이들에게서 내가 원하지 않는 모습이나 습관이 발견되었을 때 부모는 살면서 그런 행동이나 말을 한 번도 한 적이 없는지 기억을 찬찬히 소환해볼 필요가 있다. 아마도 부모 자신의 기억 속에는 지금 내 아이가 하는 말과 행동이 그대로 담겨 있을 것이다.

우리 부부가 맞벌이하면서 다른 사람의 손을 빌리지 않고 두 아들을

2019년 볼리비아 우유니 소금 사막에서

키울 수 있었던 것은 구청에서 운영하는 어린이집의 역할이 컸다. 항상 친절하고 세심하게 아이들을 돌봐주시던 어린이집 선생님들이 형근이와 상원이를 두고 항상 하는 말이 있었다.

"아이들이 꾸밈이 없고 항상 얼굴이 밝아서 좋아요."

공부를 잘한다거나 머리가 좋다는 말보다 우리 부부가 듣고 싶었던 말이었다. 그리고 똑같은 이야기를 10년이 지난 후 또 들었다. 우리 가족이 남미 여행을 하던 중에 함께 여행하던 분들이 말했다.

"아이들의 꾸밈없는 모습이 오랫동안 기억으로 남을 것 같아요."

어린이집을 다니던 아이들의 겉모습은 10여 년이 지난 지금 많이 변했다. 올해로 고등학교 3학년, 1학년이 되니 이제 어엿한 남자가 되어가고 있다. 어렸을 때부터 주변에서 바라본 두 아들의 모습이 10여 년이 지나도록 일관성이 있다는 것이 신기했다. 우리 부부가 흔들리지 않고 아이들의 꾸밈없는 모습을 사랑해준 것 같아서 흐뭇하기도 했다.

그 과정에서 아빠인 나도 많이 성장했다. 그 성장의 이면에는 끊임없이 스스로 변화하고자 하는 노력이 있었다. 만일 내가 먼저 스스로 변하지 않았다면 아마 아이들 역시 내가 떨쳐버리지 못했던 오래된 습관과 경향대로 살고 있을지도 모른다. 주변의 자극에 곧바로 반응하며 긴장감을 높였던 나쁜 습관은 내 세대에서 끊고 싶었다. 그것이 나쁜 습관을 점차 좋은 습관으로 바꾸고 변화를 꾀해야 하는 진짜 이유이다.

가족 간의 긴밀한 유대감은 아이의 정서와 감정 보호에 중요한 요소이다. 더구나 집에 아들이 있다면 아빠의 역할은 절대적이다. 분명 지금의 아들 세대보다는 더 힘들고 어려운 환경을 많이 경험한 아빠들이다. 거친 환경에서 자라면서 아빠들은 좋은 특성과 함께 나쁜 습관도 가지고 있다. 우리 아이들에게 아빠의 좋은 특성만을 물려주고 싶다면 먼저 아빠부터 변해야 한다. 변화된 아빠의 모습을 보고 아이들은 "역시 우리 아빠 짱이야!"라고 엄지손가락을 위로 치켜들 것이다. 아이들은 마음속에 항상 간직하고 있는 이상형의 아빠 모습이 있다. 진짜 용기 있는 변화된 모습을 이제는 우리 아빠들이 보여줄 차례이다.

03

아이는 언제나 아빠가 목마르다

아들에게 아빠는 어떤 존재일까?

남자가 엄마와 딸의 역할을 직접 경험해 보지 못해서 완전히 이해하지 못하는 것처럼, 여자도 아무리 노력해도 아빠와 아들을 이해하기에는 역부족인 것이 사실이다. 나는 아들에게 아빠가 어떤 존재인지를 알고 있다. 다행히 아들의 역할을 직접 경험해 봤기 때문이다. 30~40여 년 전이 지나서 가물가물하기는 하지만……

과거에 경험해봤기 때문에 당연히 아들의 모든 것을 이해하기 쉬울 텐데, 왜 현재의 아빠들은 지금의 아들을 이해하지 못하는 악순환이 계속될까? 아빠와 아들의 역할이 다르니까, 처지가 바뀌면 이해할 수는 있지만 본능적으로 자기중심적으로 세상을 바라보려고 하는 인간의 속성 때문일 것이다. 그럼에도 이 세상에서 아들을 가장 많이 이해할 수 있는 존재는 다름 아닌 아빠임을 잊어서는 안 된다.

2008년 청계산 등산

만약 주중에는 직장에서 일하느라 가족과 함께할 시간이 없다고 말하는 아빠가 있다면, 그럼 주말은 어떠한가? 주말은 가족과 함께 보내고 있는가? 현실의 아빠들은 주중에 열심히 일한 보상이라도 받으려는 듯이 주말에도 가족이 아닌 친구와 야외활동을 많이 한다. 나 역시도 한때는 주중에 하지 못했던 개인 활동을 주말 시간을 이용해서 했다. 여러 가지 모임 준비도 하고, 직접 사람들과 만나서 모임 활동도 하고, 시간이 늦어지면 같이 식사도 하고 술도 마시면서 나름 열심히 산다는 착각에 빠졌었다.

아내와 아이 입장에서는 주중에 바쁜 아빠와 시간을 보낼 수 있는 유일한 시간은 주말이라고 생각하는 게 당연하다. 하지만 우리 아빠들은 항상 그렇듯이 스스로 보상을 최우선하므로 주말은 주중에 못한 일을 보상받는 시간이라고 생각한다. 항상 가족을 사랑하고 그들을 위해서 산다고 생각하면서도 마음과 행동이 따로 놀면서, 마음과는 전혀 다른 결정을 수시로 하고 있다.

결혼 초기, 내가 아직 정신을 차리지 못했던 시절에 나도 남들과 다름없이 주말에 운동을 하거나 주중에 바빠서 못 만났던 사람들을 만나는데 많은 시간을 썼다. 현관문을 열고 나가려고 할 때 문 앞에서 나를 쳐다보며 무엇을 갈망하는 듯한 두 아들의 눈빛을 보면 그 순간 솔직히 망설이지 않는 아빠는 없을 것이다. 하지만 아빠는 스스로 마음을 단단히 먹고 문을 열고 나가면서 아이들에게 뒷모습을 보인다.

'쉽지 않은 결정이었어. 하마터면 무너질 뻔했네.'라고 마음을 가다듬고 향하는 데는 그냥 친구와 먹고 노는 게 전부인 곳이다. 나라를 구하러 나서는 것도 아니면서, 자식들의 간절한 눈빛을 외면하는 실수를 반복할 필요가 있을까?

아들은 항상 아빠를 기다린다. 물론 아내와 딸도 아빠를 기다리지만, 아들은 이 세상의 많은 부분을 아빠라는 렌즈를 통해서 바라본다. 그만큼 자신의 삶에서 아빠의 영향력이 크다는 것을 본능적으로 직감한다. 모든 세상과 싸워도 이길 수 있을 것 같은 사람이 아들에겐 아빠뿐이다. 거짓말 조금 더 보태서 누군가 "너희 아빠가 슈퍼맨과 싸워도 이길 것 같아?"라고 묻는다면, 바로 대답하지 못하고 조금은 고민해 보는 존재가 바로 아들이다. 이런 환상이 오랫동안 지속하는 것은 아니지만 어린 아들에게 아빠란 존재는 그토록 위대한 것이 사실이다.

엄마는 아빠의 대안이 될 수 없다

주말에 아이들과 함께 놀지 못하면, 다시 바쁜 월요일이 찾아오는, 도돌이표처럼 똑같은 한 주가 다시 시작된다. 영원히 끝나지 않는 도돌이표 안에서 우리의 성장은 멈춰버리고 야속하게 시간만 흘러간다.

어린아이가 아빠를 간절한 눈빛으로 바라보는데 아빠의 반응이 무시로 일관한다면, 아이는 점차 아빠에 대한 기대를 내려놓을 것이다. 좋게 말해서 내려놓는 것이지 아빠의 역할을 포기한 채 다른 대안을 찾을 것이다. 누구나 스스로 살아가는 방법을 주변 환경에 적응하면서 찾아가기 마련이다. 자연스럽게 아들이 아빠의 역할을 대신해 줄 수 있는 대안으로 찾는 사람은 엄마일 것이다. 하지만 엄마는 아무리 노력해도 자연스럽게 아들을 이해하지 못한다. 엄마니까 최대한 이해하려고 노력하고, 여러 가지 책이나 세미나를 통해서 배워서 이해할 수는 있지만, 아빠처럼 자기가 직접 경험해 본 역할이 아니므로 바로 이해되지는 않을 것이다.

엄마를 대안으로 삼아 만족한 아들은 안정을 취하겠지만, 그렇지 못한 아들은 집 안이 아니라 집 밖에서 그 대안을 찾으려고 할 것이다. 그 대안은 바로 주변의 친구들이다. 운 좋게 주변에 좋은 친구들만 있다면 다행이겠지만, 아마 모든 아들이 그렇게 운이 좋지는 않을 것이다. 그렇게 아들이 집 밖에서 문제를 일으키고 돌이킬 수 없는 상황이 될 때쯤이면 그제야 아빠는 관심을 가지게 된다. 그런 상황이 되면 아빠는 더는 주말에 골프를 치거나 퇴근 후에 편안하게 술을 마시면서 노닥거리지 않는다. 아니, 그런 취미활동을 할 정도의 여유가 전혀 없다. 그런 상황이 되어서야 아빠들은 이런 생각을 한다.

'어디에서부터 잘못된 거지? 나는 열심히 아빠로 살았을 뿐인데…….'

여기서 그나마 지혜가 있는 아빠는 이 문제의 원인을 자기 자신으로부터 찾고, 더는 가족의 상황이 악화되는 것을 막는 방법은 자기 자신이 스스로 변해야 하는 것임을 깨닫는다. 하지만 아직도 상황의 심각성을 모르는 아빠들은 그 원인을 자기 아내에게서 찾는 경우가 대부분이다. 도대체 집에서 어떻게 아이를 교육했냐며 아내에게 비난을 퍼붓는다. 마치 자기는 옆집 아저씨인 것처럼…….

함께 맞벌이하면서 남편의 빈자리를 최대한 메우려고 했던 아내는 모든 일이 자기 때문에 일어난 것처럼 쉽게 자책하며 쓰러진다. 이런 극한 상황이 오기 전에 어디에서 누가 막을 수 있는지 우리는 쉽게 알아차릴 수 있다.

물론 가정마다 부부마다 모든 상황이 같지는 않을 것이다. 하지만 적어도 지구상 대부분의 나라에서는 아직도 여자가 상대적으로 남자보다 불리한 사회생활과 결혼생활을 하는 것은 틀림없는 사실이다. 최소한의 아빠의 역할로 가정의 평화를 유지하는 것은 결국 아빠 자신의 평화를 위해서도 꼭 필요한 것으로 인식되어야 한다.

아빠와 아들이 함께하는 다양한 활동

아무리 바쁜 아빠라도 최소한 아들의 첫 자전거 타기에는 아빠가 관여하지 않았을까 싶다. 아빠와 함께한 모든 활동은 아들에게 지워지지 않는 추억거리가 된다. 그중에서도 특히 육체적인 활동은 아빠와 아들 사이에 끈끈한 유대관계를 만들기에 더할 나위 없이 좋다.

큰아들 형근이가 어릴 때 초등학교 운동장에 가서 함께 축구를 시작했다. 공을 차고 받는 기술보다도, 아빠와 처음으로 운동을 시작했던 아들은 이후에도 다양한 운동을 함께하는 것을 당연하게 받아들였다. 두 아들에게 똑같은 방법으로 처음 하는 운동을 가르쳤지만 둘 다 다르게 반응했던 것도 초기에는 신기했다. 그 이후로 두 아들의 축구 실력은 친구들

2013년 두 아들과 한라산 등반. 사진은 형근이.

2011년 용평스키장에서 처음 스키를 배우는 두 아들

보다 뒤지지 않았고, 항상 경기를 주도하며 즐길 수 있는 상황이 되었다.

초등학교 입학하기 전에 함께한 첫 등산은 청계산에서 시작했지만, 몇 년 후에는 한라산 등반도 함께 마무리할 수 있을 정도로 성장하기도 했다. 상원이는 약간 무서워했지만, 형근이와 함께한 첫 패러글라이딩과 패러세일링도 즐거운 추억으로 기억된다.

초등학교 때 용평에서 시작한 첫 스키와 제주도에서 시작한 첫 드론도 아빠와 함께 했다. 그리고 좀 늦은 감이 있지만, 중학교 때 상원이의 줄넘기도 집 앞 공원에서 아빠인 나와 함께 시작했다. 이 글을 쓰는데 마침 상원이가 줄넘기 500번을 했다고 전화를 하며 자랑스럽게 얘기했다. 초등

2019년 North Queensland Chess Tornament에 참가 중인 현근이와 상원.

학교 때 시작한 체스는 이제 아이들이 나보다 훨씬 기량이 우수해졌다. 취미로 하는 체스이지만 매년 호주에서 개최되는 체스대회에 둘 다 참가하면서 기량을 뽐내기도 한다. 재작년 겨울에는 에티오피아에서 자원봉사를 하는 동안 미리 구매해서 가져간 체스판을 현지 친구들에게 선물하였고 그들과 함께 체스게임을 즐기기도 했다.

처음 경험하는 활동을 아빠와 함께 시작한다는 것은 아이들에게는 큰 의미로 남는다. 잘하고 못하고는 중요한 것이 아니다. 그 순간을 함께 공유하고 더불어 공감한다는 것 자체가 아이들의 정서 안정과 신체적 성장에 큰 도움이 된다. 그리고 자연스럽게 아빠와 아이의 유대관계는 돈독해진다. 남자들이라면 축구나 농구 경기를 함께 하고 나서 서로 땀을 흘리는 얼굴을 보며 금방 친해지는 경험을 해봤을 것이다. 만약 당신의 아이가 다른 친구들보다 많이 뒤처지지 않고 즐기기를 바라는 분야가 있다면, 아빠와 함께 시작해보라고 권하고 싶다. 틀림없이 아이는 다른 친구들보다 뛰어난 기량을 발휘할 것이다. 설령 다른 친구들보다 조금 부족할지언정 아빠와 함께 시작한 활동은 아이가 즐길 수 있을 정도의 안정적인 자신감을 가져다주는 것은 확실하다.

> 아이들은 항상 아빠가 목마르다. 아빠 입장에서는 충분히 친밀하게 지낸다고 생각할 수도 있지만 아이들은 항상 아빠와 함께 활동하고 대화하고 공감할수록 감정적 안정뿐만 아니라, 육체적 건강까지도 균형 있게 성장할 것이다. 어릴 때는 아빠와 아들 관계이지만, 점점 성장함에 따라서 남자 대 남자로 상대방을 객관적으로 바라볼 수도 있게 된다. 그러면서 서로에게 도움을 주고받는 친구 같은 파트너가 될 수 있는 것이 아빠와 아들 관계이다.

04

아빠는 아들의 롤 모델이다

아들은 아빠를 그대로 닮는다

이미 70대를 훌쩍 넘어 80대에 가까워지는 아버지를 생각하면, 여러 감정이 복잡하게 얽혀있다. 시간이 흘러서 예전과 달라진 것도 있겠지만, 내가 어릴 적에 아버지는 정말 큰 산과 같이 든든한 존재였다. 항상 나를 에워싸고 있는 느낌이 드는데 이것은 동서양을 막론하고 비슷하다고 생각한다.

우리 집은 2남 2녀인데 어렸을 때는 집안이 하루도 조용한 날이 없을 정도로 많이 다투고 싸웠다. 어른이 된 지금은 모두 좋은 친구이자 동반자처럼 지내고 있지만, 그 당시에는 왜 그렇게 죽기 살기로 싸웠는지 모르겠다. 애들은 싸우면서 큰다고 그때는 그렇게 성장했던 것 같다. 그 당시 아버지들이 그랬던 것처럼 나의 아버지 역시 전형적인 한국의 아버지였다. 밖에서는 열심히 일하시고, 집에서는 가부장적인 아버지였다. 말씀 한마디가 가족에게 절대적인 영향력을 미치는 존재감 그 자체였다.

아버지는 60세에 은퇴를 하시면서 술과 담배를 끊으시고 건강이 더 좋아지셨지만, 현직에 계실 때는 술과 담배를 참으로 즐기셨다. 부전자전이라고 내가 술을 좋아하다 끊은 것 역시 아버지를 닮았다. 4남매가 시끌벅적하다가도 아버지가 퇴근하고 오시면 금세 조용해졌다. 피곤하신 아버지가 집에서 편안하게 쉴 수 있는 환경을 만들어 드리는 게 당연하다고 생각했기 때문이다. 그런데 가끔 아버지가 쉬시는 주말에도 우리 남매는 싸움을 이어가기도 했다. 참다가 한번 소리치는 아버지의 호령 한마디가 그때에는 세상을 정지시키는 듯이 무서웠다. 맨정신에서는 명확한 아버지가 가끔 약주를 많이 드시는 날이면 흐리멍덩하게 변하시던 눈빛과 말투와 행동이 어린 나이에는 정말 싫었다. 내가 닮아가야 할 본보기가 이상하게 변하는 모습이 싫었고, 든든한 큰 산이 흔들리는 모습에 어린 아들이었던 나의 정체성마저 잃는 것 같았다.

그럼에도 가부장적인 아버지를 항상 존경했다. 딱히 무슨 이유가 있는 것은 아니고 그 이유를 합리적으로 이야기할 수도 없었다. 어릴 적에 학교에서나 주변에서 누구를 가장 존경하냐고 물으면 나는 서슴없이 "아버지!"라고 대답했다. 그리고 지금 40대 후반의 나이에도 그 대답은 같다. 변한 것이 있다면 존경의 대상에 어머니가 추가된 것뿐이다. 어렸을 때는 깨닫지 못했던 어머니의 사랑과 지혜를 뒤늦게 깨달은 것이다.

물론 부모님과의 사이가 동화책처럼 행복했던 것만은 아니다. 오히려 보통의 가족보다 훨씬 더 안 좋았던 시간이 많았다. 아버지는 대하기 어려웠던 분이었지만 내가 항상 따르고 싶었던 본보기였던 이유는 아마도 본능적으로 아버지의 모습이 앞으로 나의 미래라고 생각했기 때문일 것이다.

남자아이들은 아빠를 보면서 앞으로 어떻게 살아가야 하는지의 본보기로 삼으며 성장한다. 그렇기 때문에 지금의 내 모습을 보면, 아버지의 좋은 점도 많이 닮았지만, 내가 싫어했고 배우고 싶지 않았던 부분조차 그대로 나에게서 나타나는 것을 경험한다. 지금은 많이 줄었지만, 나의 욱하던 성질을 보실 때마다 어머니가 하셨던 말씀이 떠오른다.

"어쩜 네 아버지하고 그렇게 똑같니?"

아들은 그냥 수동적으로 아빠의 모습을 보고 흡수할 뿐이다. 스스로 필터링을 하면서 좋은 것만 흡수할 수는 없다. 아이들을 키우면서 내가 싫어했던 습관을 그대로 따라 하는 아들의 모습을 발견하고 당황할 때가 종종 있다. 그것이 아빠 스스로 지금 바로 나쁜 습관을 바꾸려는 변화의 시작이 필요한 이유다. 나 스스로와 소중한 아이와 가정을 위해서 말이다.

아버지라는 큰 산을 넘던 날

세상에 대해서 아무것도 몰랐던 아들은 아빠의 도움으로 좋은 활동을 경험하며 점점 성장한다. 아들은 아빠를 넘지 못할 큰 산이라고 느끼며 단지 그 산처럼 크고 싶다는 바람을 가지고 산 입구에서 정상을 바라본다. 아빠의 손을 잡고 아빠라는 산에 오르면서, 아이는 점차 그 산에 적응하고 스스로 성장하기 시작한다. 어느 정도 시간이 지나면 이제는 아버지라는 산을 넘을 수 있을 것도 같다는 생각이 들기도 한다. 모든 아들은 성장하는 중에 하루가 다르게 노화하는 아빠를 보면서 여러 가지 복합적인 감정이 들 것이다.

나의 아버지는 키가 훤칠하고 대학교 때 유도를 하셔서 몸이 좋으셨다. 나 역시도 아버지를 닮아서인지 운동을 하면 몸이 금방 좋아지는 체질이기 때문에, 주변 사람들과 팔씨름을 해서 져본 적이 없다. 그런데도 군대에 가기 전까지 아버지는 여전히 넘을 수 없는 산이었다.

나는 경기도 파주에서 군대 생활을 했다. 서부전선을 담당하고 있는 육군 1사단에서 복무하는 동안에도 꾸준히 운동을 했다. 무슨 목적이 있어서 운동을 한 것은 아니었다. 매일 운동을 하시는 아버지의 모습을 보면서 그런 습관이 나에게도 자연스럽게 생겼던 것이다. 군 생활을 하다가 휴가를 나올 때면 아버지와 팔씨름을 했지만, 매번 졌다. 부대원들하고 팔씨름을 하면 다 이겨도 아버지에게는 상대가 안 되었다. 남자라면

다 알고 있겠지만, 군대에서는 제대를 앞둔 병장 때 여유시간이 많다. 나는 그 시간을 '윤영한 사명서' 만드는 것과 운동하는 것에만 오로지 썼다. 제대하기 바로 전에 말년 휴가를 나왔을 때도 어김없이 아버지와 팔씨름을 했다. 나는 그날을 잊을 수 없다. 아버지를 상대로 팔씨름을 해서 힘들게 이겼기 때문이다. 처음 승리를 맛본 나는 올림픽에 나가서 금메달이라도 딴 것처럼 마냥 기뻤다. 넘지 못할 것 같은 큰 산을 넘은 감동에 환호했다. 부엌에서 요리하시던 어머니에게 달려가서 어린아이처럼 자랑했다. 나처럼 엄청 많이 기뻐하실 줄 알았던 어머니는 엷은 미소를 지으시면서 "우리 아들이 군대 가더니 힘이 더 세졌네."라고 짧게 응대해 주셨다. 평소 같았으면 내가 조금만 잘해도, 나보다 더 환호해주셨던 어머니를 생각하면 조금 의아한 반응이었다. 그 의미를 알아차리는 데는 그리 오랜 시간이 걸리지 않았다. 나에게 팔씨름을 진 다음에 고개를 숙이고 방으로 들어가시는 아버지의 뒷모습을 보면서 이상한 감정이 올라왔다.

'지금까지 아버지가 나를 돌봐주셨다면, 이제는 내가 아버지를 돌봐야 할 시간이 다가온 거구나.'

그때가 아버지와 했던 마지막 팔씨름이었다. 그때 이후로 전에는 보이지 않던 아버지의 흰 머리카락과 얼굴의 주름살이 더 많이 보이기 시작했다. 항상 내가 경쟁해서 이겨야 할 대상이었던 아버지가 이제는 내가 돌봐야 하는 존재로 느껴지는 순간이었다. 이렇게 내가 성장한 것은 분명 아버지의 훌륭한 역할이 있었기에 가능했다. 인지하던 인지하지 못하던, 지금의 내 모습에 아버지의 좋은 습관들이 스며들었다는 것만으로도 내가 아버지를 존경할 이유는 충분하다.

존경하는 아버지

아버지는 은퇴하시고 여러 가지를 배우시던 중에 웰 다잉well-dying을 청강하고 경험하신 후에 종종 이런 말씀을 하셨다.

"나는 내일 당장 죽어도 여한이 없을 정도로 하고 싶은 대로 잘 살아왔다고 생각한다. 단지 하나 마음에 걸리는 것은 자식들 어렸을 때에 좀 더 살갑게 애정을 많이 못 준 것이 후회될 뿐이다."

아버지가 국민학교 3학년인 아홉 살 때 할아버지께서 기차 사고로 돌아가셨다고 한다. 당연히 나는 할아버지를 직접 뵌 적이 없다. 제사 때 할아버지가 젊었을 때 찍은 사진을 보고 아버지의 설명만으로 대충 어떤 분이셨겠다고 상상만 할 뿐이다. 아버지는 할아버지와 함께 뛰어놀고 팔씨름을 해본 경험도 없으신 분이다. 증조할아버지께서는 어린 아버지를 장손으로 대우하셨겠지만, 그 책임감은 아홉 살 어린아이에게는 감당하기 힘든 무게감이었을 것이다. 그런 제한된 경험과 주어진 환경 때문에 무뚝뚝하고 가부장적인 모습을 지니게 되셨는지도 모른다. 그런 아버지의 이면에는 누구보다 자상하고 따스한 남자의 모습이 있음을 나는 이제 잘 이해하고 있다.

아버지와의 추억이 거의 없었던 어린 시절의 경험에도 불구하고 아버지는 2남 2녀를 낳아서 이렇게 잘 키우시고 가정을 화목하게 이끄셨다. 내가 아버지를 롤 모델role model이라고 감히 이야기하고, 누구보다 존경하는 분이라고 항상 대답했던 것은 아마도 이런 이유에서일 것이다.

부모의 참모습은 자신이 겪었던 상황을 그대로 자식에게 물려주는 것이 아니라, 자신의 힘든 상황을 스스로 이겨낸 후에 자식에게는 더욱 발전된 생활습관을 물려주는 것이 아닐까 싶다. 나의 아버지는 은퇴하시면서 마음의 여유가 생겨서인지, 당신의 색깔을 더 많이 드러내시고 좋은 본보기가 되어 주신다. 그런 모습을 보면서 아버지를 항상 나의 롤 모델로 삼을 수밖에 없다. 왜냐면 아버지는 지금도 유연하게 새로운 것을 받아들이려 하고, 사랑하는 아내와 자식들의 말에 더 귀를 기울이려고 노력하기 때문이다. 나이가 들어서도 변화를 꾀하고 성장 중인 아버지를 보면서, 나 자신을 되돌아보고 내 앞날을 그려본다. 아버지는 내가 롤 모델로 삼을 만한 충분한 미덕을 갖추셨다.

05

아빠가 함께할수록 아이는 더 크게 자란다

아버지와 함께한 추억

나의 아버지는 자식들에게 따스하게 대해 주지 못했다고 생각하시지만, 자식들은 삶에서 큰 영향을 끼치신 분으로 기억한다. 아버지를 생각하며 이 책을 쓰는 동안 잊고 있었던 추억이 새록새록 떠오르기 시작했다. 아버지와 함께했던 시간이 한 덩어리로만 기억되던 아버지에서 시시콜콜한 일까지 함께했던 추억까지 더해져서 아버지에 대한 전체 그림이 완성되었다.

아버지는 아침에 운동을 게을리하지 않으셨다. 그런 아버지를 보면서 나도 자연스럽게 운동을 좋아하게 되었고, 건강한 육체를 가지고 싶다는 의욕이 생겼다. 청주에서 초등학교에 다닐 때는 아버지와 자주 사직 체육관에 가서 운동했다. 함께 운동하면서 아버지를 뛰어넘고 싶다는 욕심에 여러 종목을 경쟁했고, 그 과정에서 강건한 육체를 가지게 되었다.

아버지 덕분으로 기초체력이 향상되었다. 실제로 초등학교 생활기록부에는 기초체력이 '특급'이라고 남아있다. 어릴 때 대한민국 남자라면 거의 다 하는 태권도를 배웠고, 중학교 때는 복싱을 했으며, 대학교 때는 검도에 빠져서 시간 날 때마다 체육관에 가서 훈련했다.

아버지는 시골에 일하러 가셨다고 기억하시는 것 같지만, 어릴 때 나는 시골에서 아버지와 또 다른 추억을 쌓았다. 아버지는 집에서 멀리 떨어진 곳을 가실 때에는 오토바이를 타셨다. 좋은 오토바이는 아니었지만, 아버지는 나를 앞자리에 태워주셨다. 그 긴장감과 달릴 때 얼굴을 가르던 바람의 상쾌함을 나는 아직도 기억하고 있다. 오토바이를 타고 도착한 곳은 대부분 시골집이 많은 농촌이었다. 아버지와 함께 거닐었던 시골 마을과 주변 환경을 모두 기억하고 있다. 감나무에 달린 감을 따기 위해서 Y자 모양의 나무를 이용하는 것도 그때 아버지에게 배웠고, 시골길에서 강아지를 만나면 어떻게 놀아주면 좋아하는지도 그때 배웠다. 시골에서 쌓은 추억으로 인해서, 나는 지금도 시골에 가면 어릴 적 아버지와 함께 있었던 것처럼 편안하고 따스한 느낌을 받으며 미소가 절로 지어진다.

지금의 나의 장점은 아버지가 인지하지 못할 뿐이지 모두 아버지의 영향을 받은 것이다. 아버지의 모습을 편견 없이 순수하게 흡수하는 유·소년기에 아버지의 영향력은 절대적이다. 내가 아버지를 추억하면서 나쁜 점만 찾아내려고 한다면 얼마든지 가능하다. 그러면 똑같은 과거의 삶인데도 나는 어두운 과거를 살았다고 생각할지도 모른다. 물론, 아버지와 좋은 추억만 있었던 것은 아니다. 앞서 이야기한 것처럼 술을 과음하신 날에는 아버지가 집안 분위기를 썰렁하고 차갑게 만들기도 했다. 그럼에도 아버지가 집에 계신다는 것만으로도 나는 편안하고 안전하게 살 수 있는 든든한 울타리가 있음을 느끼곤 했다. 우리에게 든든한 울타리를 제공했던 아버지는 정작 그런 울타리를 할아버지로부터 느껴보지도 못했을 텐데…….

방황했던 시간

지금 생각해보면 중·고등학교 시절보다 초등학교 때 아버지와 함께한 시간이 더 많았던 것이 오히려 다행이었다. 그때는 알지 못했지만, 나의 생활습관은 어릴 적에 이미 대부분 만들어졌다.

중·고등학교 때를 생각하면 부모님께 미안하다는 생각이 먼저 든다. 중학교 2학년부터 고등학교 2학년까지 4년의 시간은 부모님도 끔찍하게 생각하실 만큼 힘든 과정이었다. 어디서부터 잘못되었는지는 중요하지 않다. 누구의 잘못인지를 가려내는 것도 무의미하다. 결국은 내가 스스로 선택한 것이었고, 그 결과를 합리화한다면 핑곗거리에 지나지 않는다. 내가 왜 그런 선택을 할 수밖에 없었는지를 남들에게 이해시키기 위해 많은 이유를 만들어 낼 수도 있겠지만, 나 자신을 천천히 들여다보면 답은 분명하게 나온다. 사춘기 때 유혹을 이기지 못하고 좀 더 쾌락적이고 쉬운 방법을 순간순간 선택했을 뿐이다.

그 당시에는 부모님의 어떤 조언이나 충고도 나에게는 잔소리로 들렸고, 부모님과의 유대관계는 완전히 끊어지다시피 했다. 어렵고 힘들었던 그 시기도 현재의 나를 있게 한 삶의 소중한 일부분이지만, 그 시간이 특히 부모님에게는 더없이 괴로웠던 것도 사실이다. 지금 돌이켜보면, 부모님과 관계가 좋았을 때 나는 확실히 많은 성장을 했다. 그러나 부모님과 관계가 친밀하지 못하고 감정적으로 소원해졌을 때는 성장이 멈추었다. 아니, 오히려 퇴보했다는 표현이 맞을 수도 있다.

진정한 사랑의 맛

아버지도 스스로 경험해 보지 못한 것을 자식에게 제공해 주었듯이, 나도 부모님 세대하고는 다르지만 아이들 교육과 학교생활에 관심을 많이 두었다. 두 아들이 어린이집이나 학교 생활을 할 때 적극적으로 참여하는 편이었다. 아이들의 성장은 부모와 선생님이 함께 지속적으로 긴밀한 관계를 맺고 관찰과 대화를 통해서만 가능하다고 믿었기 때문이다. 가정과 학교 중 어느 한 축이 무너지면 아이가 올바르고 균형 있게 성장하기를 기대하기가 어렵다.

아이들이 어린이집에 다닐 때는 크리스마스 시즌에 산타클로스 분장을 하고 반을 돌며 선물을 나누어 주기도 했다. 아빠의 직업이란 주제로 발표도 여러 번 했다. 그럴 때마다 아이들은 "우리 아빠야!" 하며 반 친구들에게 자랑스럽게 말했다. 그런 아이들의 표정과 눈빛을 경험한 후로는 어린이집에서 학부모의 참여가 필요한 일이 생기면 언제나 시간을 내서 지원을 아끼지 않았다.

이런 관심과 참여는 초등학교 때도 그대로 이어졌다. 아이들의 참관 수업에는 빠진 적이 거의 없다. 학부모 모임에도 모두 참여했다. 학부모 모임에 참가하여 강당 주변을 둘러보면 99%는 엄마들이고 아빠는 나를 포함하여 몇 사람밖에 없었다. 덕분에 내 핸드폰에는 아이들 친구의 어머니 이름과 연락처가 저장되었고, 녹색 어머니회, 도서관 활동, 교통지도 등을 함께 했다. 적극적으로 활동하는 아빠의 모습을 보면서 아이들은 흐뭇한 미소를 지으며 나를 바라보았다. 지금도 환하게 웃던 그 얼굴이 잊혀지지 않는다.

너희가 어디에 있든 아빠는 언제나 함께할 거야

두 아들은 지금 호주에 있는 기숙사 학교에서 생활하고 있다. 아이들과 멀리 떨어져 있지만 지금도 나는 학급 선생님뿐만 아니라 기숙사 스텝, 교감 선생님 그리고 피아노, 체스, 코디네이터, 양호 선생님과 자주 소통하고 있다. 아이들이 어린이집에 다닐 때부터 그렇게 했듯이 호주에 계신 선생님들과 친밀하게 대화하면서 우리 부부의 교육관을 함께 이야기하고 정보를 공유하고 있다. 그러면서 선생님의 위치에서 또는 부모의 관점에서 바라보는 두 아들의 공통점을 발견하기도 한다. 때로는 서로의 차이점을 발견하면서 그 간극을 줄이고자 노력한다. 이런 노력이 아이들 성장에 안정적인 밑거름이 된다고 확신한다.

나는 두 아들의 아빠인 것이 자랑스럽다. 아이들이 남들보다 뛰어나거나 똑똑해서가 아니다. 내가 중·고등학교에 다닐 때 많은 시행착오를 겪었지만, 어느 방향이 맞는지 금세 제자리로 찾아와서 스스로 대견하기도 하고, 두 아들에게 아빠가 필요할 때에는 항상 옆에 있을 수 있게 주변 환경이 도와준 것도 진심으로 고맙게 생각한다.

늘 아빠와 함께하면서도 아이들은 아직도 여자아이처럼 내 앞에서 수다를 떤다. 이제 고등학교 3학년, 1학년이 된 다 큰 남자아이들인데도 아빠 앞에서 이야기할 때는 어릴 때 아빠를 바라보던 눈빛이 여전히 남아있어서 더욱 고맙다.

이제는 내가 두 아들이 나와 함께 놀아주기를 기대하기 시작하는 것 같다. 어릴 때 두 아들이 나에게 함께 놀아주기를 기대했던 것처럼…….

아이들이 커갈수록 부모는 아이들과 더 함께해야 한다. 아이들과 함께할수록 부모 역시 성장하는 느낌을 받기 때문이다. 아이들이 어릴 때는 아빠가 함께할수록 아이들이 성장하지만, 이제는 반대로 성장하는 아이들과 함께 할수록 부모가 더 성장한다.

40대 후반이 된 지금에서야 아이들과의 관계가 점점 더 명확해지고 있다. 시시각각 변화하면서 성장하고 있는 두 아들과 건강한 유대관계를 지속적으로 유지하기 위해서는 두 가지가 필요하다.

첫 번째는 아빠와 아들 관계이지만, 서로 다른 배경과 경험을 했기에 서로 다르게 생각할 수 있다는 차이의 인정이다. 두 번째는 그 차이점을 서로 끊임없는 자기 변화의 밑거름으로 삼으려는 노력과 연습이다.

아빠와 많은 것을 공감하면서 더 크게 자란 두 아들로부터 이제는 내가 더 많은 자극을 받고 싶다.

06

엄마보다 아빠에게 더 쉬운 아들 육아

엄마는 아들을 모른다

시중에 나와 있는 많은 육아 서적을 보면 대부분 부모의 경험담을 근거로 하여 쓰여졌다. 물론 교육 전문가가 유익한 정보를 전달해주는 전문 육아 서적도 많다. 나와 같은 보통 부모는 전문적인 책에서 지식을 얻기도 하지만, 함께 공감할 수 있는 또 다른 보통 부모의 경험이 도움이 될 때도 적지 않다. 쉽게 공감이 되고 그만큼 실천하기도 쉽기 때문이다.

책을 고를 때 보면 많은 육아 서적의 작가는 대부분 엄마다. 아빠의 역할이 육아에서 큰 비중을 차지하지만 아직도 자녀 양육이나 교육은 엄마가 주도하고 있는 사회상을 반영하고 있는 것 같다. 심지어 아들에 관한 육아 서적도 엄마의 관점에서 쓴 책들이 대부분이라는 점에서 나는 아쉬움을 느꼈다. 당연히 아이들은 부모가 함께 키우는 것이고, 부모의 영향이 골고루 미칠수록 균형 잡힌 아이로 성장할 가능성이 높다.

엄마가 아들이나 딸에게 전해 줄 수 있는 것들은 많다. 모성애는 위급한 상황에서 초인적인 힘을 발휘하기도 하고, 엄마가 주는 따스하고 조건 없는 사랑은 언제나 아이들에게 편안함을 준다. 그러나 아들을 키울 때 아빠의 영향력이 엄마보다 결코 작다고는 말할 수 없다. 그리고 내 경험상 아들을 키우는 것은 엄마보다는 아빠에게 더 쉬운 것이 사실이다.

다른 사람들의 가정사를 서로 자세히 알지 못해서 어떤 육아가 객관적으로 좋은지 말할 수도 없고 부모의 사랑을 점수로 매길 수도 없다. 그러나 내가 옆에서 지켜본 아내의 경우에는 두 아들에 대한 사랑이 우주 최고임을 자신 있게 말할 수 있다. 두 아들과 셋이 있을 때 가끔 내가 아이들에게 말하는 것이 있다.

"너희들은 정말 복 받은 거야. 엄마처럼 너희를 사랑하는 사람은 이 세상에 없어. 솔직히 너희를 사랑하는 것은 아빠보다 엄마가 더 클 수도 있음을 아빠도 동의해. 덩치 큰 남자 셋을 여리고 몸집이 작은 엄마가 혼자서 감당하는 게 얼마나 힘들겠니? 그러니, 엄마가 하는 말을 무조건 잔소리라고 생각하지 말고, 그 정도로 너희를 사랑하는 엄마가 있음에 감사하게 생각했으면 좋겠어."

그러고는 이런 말을 덧붙이기도 한다.

"가끔 너희가 엄마하고 대화하다가 말이 안 통해서 답답한 경우도 있을 거야. 그것도 당연한 일로 받아들여야 한다고 생각해. 왜냐면, 엄마는 엄마이기 전에 여자이고, 남자와 여자의 차이로 인해서 똑같은 상황을 다르게 받아들이며 반응하는 것도 당연한 거니까. 너희는 기억하지 못하겠지만, 어릴 때 낮에는 아빠랑 신나게 놀아도, 밤에 잠을 잘 때는 자연스럽게 엄마 품을 찾아갔어."

대부분의 아빠는 아들이 태어난 후에 아내로부터 자신의 순위가 아들에게 밀리는 경험을 했을 것이다. 실제로 나도 이 일로 삐치기도 하고 설득을 하는 등 다양한 수단을 써봤지만 소용이 없었다. 왜냐면, 엄마는 아들 앞에서 자연스럽게 본능에 이끌리는 대로 행동하기 때문에 아들을 바라보는 눈빛이 남편을 대할 때하고는 같을 수가 없다.

보통은 시간이 흘러감에 따라 서로 익숙해지는 것처럼, 엄마도 아들에게 익숙해질 수도 있다. 하지만 우리가 직접 경험해봤듯이, 아들이 성장함에 따라서 다양하게 표출되는 행동이나 반응에 대해 엄마는 항상 처음처럼 당황해한다. 아들은 아무렇지도 않게 생각하며 엄마에게 가볍게 한 말에 엄마는 세상이 무너지는 것처럼 반응한다. 사실 이런 상황에서는 엄마의 예기치 못한 큰 반응을 보면서 아들이 오히려 더 당황해한다.

반면에, 아빠는 똑같은 아들의 행동이나 말에 크게 반응하지 않는 경우가 많다. 엄마들이 가끔 말하는 것처럼 아빠가 아들 교육에 관심이 없거나 일부러 신경을 쓰지 않는 게 아니다. 아들의 행동에 대해서 아빠들은 자신이 이미 경험을 해봤기 때문에 쉽게 이해가 되는 것뿐이다.

아내와 아이들의 갈등

나는 2009년경 30대 중반에 우연히 준비해서 취득해 놓은 호주영주권이 있었다. 호주 이민성과 호주 엔지니어협회 사이트에 들어가 각종 정보를 파악하고, 매뉴얼을 읽으며 각종 양식을 작성하여 직접 이민성에 접수했다. 그 후 6개월 만에 호주영주권을 취득했다. 그 당시에는 영주권이 꼭 필요해서가 아니라, 1999년에 혼자 워킹홀리데이로 1년간 호주에 지내면서 경험했던 좋은 느낌이 이어져 오다가, 호주 이민성 웹사이트에 우연히 들어간 후 가능하다는 생각이 들어서 보험처럼 미리 취득해 놓은 것이다. 그때는 몰랐지만, 호주영주권이 지금은 두 아들에게 아주 중요한 역할을 하고 있다. 호주는 영주권자에게 고등학교까지는 의무교육을 시행하기 때문에, 유학생 비용이 아닌 호주 자국민처럼 공교육을 무료로 받고, 사립학교도 국제학생 비용이 아니라 자국민 비용만 내면 된다.

3년 동안 아내와 두 아들은 함께 호주에 있었다. 이때 나는 일 년에 4회 정도는 호주로 가서 가족과 시간을 보냈다. 이 3년은 아내와 아이들에게 소중한 시간이었고, 내 삶에서도 아주 중요한 전환점이 되었다. 나는 3년 내내 하루도 빠지지 않고 위빳사나 명상과 5계를 지키면서 평생의 명상

습관이 이 시기에 만들어졌다.

아내는 최선을 다해서 두 아들과 호주 생활을 했다. 그 당시 초등학교 5학년과 3학년이었던 두 아들에게 무척이나 신경을 썼다. 한국에 있을 때 교편을 잡느라고 두 아들에게 열과 성을 다하지 못한 것이 미안했는지 그 이자까지 갚기라도 하는 양 정말 열심히 생활했다. 또한 지역사회뿐만 아니라 호주에 있는 한인사회에서도 인정을 받을 정도로 다양한 활동을 했다.

하지만, 아내는 가끔 두 아들과 갈등을 빚을 때면 너무나 지쳐서 혼자 부엌에서 많이 울었다고 한다. 엄마로서 두 아들을 누구보다 사랑하지만, 여자로서 두 아들을 상대할 때는 근본적인 차이에서 오는 갈등을 쉽게 해결하지 못했다. 가슴으로는 이해가 다 되었다고 위안을 삼을 수도 있겠지만, 그런 상황이 다시 생기면 머리로는 바로 이해되지 않는 갈등이 반복될 수밖에 없었다.

아내와 두 아들은 서로 사랑하고 존중하지만 표현하고 받아들이는 방식이 너무 다르다. 차이를 인정하고 대화를 시작하는 편이 낫다. 아들의 말투나 행동 양식이 쉽게 이해되는 아빠와는 달리, 엄마는 아들의 반응이 쉽게 이해되지 않는다. 어찌 보면 당연하지 않은 것을 엄마는 받아들여야 한다.

정신적으로 아들을 이해하는 것이 아빠가 엄마보다 수월한 만큼 육체적으로 아들과 함께 시간을 보내는 것도 아빠가 더 쉬운 게 사실이다. 육체적 활동을 많이 요구하는 아들을 상대하기에는 엄마의 체력이 상대적으로 약하다. 버거우니까 몸의 에너지가 쉽게 고갈된다. 일단 체력적으로 힘들면 쉽게 감정적으로 변하기 마련이다. 그러므로 아들을 키우는 집에서 아빠의 역할은 선택이 아니라 필수이고, 조연이 아닌 주연의 역할을 맡아야 가족이 모두 평화로워질 수 있다.

아빠는 아들과 재밌게 놀 줄 안다

우리 부부는 다른 점이 많지만 공통점 중 하나는 자기 계발에 매우 적극적이라는 것이다. 결혼 후 아내는 내가 공부를 할 때 항상 적극적으로 응원해 줬고 나의 빈자리를 기꺼이 채워주었다. 나 역시도 아내가 자기 계발을 할 때는 적극적으로 지원해 주었다. 우선 자기 자신이 행복하고 만족해야 배우자와 가족에게도 적극적으로 사랑을 줄 수 있다고 믿었기 때문이다.

대학원을 마친 아내가 교직 생활을 하면서 추가로 서울교대의 대학원 특별과정에 관심을 보였을 때도 나는 일단 찬성했다. 그 일이 어떤 후폭풍을 몰고 올지 그때는 전혀 생각하지 못했다. 실제로 아내는 2009년부터 1년간 특별과정을 시작했다. 그때 어린이집을 다니고 있던 두 아들은 일곱 살, 다섯 살이었다. 아내는 공부를 시작하자 낮에는 직장을 다니고, 밤에는 학교에 가서 공부하느라 눈코 뜰 새 없이 바빴다. 그런 아내를 위

해 나는 아이들을 전담해야만 했다

부모님이나 주변에서는 혼자서 어린 두 아들을 어떻게 매일 밥 먹이고 씻기고 재우겠냐며 걱정스럽게 이야기를 했다. 하지만 솔직히 나는 다른 사람들의 우려와는 달리 그렇게 힘들지 않은 시간이었다. 아이들과 놀 때는 아무 생각 없이 남자 셋이서 땀 흘려가며 놀았고, 씻거나 밥을 먹을 때도 나름대로 규칙을 정해서 아이들이 스스로 지키도록 유도했다. 그럼에도 집에서 아이들을 돌보는 것보다는 회사에 출근해서 일하는 것이 더 쉽다는 것은 모든 맞벌이 부부가 충분히 이해할 것이다. 그러나 나는 이 기간 동안 오히려 두 아들과 더욱 친해졌고, 서로를 이해할 수 있는 아주 소중한 시간이 되었다고 감히 말하고 싶다.

아들을 키울 때 엄마보다 아빠가 주연으로 나서야 하는 이유는 명백해졌다. 사실, 아들뿐만 아니라 딸을 키우더라도 아빠가 더 적극적으로 육아에 참여하면, 그만큼 아내는 체력적으로나 정신적으로 여유를 더 가질 것이다. 그리고 그만큼 여유가 생긴 아내는 자연스럽게 남편에게 더 신경을 써주지 않을까 기대해본다. 아빠의 역할과 남편의 역할을 동시에 충족시키려면 아내가 관심있어 하는 아이들과 더 많은 시간을 보내야 한다. 아이들에게는 좋은 아빠로서 그리고 아내에게는 좋은 남편으로서 기억될 수 있을 것이다. 이렇게 한 번에 두 가지 역할을 효과적으로 수행할 수 있는 기간은 사실 생각보다 그리 길지 않다는 것도 기억해 두어야 한다.

07

사춘기 성교육은 아이의 자존감을 높여 준다

올바른 성교육을 해야 하는 이유

오래전 술자리에서 다양한 친구들과 자식 이야기를 나눴다. 아들보다 딸을 가진 아빠들이 더 의기양양했다. 아들에게는 절대로 없는 딸의 애교와 귀여움이 힘든 삶을 사르르 녹여준다고 이야기했다. 하지만 딸이 사춘기가 되면서부터 딸을 가진 아빠의 걱정은 더 커졌다. 어렸을 때는 잘 따르던 예쁜 딸이 점점 아빠의 손길을 거부하고 거리를 둔다며 울상이 되어 말했다.

더구나 딸아이의 성교육에 대해서 아빠는 정말 조심스러울 수밖에 없다. 요즘에는 예전과 많이 달라서 성에 관한 이야기를 TV에서도 심심치 않게 다룬다. 성이라는 것이 인간의 삶과 떼려야 뗄 수 없는 중요한 요소인 만큼, 이전처럼 금지하는 태도는 또 다른 부정 효과를 가져올 뿐이라고 생각한다. 올바르게 성교육을 하면 아이의 자존감은 확실히 높아진다. 신체적으로 다른 남자와 여자의 차이를 인지하고 받아들이면서부터 자신의 몸을 더 소중히 여기게 된다. 그와 동시에 성별은 다르지만 인격적으로는 같은 사람임을 폭넓게 이해시켜 주어야 한다. 더 나아가 인종, 국경과 관계없이 지구에 사는 모든 사람이 똑같이 가치 있고 소중하다는 것을 배울 수 있는 기초가 되기도 한다.

내가 사춘기를 겪을 때만 해도 남학생들은 최초의 성 지식을 대부분 친구로부터 얻었다. 학교나 부모님으로부터는 성교육을 받은 적이 없었다. 따라서 친구들끼리 성인 만화책 또는 잡지를 돌려보거나 상업적 목적으로 만든 불법 비디오를 몰래 시청했다. 그러다 보니 비뚤어진 성 지식과 왜곡된 성문화를 자연스럽게 습득할 수밖에 없었다. 한번 잘못 습득한 행동 양식을 바꾸기는 쉽지 않고, 그것은 삶에 나쁜 영향을 미친다.

인류의 90%가 성적 지식을 친구로부터 얻는다고 하니 이것은 비단 우리나라에만 국한된 문제는 아닐 것이다. 물론 올바른 성 지식을 제대로 된 방법으로 전달받는다면 친구들끼리도 상관없을 것이다. 하지만 신체적으로는 어른과 다름없이 성장했을지라도, 심리적이나 사회적으로 스스로 통제하거나 책임질 수 없는 상태이기 때문에 사춘기 때 아이들끼리 주고받는 성 지식은 제대로 된 방향이나 문화로 자리 잡을 수 없다.

그러나 올바른 성교육을 통해서 자존감이 높아진 아이들은 자기의 몸이 얼마나 소중한지를 알고, 자기를 스스로 아껴야 하는 존재로 확실하게 인식하게 된다. 그렇지 못한 아이들은 자기의 몸을 스스로 가치 있게 생각하지 못하기 때문에, 타인에 의해서 강제로 자신의 몸이 훼손되는 상황에서도 거부하거나 반항하지 못한다. 올바른 성교육은 아이들 스스로 가치를 인식하고 실제로 그렇게 행동하게 만드는 가장 기본적인 교육이다.

특히 아들의 경우에는 자존감을 높이기 위해서라도 아빠가 적극적으로 성교육에 참여해야 한다. 비록 아빠 세대에는 제대로 된 성교육을 받지 못했더라도, 아이들에게는 올바른 성교육을 반드시 해야 한다. 다음 세대에게 더욱 발전된 생활양식과 습관을 물려주어야 인류는 계속 발전하고 진화할 수 있지 않을까.

자연스럽게 성에 대해 이야기하다

큰아들이 중학생이 되자 2차 성징을 보이기 시작했다. 적절한 시기에 성에 대해서 가볍게 짚어줘야겠다고 아내와 이야기했다. 그러고는 어떻게 무겁지 않게 얘기를 꺼내고 풀어나갈지 준비를 하면서 아들의 신체와 정서적 변화를 살폈다.

큰아들이 15세가 되던 해에 아내와 미리 계획을 짰다. 큰아들과 단둘이서만 있을 수 있는 환경을 만들고 편안한 분위기에서 대화를 나누었다. 나는 먼저 요즘 아들에게 생기는 신체 변화에 관해서 이야기했다.

"어릴 때하고는 다르게 요즘 신체적으로 변화가 생기지? 아빠도 너만 한 나이 때부터 그랬어. 어린아이에서 점점 어른이 되어 가는 자연스러운 과정이야. 우리 형근이가 많이 큰 것 같아서 아빠는 너무 자랑스러운데."

"아빠도 그랬어?"

"응, 자연스러운 거야. 사람마다 그 시기가 다를 수 있지만, 지금 너의 신체적 변화는 남자라면 당연히 거치는 과정이야. 사람뿐만 아니라 모든 생물체는 자기의 후손이 다음 환경에 잘 적응되길 바라는 본능을 가지고 있지. 새로운 환경에 도태되지 않고 살아남기 위해서 사람도 본능적으로 후손을 번식시키고 교육하는 거야. 너의 신체적 변화는 종족을 번식시킬 수 있도록 준비되는 과정이지. 몸을 이루고 있는 게 모두 중요하지만, 특히 후손을 만들기 위해서는 생식기가 중요한 신체 부위가 되겠지."

나는 큰아들의 반응을 살피면서 말을 이어갔다.

"신체적으로 후손을 가질 수 있는 몸 상태가 되었더라도, 우리 사람은 사회적 동물이기 때문에 사회적으로 스스로 자기 자식을 책임질 수 있는 능력을 갖추고 나서 자식을 가져야만 정말 자기 자식이 새로운 환경에 도태되지 않고 살아남을 수 있도록 도와줄 수 있겠지. 네가 이성에 끌리거나 성에 관해서 호기심을 갖는 것은 전혀 부끄럽거나 창피한 감정이 아니야. 그건 너무나 자연스러운 현상이고, 더구나 네 나이에서는 그런 마음이 드는 게 전혀 이상하지가 않은 거야. 신체적 변화에 따른 자연스러운 감정의 변화니까. 그런데, 소중한 너의 몸과 앞으로 생길 너의 후손을 위해서 잘못된 성적 지식이나 습관을 지니게 되면 오히려 본래의 목적인 건강한 후손을 낳는 데에 지장이 있을 수도 있겠지?"

"응. 아빠, 무슨 말인지 알겠어."

"주변의 모든 상황을 스스로 이해하고 책임질 수 있을 때까지는 네 몸을 소중하게 생각하고 잘 지킬 필요가 있어. 이성적으로 끌리는 마음은 자연스러운 것으로 생각하고, 필요할 때마다 아빠에게 편하게 물어봐. 점점 신체적으로 변화하는 것이 심리적으로도 영향을 미치게 될 수도 있으니까. 그런 때에도 이상하게 생각하지 말고 아빠에게 이야기하면 최대한 도와줄게."

"응. 알겠어."

큰아들에 이어서 두 살 터울인 작은아들도 세심하게 관찰하다 보니 큰아들과 비슷한 시기인 중학교 2학년에 다시 성에 대해 이야기할 기회를 가지게 되었다. 가족끼리 여수에 놀러 갔을 때, 아침에 일찍 일어난 작은아들과 여수 바다를 산책하면서 큰아들에게 해주었던 비슷한 이야기를 들려주었다.

그 이후에 두 아들은 자신들의 이성 관계에 대해서 부모와 자연스럽게 이야기를 나누고 있다. 고등학생이 되는 작은아들 상원이에게 이성 친구에 관한 이야기를 듣고서 우리 부부는 적정한 수준의 반응만을 했다. 너무 과한 반응은 오히려 아들에게 부담이 될 수도 있기 때문이다.

얼마나 공감하고 공유하는지가 중요하다

주변 사람들에게 호주에서 보호자 없이 두 아들만 공부하고 있다고 이야기를 하면 다들 걱정하신다. 유학 간 아이들 중에서 불미스러운 일로 뉴스에 언급되거나 지인의 이야기를 들었기 때문일 것이다.

두 아들의 호주 생활과 기숙사 학교의 결정은 전적으로 아이들이 스스로 한 것이었다. 그런 만큼 책임감을 느끼고 생활을 잘하고 있다. 물론 부모와 떨어져 있다 보니 함께 살 때보다는 유대관계가 옅어지고 지리적으로나 시간상으로 제한을 받는 것도 사실이다. 하지만, 고등학교 2학년, 중학교 3학년이었던 작년에도 바쁜 시험 기간을 제외하고는 수시로 화상통화나 전화 연락을 하며 일과를 공유하고 서로 공감을 주고받고 있다. 한 번 통화하면 한 시간 정도의 대화는 보통이고 길게는 두세 시간이 걸린다. 사춘기인 두 아들과 멀리 떨어져 있지만, 요즘에 무엇이 고민이고 오늘 어떤 감정이었는지 서로 공감하는 데는 전혀 부족함이 없다.

물론 한집에 함께 산다면 환경적으로 더 많은 시간이 있기에 두 아들과 더 깊은 얘기를 나누고 돈독해질 수도 있을 것이다. 하지만 사람 일이란 게 항상 좋은 일만 있을 수는 없기에, 서로 자주 부딪쳐서 감정이 악화되는 상황들도 무시할 수는 없다. 더구나 한집에 살지만 사춘기 때 어긋난 감정으로 부모와 대화를 단절하는 아이들도 많다고 한다. 함께 사는 것도 중요하지만, 더 중요한 것은 얼마나 공감하고 공유하는지의 유대감이라고 자신 있게 말하고 싶다. 한 공간에서 서로 긴장하고 감정적으로 상처를 주면서 지내는 것보다는, 일정 기간 떨어져서 각자에 대해서 더 깊게 생각해볼 수 있는 시간을 가지는 것도 나쁘지 않다. 이 기간 동안에 다른 가족을 객관적으로 바라볼 수 있는 힘이 생긴다면, 오히려 아이들과 더 좋은 관계로 발전될 가능성도 높다. 그리고 그러한 유대관계를 바탕으로 성교육을 자연스럽게 해 줄 때 아이들의 자존감과 자신감은 더욱 상승할 것이다.

아이들 성교육과 관련해서 부모는 중요성을 간과하지도 말고 그렇다고 너무 자세히 미리 설명하지도 않는 균형이 필요하다. 어릴 때부터 두 아들이 이해할 때까지 설명하는 방법으로 키워서인지, 성 문제에 대해서도 아이들이 이해되도록 설명을 해주었다. 가장 중요한 것은 성과 관련된 신체적 변화와 감정적 변화를 공감하고 교감해야 한다는 것이다. 외설적이고 이상한 것이 아닌 너무나 소중하고 자연스러운 변화라는 인식과 그 변화를 잘 유지해야만 하는 이유를 아이들에게 이해시키는 것이 좋다. 한번 이해된 것은 아이들 스스로 실천하려고 노력할 것이다. 가끔 실수할 수도 있겠지만, 아이들 스스로 올바른 방향을 알고 있고 부모가 믿고 기다려준다면 아이들은 항상 제자리로 찾아올 것이다.

2장

현명한 아빠는 아이에게 휘둘리지 않는다

08

아빠의 사명 선언서

끝나지 않을 것 같은 방황

삶의 목적과 방향이 없이 살던 시절이 있었다. 앞에서 잠시 언급했지만, 중·고등학교 때 나는 평범한 학생이 아니었다. 공부에는 관심을 두지 않았고, 친구들과 어울려 놀기를 좋아하는 수준이 아니라 해서는 안 될 행동들도 서슴없이 했다. 부모님과의 관계는 원만하지 못했고 가족의 틀 안에서 완전히 벗어나 있었다.

나는 청주에서 중·고등학교를 다녔고 다행히 졸업했다. 아버지와는 한벌초등학교부터 청주중학교, 청주고등학교까지 동문이다. 정확히 아버지가 30년 동문 선배님이시다. 고교평준화 이후에는 없어졌지만, 아버지가 학교에 다니시던 30년 전에 청주중·고등학교는 시험을 봐서 충북 수재들만 입학하는 지역 명문 학교였다고 한다.

어쨌든, 중·고등학교에 다니던 4년간 나는 부모님의 속을 썩였다. 나 스스로도 얼마나 삶에 자신감과 희망이 없었으면 내가 학교를 졸업할 수 있으리라고는 생각하지 않았다. 하물며 부모님도 이렇게 말씀하셨다.

“중졸과 고졸은 사회생활을 할 때 대우가 다르니 적어도 고등학교는 졸업해라. 더는 안 바란다.”

나를 졸업시키기 위해서, 툭하면 사고를 친 학교에 오셔서 선생님에게 고개를 연신 숙이시던 어머니의 모습도 보기 싫었다. 학교뿐 아니라 길 가다가 싸우는 일도 비일비재하여 병원이나 경찰서까지 내 뒤를 쫓아다니시면서 뒤처리를 하셨다. 집에는 거의 들어가지 않았고, 급기야 학교에서 집까지 시내버스로 세 정거장 거리임에도 학교 근처 공단에 있는 자취방을 구해서 혼자 통학을 했다.

아무런 낙도 희망도 없이 그냥 하루하루를 친구들과 무의미하게 보냈다. 어느 정도에서 이 방황을 끝내고 싶었지만, 어떻게 끝내고 다시 시작해야 하는지 방법도 몰랐고 의지도 금방 사라져버렸다. 이 시절에 나는 아버지의 대학교 친구분으로부터 이런 말을 들었다.

“대학교 때부터 네 아빠를 지켜봤지만 강철같은 사람이 우는 것을 처음 봤다. 학생운동을 하면서 경찰에 연행되고, 힘든 일을 많이 겪어도 눈물 한 번 보인 적이 없는 사람인데, 영한이 너 얘기하면서 어제 많이 울더라.”

마음은 아팠지만, 몇 년 동안 마음이 완전히 떠난 나에게는 큰 동요가 없었다. 나는 이미 돌아올 수 없는 너무 큰 강을 건넌 느낌이었다.

이 시절에 나는 삶의 목적이나 방향 없이 사는 게 어떤 것인지 경험해 보았다. 아무런 목적없는 삶은 존재 자체를 더욱 비참하게 만든다. 내 존재에 대한 회의감으로부터 나온 모든 부정성은 나의 말과 행동을 폭력적으로 만들고 항상 주변의 평화를 깨뜨렸다. 그 당시에 내가 하던 말이나 행동은 지금으로서는 도무지 상상조차 할 엄두가 나지 않지만, 그때의 내 모습도 나였다. 그 시절에 사진으로 찍은 내 모습은 지금의 내가 봐도 똑바로 보기가 싫은 눈빛이었다.

할머니의 임종

지금도 생생하게 기억한다. 1992년 1월, 고등학교 2학년을 마치고 방학을 한 추운 겨울이었나. 온종일 밖에서 친구들과 어울려 노는데 집에서 연락이 왔다. 할머니가 돌아가셨다는……. 모든 사람이 나를 비난해도, 장손이랍시고 항상 나를 따뜻하고 환하게 맞아주셨던 할머니였다. 찾아뵈면 쌈지에서 꼬깃꼬깃 구겨 넣어 둔 지폐를 몇 장 꺼내 손에 쥐여 주시고, 못난 손자를 위해서 매일 기도해주시던 할머니가 돌아가셨다. 제대로 된 손자의 모습은 보여주지도 못했는데 말이다.

나는 곧바로 집으로 달려가서 숨소리가 점점 약해지는 할머니의 얼굴을 바라보았다. 할머니 옆을 지키시던 분이 마지막 유언을 하신다면서 아버지를 찾으셨고 할머니는 아버지 귀에 무슨 말씀을 하셨다. 그다음에는 나를 찾으셔서 할머니 입 가까이에 귀를 가져다 대었다.

"영한아, 이제 제 길로 돌아와라."

이 한마디를 끝으로 남기시고 할머니는 돌아가셨다. 나는 조용히 밖으로 나와서 추운 겨울밤의 하늘을 올려다보았다. 눈물도 나오지 않았다. 그 순간 속으로 다짐했다.

'할머니, 늦었지만 하늘에서 지켜봐 주세요. 지금부터 제가 어떤 길을 가는지…….'

친구들의 도움으로 무사히 장례식을 마칠 수 있었다. 그러고 나니 이제 고등학교 3학년이 시작되는 시기였다. 공부하려고 교과서를 찾았지만 없어서 중고서점에 가서 교과서를 사거나 선생님에게 부탁해서 얻었다. 그전에는 야간 자율학습을 제대로 한 적이 없었고, 내가 이과인지도 몰랐고, 이과는 수학을 잘해야 한다는 사실은 더더욱 몰랐다.

할머니가 돌아가신 후 고등학교 3학년 1학기부터 공부를 시작했다. 그냥 미친 듯이 했다. 처음에는 주변 친구들이나 선생님도 이상하게 쳐다보았지만 그런 것에 신경 쓰고 싶지 않았다. 죽어라 하고 공부만 6개월 정도 하니까 많은 과목이 상위권으로 올라갔다. 그런데 수학은 단기간에 성적이 오르지 않았다. 담임선생님이 차라리 수학은 포기하고 다른 과목

들을 현재 상태로 유지하는 게 낫다고 조언해 주셨다. 이과는 수학의 비중이 큰데 나에겐 선택의 여지가 없었다.

공부도 공부지만, 그동안 몸을 함부로 굴린 대가로 허리가 완전히 틀어져서 의자에 30분 이상 앉아 있지를 못했다. 아픈 허리 때문에 매일 한약을 먹으면서 간신히 버텼다. 악착같이 공부해서 모의고사를 보았다. 충북대학교 토목공학과에 지원했는데 합격선이었다. 하지만, 담임선생님은 어머니에게 이렇게 말씀하셨다.

"영한이 같은 경우는 100% 안정선이 아니라 200% 이상 무조건 합격하는 곳에 지원을 해야 합니다. 올해가 마지막 본고사여서 내년에는 대입제도가 바뀝니다. 영한이가 이번에 떨어지면 내년에도 공부를 이어갈 수 있을까요?"

어머니는 선생님의 제안을 받아들이셨고, 드디어 나는 대전대학교 토목공학과에 입학했다. 그 당시 나에게는 어느 대학을 가느냐는 중요하지 않았다. 나의 삶이 새롭게 시작될 곳이 있다는 것 자체로 만족했다. 고등학교라도 졸업하라고 하시던 부모님은 무척이나 기뻐하셨다. 1993년 1월 어느 날 밤에 나는 할머니의 상례를 치렀던 평화아파트 놀이터에 다시 가서 하늘을 올려다보았다.

'할머니, 지켜보고 계세요? 이제부터는 제 길을 걸어갈 테니, 계속 지켜봐 주세요.'

윤영한 사명서

그 이후로 나는 다시는 방황하는 삶을 하루도 살지 않았다. 오히려 보란 듯이 누구보다 열심히 하루하루를 살았다. 그리고 대학교 2학년을 마치고 군대에 갔다. 서부전선 육군 1사단에 배치받아서 26개월의 군 생활을 하였다. 입대하기 전부터 나는 명확한 목표를 가지고 입대를 하였다. 제대할 때 내 인생의 방향타인 '윤영한 사명서'를 완성하기만 해도 나의 군 생활은 성공한 것으로 생각하기로 했다.

실제로 나는 제대할 즈음에 '윤영한 사명서'를 만들어 항상 눈에 보이는 데에 놓고 읽고 다짐하기를 반복했다. 옛날처럼 방황하던 시절로 다시는 돌아가지 않겠다고……. 1996년 군대에서 만든 사명서는 24년이 지난 지금도 내 책상에 그대로 붙어 있다. 그리고 그 옆에는 가족과 함께 만든 '가족 사명서'가 자리를 차지하고 있다.

'윤영한 사명서'는 총칙과 다섯 개의 개요로 만들어졌다. 그로부터 24년이 지난 내 삶을 되돌아보면, 정말 여기에 쓰여 있는 것처럼 내 삶이 흘러왔다. 신기할 따름이다. 그동안 내 생각이 진짜 현실이 되는 것을 여러 번 경험했다. 2014년부터 호주 골드코스트에 가족이 살게 된 것도, 1999년에 골드코스트를 방문했기 때문에 가능했다. 서퍼스 파라다이스 해변 뒤쪽의 주거지역을 다니면서 '여기서 가족과 함께 살아야지.'라는 마음이 생겼다. 그 생각은 2009년 호주영주권을 준비하면서도 계속 떠올랐고, 실제로 내 생각이 현실로 자연스럽게 이루어졌다.

24년 전에 앞으로는 어떠한 외부 환경에도 휘둘리지 않고 살겠다며 만들었던 '유영한 사명서'를 소개한다.

총치: 내 삶의 목표를 나 자신과 타인, 즉 인간과 자연을 신뢰하는 삶으로 정한다.

개요

하나, 나는 언제나 침착한 상태, 즉 고요한 정신을 유지하도록 노력할 것이다. 이를 위해서 자기 쇄신으로서 명상과 다양하고 어려운 경험을 쌓는데 게을리하지 않겠다.

둘, 나는 타인의 패러다임을 이해하려는 습관을 가지도록 노력할 것이다. 이를 위해서 공감적 경청으로써 사물을 세심하게 관찰하는 능력을 키우는데 게을리하지 않겠다.

셋, 나는 내가 한번 시작한 일은 반드시 이루고야 말 것이다. 이를 위해서 쓸데없는 일은 벌이지 않겠으며, 내가 한 말은 반드시 지키는 언행일치를 실천하는 데 게을리하지 않겠다.

넷, 나는 나 자신을 위해서 일 년에 하나 정도는 자기계발에 힘쓸 것이다. 이를 위해서 모르는 것을 배움에 부끄러워하지 않도록 적극성을 키우고, 불필요한 남의 시선을 의식하지 않음에 게을리하지 않겠다.

다섯, 나는 나 자신뿐 아니라 타인의 삶도 개선시키도록 노력하겠다. 이를 위해서 상호의존적인 인간관계, 즉 윈-윈 아니면 무거래원칙을 유지하거나 개선하고 무조건적인 사랑을 하루라도 지나치지 않음에 게을리하지 않겠다.

나 자신은 내가 만들어 가는 하나의 작품이다. 어떻게 손질하느냐에 따라 쓰레기가 될 수도 있고, 모든 이에게 도움을 줄 수 있는 사람다운 사람이 될 수도 있다.

1996년 10월 3일

09

아이의 라이프스타일은 5세 때 결정된다

불행히도 당신은 중요한 첫 기차를 놓쳤다

"아이가 뭘 아니? 크기 전까지는 어른이 하라는 대로 그냥 따르면 되지. 아이는 아직 어려서 아무것도 몰라."

어른들이 아이에게 종종 하시던 말씀이라, 누구나 처음 들어본 말은 아닐 것이다. 우리 세대는 많이 변화했다고는 하지만, 아직도 과도기인 것 같다. 우리 세대의 환경이 위와 같다면, 인지하지 못했어도 우리의 의식에 스며들어 있을 것이다. 변화는 내일부터가 아닌, 우리 세대의 지금 오늘부터 시작되어야 한다. 오늘 시작해야 내일의 변화를 기대할 수 있기 때문이다.

만일 이전 세대에서 배운 것처럼 아이가 아무것도 모른다고 생각하여, 우리 아이를 무시하며 어린 시절을 보냈다고 가정해보자. 우리는 아이가 조금 큰 다음에, 말이 통하기 시작할 때부터 제대로 교육하려는 나름의 교육관이 있는 부모이다. 말이 통하지 않고, 아무것도 모르는 아이를 상대로 교육하는 것은 효과적이 아니라고 생각한다. "이러한 선택이 옳은 것일까?"라고 묻는다면, 당신은 다음과 같은 대답을 듣게 될 것이다.

"불행히도 당신은 중요한 첫 기차를 놓쳤습니다."

당신의 아이는 제대로 교육받을 수 있는 아주 중요한 시기를 놓친 것이다. 더 중요한 것은 이 기회는 다시 오지 않는다는 사실이다. 우리나라 속담에도 '세 살 적 버릇이 여든까지 간다.'는 말이 있다. 그만큼 지혜로운 선조들은 어릴 때의 습관과 행동 양식이 평생을 좌우한다는 것을 이미 알고 계셨던 것 같다.

이 속담은 현대에 들어와서 뇌를 연구하는 기술이 발전함에 따라 사실로 입증되고 있다. 인류 문명과 진화에서 가장 중요한 신체 부분인 뇌는 3세 전후에 이미 80%가 형성이 완료된다. 80% 정도 형성된 뇌세포가 곧바로 활성화되는 것은 아니다. 뇌세포끼리 연결하여 실질적인 뇌 활동이 이루어지는 중요한 역할은 뉴런 형성과 실제 정보 신호를 주고받는 시냅스의 활동에 의해서이다.

각자가 타고난 재능이 다르다고 말하고, 우리나라에 전해 내려오는 사주팔자에 의해서 그 사람의 운명을 대략적으로나마 가늠할 수 있는 것도 이와 같은 맥락이 아닐까 싶다. 물리적으로 뇌세포는 서로 연결이 되어 있지 않다. 시냅스를 통한 화학물질의 분비와 전기신호로 서로 정보를 주고받는다. 보통 사주팔자를 볼 때, 태어난 년, 월, 일, 시간을 입력하는 것은 태어나는 순간의 태양과 달의 전자기적 활동이 우리 뇌세포의 시냅스 연결에 영향을 준다고 생각하기 때문이다. 전기신호로 주고받는 시냅스의 연결고리가 태양의 활동에 따라서 더 강화되는 부분이 있다면 그 분야에 재능이 상대적으로 뛰어날 수도 있다고 생각한다.

뉴런과 시냅스의 형성은 3~6세에 최고조에 달한 후에는 시간이 지남에 따라 유지 또는 퇴화를 시작한다는 학설도 있었지만, 1990년부터는 퇴화한 뇌세포나 시냅스가 성인이 되어서 경로를 재구성하여 새로운 연결을 한다는 뇌 가소성 이론이 대두되기도 하였다. 그럼에도 불구하고 5세 전후에 뇌의 형성이 거의 완료되어, 그 어린 시기에 어떤 자극을 받느냐에 따라서 나머지 삶에 지대한 영향을 미친다는 것은 변함이 없다.

크기로 보면 1.4kg 정도의 작은 부분인 뇌가 전체 산소의 15%, 포도당은 75% 이상을 소비한다고 한다. 태어나자마자 사람의 많은 에너지를 한 기관에 쏟는 것은 그 부분이 중요해서이다. 즉, 태어나자마자 상대적으로 살아남기 위해서 사람은 뇌를 먼저 강화해야 한다는 것을 진화를 통해서 본능적으로 경험했을 수도 있다.

자연적으로 사람의 몸은 5세 전후에 뒤따라오는 전체 삶의 생존과 진화를 위해서 몸과 뇌가 적합하게 형성이 된다. 최대한 많은 초기 정보와

생활습관 등을 흡수하기 위해서 본능적으로 가장 활발할 상태가 5세 전후라는 이야기이다. 어떤 자극과 감정 그리고 반복적 반응을 통해서 그 아이의 전체 삶의 중요한 패턴이 결정되는 시기이다.

아이는 나름 최선을 다하고 있다

서울에 살 때는 남들과 비슷하게 거의 지하철을 타고 출퇴근하였다. 교통수단 중 하나인 지하철은 가끔은 타인의 삶을 적나라하게 볼 수 있는 장소이기도 하다. 아직도 그 아이의 표정이 생생한, 지하철에서 경험했던 에피소드를 공유하고자 한다.

그날은 퇴근을 조금 일찍 해서인지 지하철이 거의 텅 비었다. 지하철에 올라탔을 때 10명도 되지 않아서 나는 빈자리에 앉았다. 반대편에는 갓난아기를 등에 업은 엄마와 4~5세 정도의 여자아이가 앉아 있었다. 여자아이가 엄마에게 자꾸 말을 걸었는데, 엄마는 등에 업은 아기 때문에 힘이 들었는지 아이에게 그만하라고 대응을 했다. 계속되는 아이의 질문에 결국엔 엄마가 갑자기 폭발하여, 윽박지르면서 어린 여자아이의 몸을 흔들기 시작했다.

"하지 말라고! 하지 말라고 말했지! 엄마가 몇 번이나 말했어? 하지 말라고! 응? 하지 마!"

엄마가 갓난아기를 등에 업고 한 손에는 어린 딸을 데리고 지하철로 이동하니 많이 힘들었을 것 같다. 그 엄마의 단적인 행동만 보고 그 가족을 단정 지을 수는 없다. 하지만, 엄마의 행동이 만약 계속 반복되는 상황이라면 그 아이는 그때마다 어떤 감정을 느낄까? 이렇게 생각하니 괜히 눈시울이 뜨거워졌다. 내가 어떻게 개입할 수도 없는 상황이었지만, 단지 엄마의 관심을 끌기 위해서 계속 질문했던 그 아이가 너무 측은해 보였다.

엄마의 그런 반응 이후에 여자아이는 고개를 숙이고 내릴 때까지 엄마에게 아무 말도 하지 않았다. 엄마의 말을 온몸으로 지키고 있다고 속으로 말하는 듯했다. 하지만 엄마는 아직 분이 안 풀렸는지, 어린 딸의 손을 확 잡아당기면서 질질 끌고 가듯이 지하철에서 내렸다. 엄마는 감정이 가라앉지 않았는지 지하철에서 내리자마자 다시 여자아이에게 2차 공격을 가하기 시작했다. 아마도 엄마의 화가 다 풀릴 때까지 그 아이는 엄마의 모든 부정성을 받아내야만 했을 것이다.

이와 똑같은 상황은 아니더라도 부모들은 아이를 키우면서 비슷한 경험을 몇 번씩은 해 봤을 것이다. 계속 반복되는, 이해되지 않는 아이의 요구에 부모는 얼마나 이해하려고 노력했을까? 아이도 부모를 이해하려고 나름대로 노력하고 있다. 주변의 상황을 인지하고 부모의 눈치도 보면서 자기가 어떤 방식으로 표현을 해야 하는지 고민한다. 물론 아이가 선택한 최선의 방법이 어른이 생각하는 방법과 다를 때가 대부분이지만, 아이는 나름대로 최선을 다하는 것이다.

부모의 다양한 자극을 받아들이는 것은 결국 아이 자신이다

이제 우리는 5세 전후의 시기가 인간의 전체 삶에서 중요하다는 것을 이해했다. 부모는 이 시기에 다양한 외부 자극과 안정적인 감정 보호로 아이들의 균형 잡힌 성장을 도와주어야 한다. 하지만, 여기서 한 발짝 더 나아가서 짚고 넘어가야 할 사항이 있다.

영양가 높은 음식을 아무리 많이 먹어도 소화를 시키지 못하면 오히려 탈이 날 수도 있다. 부모의 다양한 자극과 노력을 받아들여서 소화시키는 것은 결국 아이 자신이다. 아이의 성장이 외부의 영향을 받기는 하지만, 정작 중요한 것은 아이가 그 사실을 어떻게 해석하고 받아들이느냐에 있다. 쉽지는 않겠지만 부모는 인내를 가지고 아이가 어떻게 외부 환경을 주관적으로 소화시키는지를 관찰해야 한다. 똑같은 환경에서 같은 자극을 받았다고 같은 결과가 나오는 것은 아니기 때문이다.

같은 집, 같은 부모 밑에서 똑같이 자란 아이들도 점점 커가면서 다른 색깔로 각자 다른 삶을 살아간다. 주변의 환경을 아이가 어떻게 받아들이고, 어떻게 반응하는지 세심하게 관찰해야 하는 이유이다. 아이가 받아들이는 주관적인 해석에 따라서 부모는 또 다른 방법으로 아이에게 자

극을 주어야 한다

아이들은 아무것도 모르는 것이 아니다. 단지 이해하고 표현하는 방법이 어른과 다른 것뿐이다.

가끔은 아이들의 천진함과 순수함이 부러울 때가 있다. 분명히 나도 그런 시기가 있었지만, 어떻게라도 어린 시절의 천진함과 순수함을 되찾을 수 있다면, 꼭 그렇게 하고 싶다.
나는 두 아들을 키우면서 지금은 잃어버린 어린 시절의 순수함을 가끔 다시 발견할 때도 있다. 어른이 된다는 것이 항상 행복한 것만은 아니라는 사실에 누구나 공감할 것이다. 그럼에도 아이들은 우리처럼 점점 어른이 될 것이다. 가능하면 시간이 흘러감에 따라 너무나 쉽게 잃어버리는 어렸을 때의 순수함과 천진함을 오래 유지해주고 싶다. 그 소중함을 알아차렸을 때는 이미 그 소중한 것이 없어지고 난 후일 테니까.

10

존중받아야 자존감이 높아진다

아이의 자존감이 바닥이라면

타인에게 존중받지 못하는 사람이 스스로 가치 있게 생각할 수 있을까? 이 질문의 답은 모두가 알고 있다. 다 큰 어른이나 아직 자라고 있는 아이들이나 모두 똑같이 적용된다. 아직 외부 환경의 영향을 크게 받는 아이들의 부모가 이 질문에 확실하게 대답해야 한다. 어른들도 남에게 존중을 받는 사람은 스스로 자존감이 높아진다. 반대로 남에게 존중받지 못하는 부모는 아이들마저 자존감을 낮아지게 만들 수밖에 없다.

나는 아이들이 어렸을 때 주말마다 야외로 놀러 다녔다. 아들만 둘이라서 집안에서는 그들의 육체적 활동을 충족시키기에는 턱없이 부족했다. 밖에서 땀 흘리며 신나게 놀고 나면, 집에 오는 차 안에서 거의 새근새근 잠을 잤다. 그 정도가 될 때까지 아빠인 나의 에너지도 함께 방전되기는 마찬가지였다.

아이들이 아직 초등학교 때 동해안으로 가족끼리 캠핑 여행을 간 적이 있었다. 동해안 바닷가에 미리 설치해 놓은 텐트를 이용하는 것이라 따로 준비할 필요 없이 먹을 음식만 챙기면 되었다. 텐트는 모랫가에 설치되어 있었고, 앞 텐트에는 이미 다른 가족이 들어와 있었다. 우리 아이들과 비슷한 또래의 오빠와 여동생이었다.

따로 샤워장이 있었지만, 씻고 나와도 모래 위를 걷고 바다로 수시로 들어가기 때문에 금세 더러워졌다. 우리 남자 셋은 깨끗이 지내는 것은 일찌감치 포기했다. 나는 아이들과 바다에 뛰어들고, 모래 위에서 축구를 하고, 먹고 놀기를 반복했다. 그러다 보니 금세 어두워졌다. 우리는 간단하게 씻기로 했다.

앞 텐트 가족의 아들도 우리 아이들과 놀다 보니 금방 친해져서 함께 어울렸다. 중간중간 간식을 먹으러 각자의 텐트로 갈 때, 맞은편 텐트의 아빠가 아들에게 깨끗이 씻고 들어오라고 이야기를 했다. 그 아이는 우리 집 아이들을 보고, 자기도 손만 씻고 먹으면 안 되냐고 대답했지만, 그 집 아빠는 곧바로 맞받아쳤다.

"쓸데없는 말대꾸하지 말고 빨리 씻고 와!"

그 아이가 씻고 오는 동안에 우리 집 두 아들은 손만 간단히 씻고 벌써 밥을 다 먹고 또 같이 놀자고 대기 중이었다. 빨리 놀고 싶은 맞은편 텐트 아이가 간단히 먹고 일어나려고 하자, 이번엔 엄마가 아이를 나무랐다. 우리 가족은 해가 지기 전까지 이런 일이 몇 번 반복되자 괜히 우리 때문에 옆집 부모의 목소리가 커지는 것 같아서 조심하기로 했다.

저녁 시간이 되자 옆집 부모는 낮에 반복적으로 아이를 혼내면서 감정이 많이 소모된 것처럼 힘들어 보였고, 급기야 저녁을 먹다가 아빠가 감정선을 넘어버렸다. 아들을 혼내면서 낮에 있었던 이야기들까지 모두 끄집어내어 왜 지금 네가 혼나는지, 왜 아빠가 화나는 게 당연한지를 설명하기 시작했다. 보통 아빠의 훈육이 모두 끝나고 나면, 엄마가 옆에서 다독거려 주는데 그 집 엄마도 낮에 있던 일들을 언급하면서 아들을 매몰차게 몰아붙였다.

나중에 아내에게서 들은 이야기지만, 낮에 내가 아이들과 신나게 노느라 밖에 있는 동안에 맞은편 텐트의 부부는 서로 다투었다고 한다. 부모의 감정이 좋지 않은 상태에서 그 스트레스를 아들에게 해소한 셈이다.

나는 화장실에 가려고 잠깐 밖으로 나왔다. 옆 텐트 아들이 자기 여동생을 데리고 화장실에 다녀오고 있었다. 손을 꼭 잡고 여동생을 챙기는 모습을 보니 대견해 보여서 내가 말을 걸었는데, 그냥 씩 웃고 아무 말도 하지 않고 지나쳤다.

여동생을 잘 챙기는 것을 보면 분명 자존감이 높은 아이인데, 부모가 조금만 그 아이를 존중해주었으면 하는 안타까운 마음이 들었다. 아마 그날만 엄마 아빠가 힘이 들어서 그랬을 수도 있다. 우리 부부도 살면서 서로 의견이 맞지 않는 날이 많다. 다른 사람도 아니고 아내와의 논쟁은 생각보다 많은 에너지를 소모한다. 그리고 괜히 주변에서 화풀이 대상을 찾는다. 내가 가장 확실하게 이길 수 있는 아이들에게 화를 쏟아낸다.

부모도 사람이기 때문에 살다 보면 화가 날 수도 있고 슬플 수도 있다. 하지만 그 감정을 아이들에게 풀어버리면 안 된다. 아이들은 자기가 사랑하는 엄마 아빠가 행복하지 못한 것이 자기 탓이라 생각하며 스스로 자책할 수도 있다.

아이의 의견을 존중한다

부모가 아이의 의견을 무시해버리고, 부모의 의견을 강요하면 아이는 자기 스스로를 신뢰하지 못한다.

나는 아이들이 어릴 때부터 우리 집안에 결정해야 할 일이 있으면 두 아들도 참여시켜서 함께 이야기를 나눴다. 아이들이 어리다고 우습게 생각하지 않고 실제로 두 아들을 참여시켜 이야기하면서 집안의 문제가 의외로 쉽게 해결된 사례를 많이 경험했다. 아이들이 참여하여 자기 의견이 반영되었을 때 두 아들의 난굴 레퍼토리가 있다.

"역시 난 천재야!"

이런 말을 할 때의 표정만 봐도 얼마나 스스로 자존감을 뽐내는지 알 수 있다. 부모가 아이보다 경험이 더 많으니까 모든 문제에 대해서 더 올바른 답을 낼 거라고는 생각하지 말자. 가끔은 오래된 경험이 오히려 편견을 가지게 해서 새로운 접근을 방해할 때도 많다.

아이의 참여를 유도하면서 아이의 의견을 존중하는 환경을 만들 때 조심해야 할 사항이 있다. 의도적으로 아이의 성장을 위해서 일부러 분위기를 조성하고 억지로 참여를 강요해서는 안 된다. 아이는 금방 그 의도를 눈치채고 거부하거나 그냥 겉으로 흉내만 낼 것이다. 나도 이런 경험을 몇 번 해 봤다. 책에서 좋은 이야기를 읽고 집에서 응용하려고 하면 아이는 귀신같이 아빠의 의도를 알아챘다.

아이의 의견을 존중해주려면, 가끔은 아빠가 살짝 나사 빠진 모습을 보이는 것도 나쁘지 않다. 아빠의 실수하는 모습을 보면서 아이가 도와주고 싶은 상황이라고 생각한다면 미리 요구하지 않아도 스스로 자기 의견과 행동을 보일 것이다. 너무나 완벽한 부모에게는 아이들의 의견이 들어갈 틈이 없다. 아이는 부모를 어렵지 않게 생각할 때만 자기의 의견을 스스럼없이 개진할 수 있기 때문이다.

감정을 객관적으로 이야기한다

앞에서 얘기한 야영장 텐트 사례에서 화를 내는 부모를 보았지만, 나도 화가 나서 감정적으로 반응하는 경우가 많았다. 결혼 전에는 평균 이상의 욱하는 성질이 있었고, 결혼 후에는 평균 또는 평균 이하였고, 두 아들을 키우면서는 다 사라지지는 않았지만 그 강도나 빈도는 확연하게 줄어들었다. 내가 감정적으로 반응하는 횟수가 많아질수록 우리 가족의 분위기는 쉽게 싸늘해졌다. 그리고 아이들도 서로 눈치 보느라고 바빴다. 그러나 내가 스스로 감정을 잘 다스리면서 빈틈을 자주 보이자 두 아들의 표정이 해맑아지기 시작했다.

나는 순간적으로 참지 못하고 아이들에게 화를 냈을 때는, 조금 시간이 흘러서 안정된 후에 다시 다가가서 솔직하게 이야기한다. 감정적으로 화를 내면서 말한 것에 대해서 미안하다고 확실하게 이야기한다. 그러고는 그렇게 된 이유를 차분하게 이야기하다 보면, 아이들도 이해하고 더 이상의 급격한 감정의 불씨로 번지지 않는다.

그런 모습을 보면서 자라서인지 두 아들도 화가 날 때는 무조건 화만 내는 감정표현만 하는 것이 아니라 차분하게 감정을 진정시킨 후에 한 발짝 뒤에서 자기가 느꼈던 감정에 관해서 솔직하게 이야기한다. 대화를 하다가 화를 낸 상대방이 감정을 객관적으로 이야기할 때에 듣는 사람은 자신이 존중받는다고 느낀다. 그리고 그런 존중은 아이의 사존감을 높이는 또 다른 무기로써 손색이 없다.

아이의 말에 귀를 기울이면서 아이의 의견을 존중하면 스스로 자존감은 높아지고, 높아진 자존감만큼 자기 자신을 사랑할 수 있을 것이다. 자기 자신을 사랑하는 아이들은 다른 사람도 사랑할 수 있는 용기와 힘이 생긴다. 무엇보다 아이를 존중해주기 위해서는 부모 스스로 감정을 조절할 필요가 있다. 설사 가끔 감정조절에 실패하더라도 낙심할 필요는 없다. 마음을 가라앉힌 후에 다시 아이에게 찾아가서 조금 전의 감정에 대해 사과하고 차분하게 이야기하면 된다.

사람은 누구나 실수를 할 수 있다. 부모도 사람이기에 실수를 한다. 그러나 똑같은 실수를 반복해서는 안 된다. 실수한 원인을 이해하고 반성해야 다음에 성장의 발판으로 삼을 수 있다. 더구나 내 아이와 함께 성장하기 위해서는 실수를 한 후에 어떻게 대응하는지를 아이들에게 반복적으로 보여줘야 한다. 그러면 아이는 존중받는 것을 느끼며 스스로 성장의 발판을 마련할 것이다.
지극히 주관적인 감정을 객관적으로 관찰하며 말하는 연습을 하다 보면, 스스로도 몰랐던 스쳐 가는 미세한 감정까지도 알아차릴 수 있다. 자기의 감정을 객관적으로 말할 수 있다는 것은 자신의 감정을 스스로 조절하고 있다는 또 다른 의미이다.

11

사회성은 가정에서 시작된다

가정은 작은 사회다

하젠 워너Hajen Warner는 지금 수많은 가정이 붕괴되고 있다면서 "가정이야말로 모든 인간 사회의 기본 단위요 질서"라고 말했다. 가정은 작은 사회이다. 권력을 가진 기성세대와 새롭게 합류한 진보진영의 대립 또는 협치가 존재한다. 성별과 나이를 두루 갖추고 있으며, 재정의 수입과 지출에 따른 다양한 선택에 따라서 앞날이 좌우되기도 한다. 아빠와 엄마 그리고 두 아들이 이루고 있는 가정에서 우리는 서로 다른 것을 배우기도 하고 때론 같은 것을 공감하기도 하면서 성장한다. 이 작지만 소중한 가정 사회의 평화를 위해서는 소속된 모든 구성원이 노력해야 한다. 아무 노력도 없이 가정의 평화가 거저 오는 법은 없다. 그만한 대가가 항상 따라야 한다.

중·고등학교 때 학교 밖에서 만났던 친구들은 대부분 집안에 문제가 있다고 생각했다. 자신이 이렇게 사는 것은 그런 환경 때문이라는 것을 강조했다. 물론 그중에는 집안에 문제가 있는 친구도 있었고, 집안의 다른 식구들은 문제가 없는데 본인 자신만 문제였던 친구도 적지 않았다. 상황이 어찌 되었든 그때 만난 친구들의 공통점은 대부분 부모님으로부터 신뢰를 얻지 못하고 인정을 받지 못한다는 공통점이 있었다.

가정이라는 작은 사회로부터 인정을 받지 못한 구성원은 자연스럽게 또 다른 사회를 찾기 마련이다. 자신을 인정해주는 사회를 찾다가 결국은 학교 밖에서 서로 비슷한 친구들끼리 모이고 어울리게 된다. 여기에서만큼은 최소한 서로를 인정해주니까. 이렇게 존중받지 못하는 어린 친구들의 특징은 자신의 자존감이 낮아서 자기 몸을 함부로 굴린다는 것이다. 스스로 소중하다는 생각은 전혀 하지 않고, 기분 내키는 대로 살고 자기 몸을 아끼지 않는다.

자기의 존재감이 낮아지는 만큼 타인에 대한 부정성과 다른 사람에 대한 배려나 인정은 전혀 찾아볼 수가 없다. 이런 생활을 지속하다 보면 타인에 대한 존재감마저 떨어지면서 쉽게 폭력을 휘두르게 된다. 가정이라는 작은 사회에서 인정받지 못하는 사람은 다른 어떤 사회에서도 적응하기가 쉽지 않다. 더 큰 사회로 나아가 더 많은 활동을 하기 위해서 가정에서부터 다양한 사회성을 키워야 하는 이유다.

화내지 않고 아이를 변화시키는 비결

우리 집 두 아들은 서로 장난치고 싸우면서 성장했다. 때로는 경쟁심리가 생기는 것을 경험했고, 자기의 작은 배려가 가족 전체에 어떻게 영향을 미치는지를 직접 목격하기도 했다. 그리고 아빠와 엄마라는 존재를 통해서 남자와 여자의 차이도 배웠다. 아직은 어리지만 곧 부모를 객관적으로 마주할 날도 올 것이다. 부모의 이미지를 제거한 후에 순수하게 한 남자와 한 여자로서 자기 부모를 바라볼 날도 올 것이다.

이처럼 아이들은 가정에서 점점 사회성을 배우다가 그 범위를 넓혀가면서 더 다양한 위치와 더 다양한 역할을 할 수 있는 사회로 나아가 독립한다.

아이들이 초등학교 때 홍콩으로 놀러 간 적이 있었다. 두 살 터울의 두 아들은 눈만 마주치면 신나게 놀았다. 지금은 고등학생이라 육체적 장난이 많이 줄었지만, 어릴 때는 둘이 놀고 장난치다가 다치는 경우가 허다했다. 그럴 때마다 어느 정도 선을 넘을 것 같으면 아이들을 진정시키고 주의를 주곤 했다. 하지만 대부분은 잠깐만 약효가 있을 뿐이지 스프링처럼 금방 다시 튀어 오르곤 했다.

홍콩에 도착하자마자 두 아들의 눈빛이 심상치 않았다. 공항에서부터 시작한 위험한 장난이 계속 이어졌다. 아니나 다를까, 호텔에서 마침내 사고가 일어났다. 호텔에 도착하자마자 침대와 소파를 뛰어오르고 건너뛰면서 재밌는 술래잡기를 하기 시작했다. 공항에서도 한번 주의를 주고 경고하였지만, 상황이 상황인지라 바로 두 아들을 세워서 진정시켰다. 너희들 기분은 이해하지만, 이러다가는 다칠 것 같으니 너무 뛰어다니면 안 된다고 다시 한번 주의를 환기했다. 두 아들은 알겠다고 시원하게 대답하고는 몇 초 정도 조용히 있는가 싶더니, 바로 다시 뛰어다니기 시작했다.

그렇게 몇 차례 반복하더니 결국은 작은애가 넘어져서 코피가 났다. 나는 화가 났다. 하지만 바로 표현하지 않고 어떻게 대응할까 잠시 망설였다. 이번엔 확실히 이 습관을 고쳐야겠다고 생각하고는 처음으로 두 아들에게 회초리를 들었다. 홍콩의 첫날 호텔 방에서…….

난생처음 회초리를 맞으려고 하니 두 아들도 당황해했다. 나는 먼저 몇 번이고 얘기했음에도 결국은 이런 사고가 났기 때문에 앞으로 이런 사고를 방지하기 위해서 아빠가 회초리를 들려고 하는데 동의하냐고 물었다.

"공항에서부터 몇 번이고 주의를 주었는데도 너희가 무시했지? 그래서 이렇게 생긴 사고에 대해서 너희 스스로 잘못했다는 생각은 들어?"

"네."

"너희가 점점 커가는데 몸으로 하는 위험한 장난은 점점 큰 사고로 이어진다는 것도 이해해?"

"네."

"그러면 어떤 방식이 이런 반복적인 사고를 멈출 수 있을까?"

두 아들은 조금 생각해보더니 차례대로 이렇게 대답했다.

"지금처럼 계속 얘기를 해줘요."

"엄마 아빠가 위험해지기 전에 신호를 줘요."

나는 두 아들에게 이렇게 말해주었다.

"너희가 끝까지 아빠 얘기를 듣지 않더니 결국은 다시 이렇게 되었잖아. 아빠 생각에는 지금과 같은 방법으로는 고칠 수 없으니까 다른 방법이 필요할 것 같아. 아빠도 마음이 아프지만 확실하게 기억에 남도록 너희가 회초리를 맞는 것을 생각해 봤어. 너희 스스로 잘못했다는 것은 알고 있지만 잘 지켜지지 않으니까 아빠가 이 방법으로 도와줄게. 앞으로는 몸으로 하는 위험한 장난은 하지 않았으면 해. 너희들 생각은 어때? 회초리를 맞을 만큼 너희가 잘못한 것 같아? 아니면 다른 생각이 있어?"

"회초리를 맞고서 앞으로 다시는 그러지 않을게요."

"그럼 얼마만큼 잘못했는지 스스로 생각해보고, 몇 대 맞을 건지 이야기해 봐."

여기서 두 아들의 반응은 각자의 색깔만큼이나 달랐다. 큰아이는 네 대를 맞겠다고 했고, 작은아이는 한 대만 맞겠다고 대답했다.

"둘이 똑같이 잘못했는데 맞는 횟수가 다르네. 형은 네 대를 맞고, 동생은 형이 맞은 강도의 네 배로 한 대만 맞아."

그러자 작은애는 말을 바꿔서 다시 생각해보겠다고 했다. 더 어린 작은아들은 때리기도 전에 울었고, 큰아들은 덤덤하게 맞았다. 결국은 둘이 한 대씩 따끔하게 회초리를 맞았고, 아내와 함께 아이들을 안아주었다. 우리 가족은 모두 함께 울었다. 쉽지 않은 선택이었지만, 이때의 기억은 아직도 가족 모두에게 생생한 기억으로 남아있다.

부모와의 관계에서 아이들은 또 다른 경험을 했다. 자신의 실수에 대해서 스스로 인정을 하고 그 체벌을 감당하려고 했다. 물론 분위기상 어쩔 수 없이 아빠의 말대로 따랐을 수도 있지만, 최소한 나도 전체 과정 동안 전혀 감정적이지 않고 차분하게 대화를 이어나갔다.

아이의 잘못된 행동이나 습관을 가정에서 고쳐주지 않으면 사회에 나가서는 부모가 아닌 경찰이 회초리가 아닌 법으로 제재를 할 수밖에 없다.

가족의 구성원이 많을수록 다양한 사회적 경험을 할 수 있다. 집안 식구가 많은 가족이나 할아버지, 할머니와 함께 산 아이들의 사회성이 좋은 이유가 여기에 있다. 사회적 또는 재정적인 이유로 자식을 하나만 낳는 부모의 마음을 모르는 바는 아니다. 하지만 자식이 하나뿐인 가정은 아이의 관점에서 보면 다양한 경험을 할 수 있는 기회가 사라지는 것을 받아들여야 한다. 아이들끼리 서로 장난치고 경쟁하고 배려하면서 배우는 사회성이 부족한 만큼 결국엔 부모가 그것을 부담해야 한다. 부족한 사회성은 가정에서 실수하더라도 다시 배우고 경험할 수 있다. 아이들이 차갑고 냉정한 사회로 나가기 전에 따뜻한 가정이라는 사회에서 많은 시행착오를 겪는 것이 오히려 행운이라는 생각이 드는 것은 왜일까?

12

먼저 큰 돌을 제자리에 놓아야 나중에 쉽다

양적 성장에서 질적 성장으로

우리나라는 자식에 대한 교육열이 매우 높은 나라 중에 하나다. 여러 나라를 방문하다 보니, 자식에 대한 교육열은 국경과 인종을 초월하여 모든 곳에서 존재한다는 것을 느꼈다. 아프리카 에티오피아에 갔을 때 1평도 안 되는 집에 다섯 식구가 살면서도 자식에게 공부를 열심히 시키는 것을 목격했다. 다음 세대가 새로운 환경에서 도태되지 않고 살아남기를 바라는 마음에서 자식을 가르치는 것은 자연스러운 본능이다. 여기에 사회적 동물인 사람은 추가로 다른 사람과의 관계에서 사회적 역할을 하는 능력을 배운다.

교육에 관해 관심이 높은 것은 그만큼 다음 세대가 새로운 환경에 잘 적응할 수 있는 중요한 요소임은 분명하다. 실제로 우리나라는 이 교육열 덕분에 수십 년 만에 국제적으로 도움을 받는 수혜국에서 도움을 주는 공여국으로 발전한 유일한 나라이다. 1950년대에 우리나라보다 잘 살던 아프리카의 많은 나라가 아직도 비슷한 경제 수준을 유지하는 반면 우리나라는 소위 '한강의 기적'을 이루어내지 않았는가!

이전 세대가 양적 성장을 위한 교육에 집중했다면, 이제는 질적 성장을 위해서 우리의 높은 교육열을 사용해야 하지 않을까 싶다. 전에는 큰 주춧돌을 올바르게 놓기보다는 우선 빠르고 높이 쌓기 위해서 그때그때 단기적으로 필요한 대로 돌을 쌓았다. 하지만 이제는 무엇이 더 중요한지 공감하는 큰 돌을 먼저 잘 놓아야 장기적으로 그 위에 무엇을 올려놓아도 안정적이고 지속해서 성장할 수 있을 것이다.

초반에 최선을 다해야 한다

나는 학창시절에 4년의 시간을 방황했다. 경험 차원에서는 참 많은 것을 다양하게 겪어본 시간이었다. 그때의 경험이 지금의 내 모습에 밑거름이 된 것도 많다. 하지만 또 다른 관점에서 바라보면, 정신 차리고 제 길로 돌아오는 시간이 일 년만 빨랐더라면 지금의 내 삶은 더 많이 변했을 것이다.

지금의 사춘기 때는 그 시간의 소중함을 인지할 수 없다. 직접 경험해 본 후에 그 시절을 되돌아봐야만 지나온 시간의 소중함을 깨닫는다. 아이들에게 중요한 중·고등학교 시절의 빈 공백은 다음에 이어지는 삶에 그대로 반영된다. 지금의 대학입시 제도는 내가 치렀던 본고사와는 전혀 다른 시스템이기 때문에 나의 경험이 지금은 통용될 수 없을 것이다. 고3 때 1년만 공부해서는 대학을 갈 수 있는 환경이 아니다. 그럼에도 불구하고 내가 다시 제 길로 돌아와서 지금의 나로 잘 성장할 수 있었던 것은 나에게 변하지 않는 믿음을 주신 부모님 덕분이다.

내가 중학교에 가기 전에는 부모님의 사랑을 많이 느끼면서 성장했다. 가부장적이고 무뚝뚝하셨던 아버지는 자식에 대해 아쉬워하는 부분이 남아있다고 하신다. 하지만 중요한 유아기 시절에 든든하고 믿음직스러운 아버지가 좋은 울타리 안에서 나를 올바르게 성장시켰다. 그것이 나에게는 큰 행운이었다. 덕분에 중·고등학교 때 규범에서 벗어난 생활을 하였어도 제자리로 돌아올 수 있었고, 빠르게 적응해서 따라갈 수 있었다고 생각한다. 그리고 지금은 그 공백기를 오히려 좋은 밑거름으로 여길 정도로 성장했다. 나의 경험을 바탕으로 확실하게 말하고 싶다.

"자식을 잘 키우고 싶으면 초반에 최선을 다해야 한다. 5세 전후의 중요함을 잊지 말아야 한다. 초등학교 때 다양한 자극과 감정 보호를 통해서 균형 잡힌 습관과 인성이 형성된다면 그 이후에는 아이가 스스로 성장할 수 있다."

나는 직접 경험을 해 봤다. 시행착오로 넘어지기도 했지만 100m 달리기를 하듯 두 아들과 초반에 최선을 다해서 뛰었다. 물론 올바른 방향으로 아빠인 나도 진짜로 즐기면서 함께 달렸다.

부모와 자식이 윈-윈 관계를 유지하는 비결

두 아들이 스스로 결정한 호주의 기숙사 생활은 큰아들 형근이가 중학교 3학년, 작은아들 상원이가 중학교 1학년 때부터 시작하였다. 솔직히 중학교 1학년 때 부모에게서 떨어진 아들을 생각하면 마음이 애잔하고, 실제로 조금 이른 감이 있기도 했다. 큰아들은 떨어져 있어도 흔들림 없이 부모와 유대감을 유지하면서 스스로 옳다고 생각하는 대로 실천을 했다. 반면에 작은아들은 무엇이 옳은지, 왜 해야 하는지는 이해했지만, 습관이 확립되질 않아서 실천하는 단계에서 자주 고민을 하고 부모와도 이견이 있었다.

나도 전에는 가족은 지지고 볶든 간에 같이 살아야 가족이라는 가치관을 따르고 있었다. 우리 부모님도 그렇게 생각하셔서 내가 외국으로 나가려는 것을 그리 달가워하지는 않으셨다. 하루는 부모님이 나를 불러서 이렇게 말씀하셨다.

"너희가 어디에서 살던지 가족이 행복하게 산다면 엄마 아빠는 진짜 행복할 거야. 그러니 어디에 가서 살던지 건강하고 행복하게만 살아."

많은 연세에도 고집보다는 사고의 유연성을 보여주시며 변화를 선택하는 부모님을 내가 존경할 수밖에 없는 이유다. 그러면서 자연적으로 나의 가치관도 더욱 유연하게 변하기 시작했고, 두 아들과 떨어져 있는 것이 아쉬울 때도 있지만, 그보다 더 많은 장점을 경험하고 있다.

단체 생활을 좋아하는 남자아이라면 기숙사 학교를 적극 추천하고 싶다. 누나의 아들인 조카가 공주에 있는 한일고등학교에 입학하면서 어떻게 스스로 성장했는지를 목격하고는 우리 집 두 아들의 기숙사 생활에 대해서 좀 더 확신이 들었던 것도 사실이다. 조카인 하준이는 부모와 같이 한집에 살 때보다 오히려 친구들과 어울리는 집단생활을 하면서 자기 삶을 스스로 만들어 가는 재미를 느끼는 것 같았다. 인성과 체력적인 부분뿐만 아니라 성적도 지속적으로 향상되어 서울 가톨릭 의대에 장학생으로 입학하기도 했다.

호주에 있는 두 아들도 친구들과 함께하는 단체 생활을 좋아하는 타입이라 기숙사 학교를 선택했을 때 큰 두려움은 없었다. 어찌하다 보니 자연스럽게 호주로 갔지만, 반약 두 아들이 한국에 있었다고 해도 나는 기숙사 학교를 아이들에게 권했을 것이다.

코로나19 이전에는 방학 때마다 일 년에 네 번은 가족이 만났다. 영주권 덕분에 호주 국내 학생으로 인정을 받아 학비도 국제학생보다는 저렴하고, 두 아들 모두 장학금을 받는다. 경제적인 부분은 국내에서 학원을

2019년 학교 드라마 공연 연습 중인 형근

보내는 비용을 생각하면 비슷한 수준일 것이다. 더구나 영주권자라 우리 나라의 의료보험에 해당하는 호주의 메디컬케어의 보호를 받으니 학교 다니다가 가끔 병원에 다녀도 안심이다.

지금 두 아들은 스스로 삶의 작품을 만들고 있다고 생각한다. 학기 중에도 많은 대화와 적극적인 참여로 아이들과 공감하고 학교 선생님과의 소통에도 전혀 문제가 없다. 온라인을 통해서 아이들의 일정이나 과목 선택, 과제 그리고 방과 후 활동들까지 모두 함께 공유하고 있다. 또한 맞벌이를 하는 40대 우리 부부는 시간적으로 여유가 있는 한국 생활을 즐기고 있다.

2020년 학생대표로 연설을 하는 형근

내가 자라온 경험을 비추어봐도 그렇고, 내가 두 아들을 키웠던 경험을 돌아봐도 그렇고 아이들의 유년기 시절의 중요성은 아무리 강조해도 지나치지 않다. 그만큼 중요한 것을 먼저 해 놓는다면, 그 이후에는 한 발짝 뒤에서 자식들을 믿고 응원해 주면서 부모와 자식 모두가 삶에 도움이 되는 윈-윈 관계를 유지하기 쉽다.

가족 행복의 우선순위

부모와 자식이 서로 윈-윈 관계가 되기 위해서는 많은 요인이 있지만, 먼저 삶의 우선순위를 공유하고 그것을 함께 인정해야 한다. 가까운 가족일수록 서로에 대한 이미지가 강하기 때문에 객관적으로 대하기가 쉽지 않다. 내가 생각하는 행복의 우선순위는 자기 자신이다. 나보다 내 자식을 목숨보다 사랑한다고 생각하는 부모님이 있을 수도 있다. 하지만 그런 부모님조차 행복한 자식을 보기를 원하는 진짜 이유는 그런 자식을 보는 자기 자신이 행복하기 때문이다.

자기 자신을 가장 사랑하는 것은 모든 생명체의 본질이다. 그다음이 결혼해서 또 다른 삶으로 업그레이드 해주는 배우자이다. 자녀는 배우자 다음이다. 본능적으로 아이에게 더 끌리는 모성애도 정말 자녀가 잘 크기를 바란다면 아빠를 먼저 존중해야 한다. 그럼으로써 자녀교육에 아빠의 역할이 커지고 자연스럽게 사랑하는 자녀가 틀 밖에서 크게 성장할 수 있기 때문이다. 나를 낳아주고 길러주신 부모님이 서운하실 수도 있겠지만, 부모님은 그다음이다. 부모의 역할은 자식이 자신의 뒤를 이어줄 존재로 살아남을 수 있도록 독립시키는 것이다.

대부분 가족 간의 갈등은 이 우선순위를 어겼을 때 발생한다. 나도 내 아이들이 결혼하면 우리 부모님이 하셨던 것처럼 너희가 어디에서 살든지 너희만 행복하기를 바라는 마음으로 떠나보낼 것이다. 그때가 되면 아내와 단둘이서 남은 인생을 더 멋지게 장식하고 있으리라 확신하다. 한편으로는 나의 존재를 있게 해 주신 부모님과의 시간은 제한적이라, 가능하면 부모님과 시간을 많이 보내려고 한다. 이 모든 것은 결국 나 자신의 행복을 위한 것이라는 사실을 망각하지 말아야 한다.

'나'라는 가장 큰 돌이 맨 밑에서 튼튼하게 버티고 있어야 한다. 그 위에 '아내와 자식'이라는 돌을 올려놓고, 그다음에 '부모님과 형제'라는 소중한 돌을 올려놓아야 큰 문제가 발생하지 않는다. 그런 다음에 사회에서 내 도움이 필요한 많은 돌을 올려놔야 흔들리지 않는 견고한 삶이 될 것이다.

13

힘을 빼면 가족이 평화로워진다

긴장감은 나쁜 결과를 초래한다

"힘을 좀 빼고 하시죠."

테니스나 수영, 골프를 배울 때 항상 코치에게 듣는 말이었다. 나는 처음에 운동을 배울 때는 아무것도 모르는 상태에서 코치가 말한 대로 익히고 단순하게 따라 하려고만 했다. 주관적인 개입이나 편견 없이 그냥 있는 그대로 받아들일 때 운동은 쉽게 익힐 수 있다.

운동 초기에 코치의 말을 여과 없이 받아들일 때는 실력이 쭉쭉 향상되다가도 슬럼프가 생길 때가 있다. 어느 정도 이해하고 난 후에 내 개인적인 욕심이 들어가기 시작하면 예외 없이 실력이 퇴보하기 시작했다.

대부분 그 원인은 불필요하게 많은 힘이 들어가기 때문이었다. 수영, 골프, 테니스를 배울 때 그런 과정을 비슷하게 거쳤다. 그런데 초보를 벗어났다고 생각하면서부터 한번 들어간 힘은 쉽사리 빠지지 않았다. 처음 배울 때의 초심으로 돌아가서 머릿속에 있는 지식을 돌리지 않고, 단순하고 간결하게 힘을 빼고 시도하면 실력이 다시 업그레이드되곤 했다.

운동뿐만 아니라 우리 삶에서도 이 법칙은 그대로 적용된다. 급변하는 현실에서 정신을 똑바로 차리지 않고 살면 도태될 것만 같다. 직장동료를 보아도, 옆집 사람을 보아도 새벽부터 밤늦게까지 열심히 사는 것 같다. 퇴근 후에는 학원에 다니고 주말에는 자기 계발을 하느라 시간이 부족할 지경이다. 내일을 위하여 오늘만이라도 힘을 주고 살아야 한다고 생각하지만, 내일도 모레도 긴장감을 놓을 수 없다.

정신을 똑바로 차리고 집중이 필요할 때도 있다. 하지만 마라톤처럼 긴 우리의 삶이라는 여정에서 반복되는 긴장감은 오히려 나쁜 결과를 초래한다. 대부분 사람은 자신의 삶이 눈에 보일 정도로 악화되기 전까지는 그 심각성을 알아차리지 못한다. 바로 내가 그랬다.

20대에 결혼하고 두 아들의 아빠가 된 30대에는 정말 누구보다 열정적으로 살았다. 회사와 가정은 기본이었고, 자기 계발과 새로운 경험을 하는 것은 마다하지 않고 도전했다. 2005년 초대형 태풍 카트리나가 미국을 강타했을 때, 수해복구로 자원봉사 엔지니어를 모집한다는 이야기를 듣고서 조금도 망설이지 않고 미국행을 결정했다. 다양한 사회 활동에도 적극적으로 참여하면서 꿈과 비전을 향해 내달렸다.

미국 기술사 한국인 모임을 운영하면서 엔지니어사회에 조금이나마 선한 영향을 끼치고자 열심히 헌신했다. 다양한 NGO 활동으로 관심이 넓어지더니, 결국은 유엔평화대학에서 '평화를 위한 국제개발과 협력' 석사과정을 다시 한번 시작했다. 한양대학교에서 '구조 공학과 건설 재료 공학' 석사를 취득한 후 9년 만에 풀타임 석사과정을 직장과 병행했다. 정신없이 바빴지만 내가 하고 싶은 것을 하고 있었기에 마음만은 즐거웠다. 일주일에 2~3일은 밤을 새우다시피 해야 주변에 내가 벌여놓은 일들을 모두 소화할 수 있었다.

갑상샘암에 걸리다

그러다가 아내의 권유로 우연히 했던 종합검사에서 암 판정을 받았다. 우측 갑상샘 쪽에 1.45cm 크기의 암이 자라고 있었다. 크기가 커서 찾아가는 병원마다 수술해야 한다고 했다. 나는 직장 이외에는 모든 활동을 중단해야만 했다. 무언가 내 삶이 잘못되어 가고 있었다. 남이 시켜서 한 것도 아니고 즐겁게 내가 하고 싶은 일을 했을 뿐인데 내 몸에는 암이 자라고 있었다. 내 마음만 즐거웠지 내 몸은 즐겁지 않았던 것이다. 그나마 수술할 수 있을 정도의 초기 단계라 다행이라고 여겨야 했다.

이래서 세상은 공평하다고 했던가? 열심히 30대를 살면서 많은 것을 이루었지만, 그 대가로 나는 건강을 잃을 뻔했다. 너무 힘을 주고 달렸던 것 같아서 내 몸에 미안한 생각이 들기 시작했다. 나 스스로 측은지심이 들면서, 암이 좋아하는 환경을 제공했던 나의 모든 습관을 바꿔야겠다는 생각이 들었다.

나는 곧바로 수술을 해야 한다는 의사의 말을 듣지 않고, 3년 동안 기존의 모든 생활습관을 바꾸면서 내가 할 수 있는 모든 것을 해보기로 마음을 바꿨다. 수술해서 암을 제거하여도 잘못된 내 행동 양식 때문에 암이 잘 자라는 환경이 유지된다면 암은 언제라도 다시 또 생길 수 있기 때문이었다.

그렇게 40대로 자연스럽게 넘어오면서 자의적이던 타의적이던 나는 내 삶에서 힘을 빼는 경험을 하게 되었다. 삶의 희비가 항상 교차하듯이 이때 만난 것이 위빳사나 명상이다. 명상뿐만 아니라 식생활과 생활습관 등 모든 것이 변했다. 긴장감이 사라지면서 나의 삶은 단순해졌지만 보다 명료해졌다. 나에게 차츰 평화가 찾아오더니 그런 평화로움은 주변 사람들에게까지 자연스럽게 전달되었다.

돈을 버는 것보다 어떻게 쓰느냐가 더 중요하다

30대에는 재정적으로 빡빡하게 살 수밖에 없다. 근검절약하고 저축하는 생활습관은 좋은 것이지만, 돈이라는 수단이 행복이라는 목적과 혼동되어서는 안 된다. 지혜가 부족했던 30대의 나는 종종 우선순위를 혼동하며 나뿐만 아니라 주변에도 나쁜 긴장감과 부정성을 만들곤 했다.

우리 가족은 시간이 있을 때마다 가족 여행을 많이 다녔다. 설레는 마음으로 준비하고 즐겁게 떠난 여행인데 가끔 나 때문에 망칠 때가 있었다. 대부분 좋은 추억을 남기면서 마무리되었지만, 지금 생각해보면 무엇이 더 소중한지 모르고 종종 저지른 어리석은 말과 행동이 많았다.

여행 중에 식당에 들어가서 주문을 할 때 가격을 보고는 다시 나온 적이 한두 번은 있을 것이다. 여행지라고 해서 너무 비싼 곳에서 꼭 먹어야 할 필요는 없다고 생각했다. 하지만 가격이 적당한 식당에서도 음식을 주문할 때, 아이들은 좀 더 좋은 것을 먹고 싶어 하고, 나는 습관적으로 돈 때문에 비싼 음식을 안 먹어야 하는 이유를 만들곤 했다. 비겁한 행동이었다.

아내는 눈치를 보면서 적정한 선에서 타협을 제안했지만, 내 마음에 들지 않는 결정이 나왔을 때 나의 불편한 감정은 그대로 얼굴에 드러났다. 입으로는 괜찮다고 말했지만, 누가 봐도 괜찮지 않은 얼굴이었다. 그러면서 즐거워야 할 여행에 긴장감이 돌기 시작했다. 내가 부정성으로 만든 긴장감은 결국 부메랑처럼 나에게로 다시 돌아오곤 했다.

물론 지금은 그렇게 하지 않는다. 여행 중에 먹고 싶은 것을 먹고, 하고 싶은 것을 조금 더 하더라도 여행을 마친 후 계산해보면 놀랄 만큼의 돈 차이가 나는 것도 아니다. 더구나 무엇이 더 중요한지를 아들이 나에게 깨닫게 해준 이후에는 언행일치 면에서 많이 변화했다. 아들은 이렇게 말했다.

"아빠는 돈을 버는 것도 중요하지만 쓰는 것이 더 중요하다고 하셨잖아요. 그리고 항상 배우는 것과 건강을 위해 먹는 것에는 돈을 아끼지 않는다고 하셨잖아요. 그런데 식당에 가서 건강한 음식을 주문하려고 하면 왜 못 먹게 하는지 이해할 수가 없어요. 건강한 음식이 저렴할 수도 있지만, 좋고 비싼 재료를 넣느라고 가격이 비쌀 수도 있잖아요."

할 말이 없었다. 100% 맞는 말이었다. 그 이후로는 식당에 가서 음식을 주문할 때 나는 전혀 관여하지 않는다. 건강한 음식만 주문한다면 가격은 크게 신경 쓰지 않는 습관을 지니게 되었다. 그렇게 하나씩 힘을 뺄 때 가족 모두가 평화로워지는 것을 경험했다.

항상 힘을 빼고 허허실실 살 수는 없을 것이다. 그것이 옳다고 해도 사람 또는 환경에 따라서 가끔은 힘을 줘야 해결되는 상황도 우리 앞에 놓이게 된다. 상황에 따라서 어느 정도 균형 있게 대처할 수 있어야 한다.

때로는 힘을 빼서 긴장감이 사라지면 보이지 않던 것들이 보이기도 한다. 차를 가지고 매일 출근하는 길이 아무 의미도 없어 보였지만, 시간을 가지고 여유롭게 천천히 걷다 보면 보이지 않던 것들이 보이는 것처럼 말이다.

가족과 함께하는 소중한 시간에 서로에게 긴장감을 만들어서 빨리 이 고통스러운 시간이 흘러가기를 바랄 정도가 되어서는 안 된다. 우리에게는 주어진 시간이 많지 않다.
꼭 가족을 위해서가 아니더라도, 자기 자신의 행복과 평화를 위해서 하나씩 힘을 빼는 연습을 해보는 건 어떨까?

14

다르게 살려면 다르게 생각해야 한다

성공한 사람들의 공통점

남보다 힘들게 사는 상황이라면 그냥 보통 정도만이라도 살기를 바랄 것이다. 중산층이라면 남보다 다르고 특별하게 살기를 원할 것이다. 여기서 다르게 살고 싶다는 바람은 좋은 방향으로 더 잘살고 싶다는 뜻일 것이다.

모두가 다르게, 좀 더 행복하게 살기를 바라지만 보통은 큰 차이를 느끼지 못하고 한 덩어리처럼 함께 굴러간다. 이렇게 동질감을 느끼며 사는 것에 안정감을 느끼는 사람도 있을 것이다.

1,000명의 사람이 있나면 사는 방법도 1,000가지다. 각자 사는 방법

이 다르니 삶에 정답은 없다. 이왕 태어난 인생이니 인간만이 할 수 있는 고귀한 것을 추구하면서 살고 싶어 한다. 그래야지 이번 생을 마감하면서 조금은 덜 후회할 것 같기 때문이다.

중학교 때부터 친하게 지내는 친구가 있다. 요즘엔 잘 만나지 못했지만, 술을 좋아했을 때는 자주 어울렸기 때문에 서로 어떻게 자라왔는지 자세히 알고 있다. 그 친구가 항상 입버릇처럼 하던 말이 있다.

"나는 다르게 살 거야. 두고 보라고. 남들하고는 다르게 멋지게 살 거야."

당연히 친구로서 응원을 해주었고, 좋은 정보가 있으면 서로 주고받기도 했다. 그 친구도 나와 같이 청주에서 서울로 올라와 열심히 살았다. 자기의 능력을 발휘하면서 직장에서 인정도 받고, 퇴근 후에는 자기 계발도 적극적으로 했다.

그런데 어느 날부터는 주변 상황이 자기 뜻대로 안 돌아가는지 만날 때마다 불평하기 시작했다. 자기는 열심히 사는데 주변에서 안 도와줘서 자꾸 힘이 든다는 이야기가 대부분이었다. 그러면서도 그 친구는 자기 계발에 열심이었고 재테크 모임과 부동산 세미나 등에 참석하면서 바쁘게 살았다.

친구에게는 미안하지만, 거기까지였다. 남들과 다르게 살겠다고 말을 하고 실제로 그렇게 되기 위해서 열심히 살았지만 늘 같은 생활이 반복되었다. 남들이 하는 것처럼 현실을 부정하고, 환경을 탓하면서 불평하는 것은 남들과 똑같이 생각하는 것이다. 남들과 다르게 살기 위해서는 우선 다르게 생각해야 한다.

성공한 사람들의 공통점을 보면 남을 탓하거나 부정성을 가지고 있지 않다. 일이 잘 풀리지 않더라도 결코 낙담하거나 포기하지 않는다. 미래에 대한 확신을 가지고 지금 현실에서 최선을 다한다. 과거에 사로잡혀서 시간을 낭비하지도 않는다. 그리고 무엇보다 스스로 옳다고 생각하는 것은 곧바로 실천에 옮긴다. 실패냐 성공이냐를 고민하고 있을 시간에 직접 행동으로 옮겨서 경험하면서 배운다.

나는 술자리에서 친구에게 이와 비슷한 이야기를 해 주었지만, 다르게 살 거라는 말만 되풀이하면서 내 이야기를 귀 담아 듣지도 않고 이해하려고도 하지 않았다. 남들하고 똑같이 생각하고 똑같이 행동하면서 어떻게 미래가 달라지기를 바라겠는가!

아이들은 모두 다르니 다르게 키워야 한다

아이들이 초등학교에 다닐 때 이런 대화를 나눈 적이 있다.

"엄마 아빠는 다른 친구들 부모님하고는 다른 것 같아."

"뭐가 어떻게 다른지 궁금하네."

큰아들 형근이가 말했다. "몰라. 그냥 좀 다른 것 같아. 놀이터에서 아이들하고 놀다가 친구들이 학원에 가야 한다며 하나둘씩 다 가고 나면 항상 우리 둘만 남아. 친구들은 학원 안 가고 더 놀고 싶은데 부모님한테 야단맞으니까 어쩔 수 없이 가야 한대. 우리는 좋아하는 학원만 가면 되는데."

그 말을 듣고 상원이가 이어서 말했다. "엄마하고 아빠는 우리 학교 성적이 나빠도 혼내지 않는데, 친구들 부모님은 시험 점수가 나쁘면 놀이터에서 못 놀게 한대. 그럼 우리는 누구랑 놀지?"

그 당시 큰아들이 초등학교 4학년이고 작은아들은 2학년이었다. 자기들이 하고 싶은 태권도, 수영, 피아노를 배우고 있었다. 큰아들은 잠시 영어학원에 다닌 적이 있었지만 오래 다니지는 않았다. 다른 활동도 두 아들에게 똑같이 소개를 해주고 스스로 선택하게 하였다. 아이들은 성향이 조금 달랐다. 큰아들은 토론이나 기타 활동에 참여했지만, 작은아들은 거의 학교만 다녔다.

한번은 회사에서 회의하던 중에 급하게 작은아들에게서 전화가 왔다. 목소리가 흥분되어 있었다. 아빠에게 자랑할 것이 있다며 학교 끝나자마자 전화를 하는 것이라 했다.

"아빠, 나 받아쓰기 40점 맞았다! 잘했지?"

전화를 끊자 동료들이 무슨 좋은 일 있냐고 물어봤고, 내가 아이에게 들은 말을 해주자 다들 조용히 침묵했다.

우리 아이들은 열심히 최선을 다했는지 물어보면 매번 씩씩하게 대답한다. 최선을 다했다고. 그러면 그것으로 됐다고 생각했다. 성적에 연연하지 않고 왜 공부를 해야 하는지 이해가 된 후에는 아이들이 스스로 할 거라고 믿으며 기다렸다. 작은아들은 그 시간이 오래 걸렸다. 5학년이 되어서야 그동안 많이 놀아서 이제는 공부해야겠다고 말을 할 때까지…….

아이들을 다르게 키우기 위해서는 엄마 아빠가 먼저 다르게 생각하고 다르게 행동해야 한다. 옆집 아이와 비교하고 앞집 엄마 하는 대로 따라 하면서 우리 아이의 미래가 남들하고는 다를 거라고 기대하는 것은 무리다.

오클랜드 공항에서 일어난 일

몇 년 전에 뉴질랜드 오클랜드에 사는 사촌 동생 집에 놀러 갔었다. 마일리지를 모두 합치면 100만 마일리지가 훌쩍 넘을 정도이니 비행기를 많이도 타고 다녔다. 이 마일리지를 이용해서 두 아들과 세계 여행을 한 이야기는 뒤에서 자세히 하겠다. 어쨌든, 비행기를 이용하면서 별의별 상황을 다 겪어봤지만 이런 경우는 또 처음이었다.

뉴질랜드 오클랜드에서 호주 브리즈번으로 출발하는 비행기를 놓쳤다. 사촌 동생이 차로 공항까지 데려다주었는데, 카운터로 가니 직원들이 정리를 마친 후 떠나고 있었다. 5분 정도 늦었는데, 그냥 No Show에

해당하여서 우리 가족 4명의 비행기 표가 날아가 버린 것이다. 평상시에는 공항에 넉넉하게 일찍 도착했는데, 이날엔 자꾸만 문제가 생겨서 공항에 늦게 도착했고 결국 비행기를 놓치게 되었다.

예상치 못한 상황이 벌어지자 다들 당황하기 시작했다. 그러고는 왜 이런 문제가 생겼는지, 공항에 오기 전에 무슨 문제 때문에 우리가 지금 비행기를 놓쳤는지를 얘기했다. 그러다가 점점 누구 때문에 그 문제가 생겼고, 누구 때문에 비행기를 놓쳤는지 남 탓을 하는 상황으로 확대되려고 했다. 나는 아내와 아이들에게 이야기했다.

"이 상황에서 지난 얘기를 하면서 원인을 찾는 것은 아무런 도움이 되지 않아. 지금 상황이 긴박하니까, 아빠가 주도할 테니 모두 내 얘기를 들어주었으면 해. 우선 아빠는 항공사에 전화해서 다른 방법이 있는지 알아볼 테니까, 너희는 공항에 있는 항공사 직원을 찾아서 물어본 후에 다시 만나자. 알아둘 것은 우리가 실수했으니 비행기 표를 모두 날려도 아빠는 괜찮다는 거야. 우리가 하지 말아야 할 것은 서로 남 탓을 하면서 부정성을 키우는 거야. 그

2017년 오클랜드 공항에서 비행기를 놓친 후 일주일 후 다시 출국

리니 너희도 현 상황을 해결하려고만 노력해. 안 돼도 괜찮으니까 절대 남 탓은 하지 말자."

오클랜드 공항을 뛰어다니면서 각자 알아봤지만, 결국엔 소용이 없었고 우리 가족은 비행기 표를 모두 날렸다. 하지만 공항을 평화롭게 떠날 수는 있었다. 어쩔 수 없이 사촌 동생 집에 일주일 더 머무르게 되었다. 예상치 못한 일정이었지만 오히려 사촌 동생 가족과 더 많은 추억을 쌓고 좋은 유대관계를 형성할 수 있는 소중한 시간이었다. 이때 다르게 생각하고 다르게 행동하는 것이 어떤 결과를 가져오는지, 아이들은 몸으로 직접 체험했고 그것은 귀중한 경험이 되었다.

나는 오래전부터 남들과 다르게 살고 싶었다. 공장에서 만든 공산품처럼 모두가 똑같은 생각을 하고 똑같은 의견을 내는 것이 싫었다. 자라면서 남들이 꺼리는 일을 많이 경험한 것도 남들처럼 살고 싶지 않아서였는지도 모른다. 결혼 전에는 이런 내 모습이 독단적으로 비추어질 수도 있었는데, 결혼 후 아이들이 생기면서 신기하게 균형이 맞추어졌고 장점으로 변모하는 것을 경험했다. 나는 지금도 남들과 다르게 생각하는 것이 즐겁고, 생각한 것은 바로 행동으로 옮겨서 도전하고 있다. 많은 시도의 결과물인 많은 옵션을 미리 만드는 것이 나와 내 가족의 삶을 더욱 풍요롭게 한다는 것을 깨달았기 때문이다.

쳇바퀴에서는 아무리 열심히 달려봐도 쳇바퀴 안에 갇혀 있을 뿐이다. 쳇바퀴 밖으로 나와서 다른 세상을 만나고 싶을 때 필요한 것은 실천할 수 있는 용기뿐이다.

쳇바퀴 밖으로 완전히 나와서 자기가 세상의 전부라고 믿었던 쳇바퀴를 바라보기 전까지는 자신이 어디에 있는지 깨달을 수 없다. 남들과 다르게 생각하고 다르게 산다는 것은 안정과 동질감이라는 행복보다 훨씬 힘들지만 그만큼 가치가 있다고 생각한다. 다만 그 방향이 보다 많은 사람을 이롭게 하는 것인지를 미리 확인해보고 결정해야 할 것이다.

15

자녀는 키우는 대상이 아니라 함께 성장하는 존재다

공부하면서 이해의 폭을 넓히다

종마다 다르겠지만 대체로 갓 태어난 새끼는 아무것도 할 수 없다. 외부의 도움이 없이는 스스로 살 가망이 낮아진다. 특히나 인간의 아이는 스스로 독립할 수 있는 시간이 다른 생명체에 비해서 현저히 길다. 오랜 시간 동안 부모의 보살핌이 있어야 혼자 살 수 있을 정도로 성장한다. 자녀가 어렸을 때는 정말 부모의 손이 많이 간다. 하지만 성장하면서 부모의 도움은 점점 필요 없게 된다. 어느 정도 성장한 후에는 오히려 부모를 보호하고, 부모의 성장에 도움을 줄 수 있을 정도의 능력을 갖추게 되는 것이 진화의 원리인 듯하다.

나 역시 두 아들을 키우면서 많은 것을 경험했다. 처음엔 두 아이의 아빠가 되었다는 기쁨에 들떴지만 그것은 잠시였다. 두 아들을 잘 키워야겠다는 책임감이 나를 짓눌렀다. 나도 아내도 부모가 되어 본 것이 처음이라서 다른 사람들의 경험을 배우려고 했다. 아내가 권해 준 하비 카프의 《엄마, 나는 아직 침팬지에요》를 시작으로 다양한 아동 관련 서적을 읽었다. 그러면서 아이들에 대해서 점점 이해의 폭이 넓어졌다.

우리 부부는 오히려 너무 큰 욕심과 조급함이 아이에게 부정적인 영향을 미친다는 것을 이해하고는 아이들 육아에 속도를 조절하기로 했다. 육아 관련된 세미나는 가능한 한 많이 참석해서 다른 사람들의 이야기를 공유했고 우리 생각이 맞는지 점검했다. 본격적인 육아가 시작되기도 전에 우리는 아이들로 인해서 전혀 새로운 학문을 공부하고 익히고 조사하고 있었다.

아내와 많은 대화를 나누면서 공통된 육아관을 서로 확립해갔다. 아내는 초등학교 교사여서 아이들에 대한 지식과 자료가 많았고 그것이 도움이 되었다. 솔직히 아이들이 어렸을 때는 함께 성장한다는 느낌이 크지 않았다. 앞서 이야기한 바와 같이 아직 부모의 손을 많이 필요로 하는 시기라서, 한쪽으로만 흘러가는 듯이 보였기 때문이다. 지금 생각해보면, 아이들을 낳고 여러 가지를 배우는 과정에서 우리 부부는 성장했던 것 같다. 공부하다 보니 아이의 뇌에 관해서 관심이 생겨서, 아내는 아예 대학원을 한 번 더 다니기도 했다. 그런 활동을 통해서 아이들에 대한 이해의 폭이 넓어졌고, 인간에 대한 이해도 깊어졌다.

이런 활동은 기존의 가치관에도 영향을 끼쳤다. 쉽게 욱하던 습관도 조금씩 빈도수가 줄어들기 시작했다. 두 아들을 키우면서 인간적으로 더 성숙해지고 있음을 경험했다. 아이들을 키우는 일이 육체적으로 힘이 드는 것은 사실이지만, 한편으로는 숭고하고 가치 있는 일이라는 생각도 함께 들었다.

두 아들을 키워야만 하는 대상이 아니라 아직 어리지만 하나의 인격체로 인정하고 바라보게 되면서부터 많은 변화가 생겼다. 우선 아이의 관점에서 바라보고 이해하려는 습관이 생겼고, 아이의 표정이나 울음소리, 작은 행동도 세심하게 관찰했다. 이런 습관은 집 밖에서 다른 사람들을 만날 때도 유용하게 쓰였다. 타인을 배려하는 마음이 더 커졌고, 다른 사람의 표정이나 감정을 파악해서 이해하려는 행동 패턴이 자연스럽게 몸에 배었다.

아이들은 유아기와 아동기에 흡수하는 에너지가 왕성하다. 이때 올바른 방법으로 인내심을 가지고 아이에게 좋은 씨앗을 심으면 아이가 성장하면서 좋은 열매를 맺기 시작한다. 물론 청소년기도 중요하지만 내가 두 아이를 키운 경험에 비춰보면 인간의 전체 삶에서 크게 영향을 미치는 것은 유아기와 아동기다.

청소년기에도 아이들은 그들만의 세상이 있다. 이때도 아이와 소통하기 위해서는 부모가 그들만의 리그에 직접 들어가야 한다. 내가 폐쇄된 리그의 청소년기를 직접 경험해 봤기 때문에 이 부분은 확실히 알고 있다.

잘 키운 아들 하나 열 친구 안 부럽다

부족한 엄마 아빠지만 기본에 충실하면서 우리 고집대로 두 아들을 키웠다. 다행히 그 결과가 좋아서 두 아들은 남들과 조금은 다른 고등학생이 되었다. 어려서부터 진지한 이야기를 나누고 토론을 한 것이 습관이 되었는지, 두 아들은 갖가지 고민이나 생각을 부모와 공유하고 공감한다. 작은아들은 최근에 공부보다 사업을 해서 돈을 버는 것에 깊이 빠져서 관련 정보를 모으고 실제로 소소한 장사를 학교에서 하기도 했다. 큰아들과는 대학, 학과 선정과 관련하여 쉼 없이 얘기를 나누고 있다.

아이들은 학교에서 스스로 잘 생활하고 있는데, 큰아들은 올해 학교에서 토론debating 클럽의 회장으로 선출되기도 했다. 가족끼리 생활하면서 이제는 두 아들에게 도움을 받는 경우가 점점 많아진다. 실제로 호주에 있을 때 엄마와 작은아들 상원이 사이에 갈등이 생기면 큰아들 형근이가 중재 역할을 하면서 갈등을 봉합하고 중재한 적이 많았다. 그리고 여행 중에 형근이와 나 사이에 갈등이 생기면 상원이가 합리적으로 문제를 해결할 때도 있었다.

재작년에 두 아들과 세계 여행을 하는 중에 큰아들인 형근이와 의견이 대립한 적이 있었다. 나는 마음이 불편했고 형근이도 감정이 상했다. 그때 상원이가 중간에서 이런 말을 했다.

"둘 다 틀린 게 아니라 둘이 다른 거잖아. 형은 형 관점에서, 아빠는 아빠 관점에서 말했을 뿐이야. 아빠가 지난주에 말했잖아. 대화는 둘이 하는 것이니 듣는 사람 입장을 배려하면서 대화를 해야 한다고. 그런데 지금은 각자 벽을 보고 이야기하는 것처럼 서로 하고 싶은 이야기만 하고 있어."

순간 나는 아차 싶었다. '내가 했던 말조차 지키지 못하고 있구나.' 상원이의 말을 듣고서 나는 다시 안정을 찾았다. 형근이에게는 미안하다며 사과를 하고, 상원이에게는 고맙다는 말을 전했다. 그렇게 나는 또 성장했다.

또 다른 여행지에서 있었던 일이다. 상원이가 힘들다고 투덜대기 시작했다. 평소보다 조금 많이 걷기는 했지만 아직 일정이 남아있어서 타이르다가, 나도 상원이에게 감정적으로 대했다. 그때 형근이가 끼어들면서 상원이 편을 들었다. 나는 겉으로는 표현하지 않았지만 속으로는 많이 놀랐다. 왜냐면 상원이와 형근이가 서로 말다툼을 한 지 얼마 지나지 않았기 때문이다. 그런데도 형근이는 상황을 주관적이 아닌 객관적으로 바라보고 상원이 편에서 차분하게 이야기를 했다.

"아빠가 상원이를 좀 더 이해해주는 것이 좋을 것 같아. 상원이는 평발을 가지고 있어서 똑같은 거리를 걸어도 우리보다 더 빨리 더 많이 피곤해지는 것도 사실이잖아. 더구나 옆에서 본 상원이는 육체적으로 참는 것은 정말 잘하는데, 이렇게 힘들다고 표현할 정도면 진짜 많이 힘든 거야. 아빠."

아이들이 모두 나를 탓하고 있는 것처럼 보였지만, 나는 흐뭇했다. 두 아들이 올바르게 성장하고 있음을 확인할 수 있었다. 새로운 경험은 항상 우리를 성장시킨다. 생각이 더 깊어진 아이들은 내가 했던 말을 지키려고 하는데, 나는 정작 실천하지 못하는 어려움에 대해서 생각해 봤다.

부모가 사랑으로 아이의 삶을 보살피면서 개입해야 할 시기가 있다. 하지만 아이가 성장하면서 부모의 역할은 자연스럽게 변화해야 한다. 여전히 아이를 사랑하지만, 한 발짝 뒤에서 응원해주는 용기와 지혜가 필요한 시기도 반드시 온다. 특히나 사춘기 때 방황하는 아이에게 부모의 믿음은 필수적이지만, 딱 거기까지면 좋을 때가 많다. 아직 어린아이라고 생각하며 너무 많이 개입하면, 아이 스스로 성장할 기회를 부모가 뺏어버리는 결과를 초래할 수도 있다.

나는 지금 잘 자라주고 있는 두 아들이 있어서 든든하다. 두 아들이 어렸을 때는 이런 든든함을 아빠인 나에게 느꼈을 것이다. 나는 두 아들을 향해 마음이 열려있기 때문에 무슨 말을 하든 귀 기울여 들을 준비를 한다. 즉, 나는 아이와 함께 성장할 준비가 되어 있다. 상대방을 인정하지 않으면서 함께 성장하는 것을 기대할 수는 없다. 아이를 존중하고 이해하는 과정에서 우리 부모도 더 지혜롭게 성숙해질 것이다.

가끔 두 아들이 장난치면서 나에게 "아저씨!"라고 부를 때가 있다. 호칭에 담긴 말의 의미보다는 그 말을 할 때의 의도가 나는 더 중요하다고 생각한다. 아이들이 나를 그렇게 편하게 부를 때는 정말로 친구같이 느끼고 있기 때문이 아닐까 싶다. 실제로 함께 여행하는 중에 두 아들에게 아무 생각 없이 급하게 말할 때 "형이 어제……." 하면서 실수한 적이 있을 정도이니까. 아빠인 나도 가끔은 아이들에게 '형'이 되기도 한다.

스스럼없이 두 아들과 지내는 시간은 40대 후반이 된 지금 편안하고 든든하기까지 하다. 이런 유대관계는 하루아침에 만들어지지 않으며 아무 노력 없이 자연스럽게 거저 오는 것도 아니다.

내가 스스로 한 말을 지키는 것도 중요지만, 더 중요한 것은 내가 실수를 했을 때 솔직하게 인정하는 용기를 보여주는 것이다. 아빠라는 권위의 이미지에 사로잡혀서 아들을 대해서는 안 된다. 내 실수를 무마하기 위해서 오히려 화를 내거나 부모의 권위를 내세워 두 아들의 그 많은 지적들을 방어하기에 급급했다면, 두 아들은 지금 나를 어떻게 생각하고 대하고 있을까? 아마 두 아들 역시 내 이야기에는 귀 기울이지 않고 나를 권위만 내세우고, 자기 실수조차 인정하지 못하는 겁쟁이로 인식했을 것이다.

3장

똑똑하게?
지혜롭게 키워라

16

무엇이 아이를 지혜롭게 하는가?

지식보다 중요한 지혜

요즘은 웬만한 정보나 지식은 인터넷을 통해 손쉽게 얻을 수 있다. 인터넷이 보편화하지 않았던 시절에는 대부분 지식은 책으로 전달되었다. 아니면 직접 몸으로 체험을 해야 알 수 있었다. 오늘날 우리는 궁금한 것은 인터넷을 통해 '키워드' 하나로 10초도 되지 않아서 바로 알아낼 수 있다. 한마디로 '지식의 홍수' 시대에 살고 있다고 해도 과언이 아니다.

이전의 인류에 비해서 지식을 얻는데 비교할 수 없을 만큼의 시간적 이익을 취하고 있는 우리는 더 행복해졌을까? 기술의 발달로 생긴 여유 시간을 어디에 쓰고 있는지 생각해 봐야 한다. 혹시 남는 시간을 대부분

술 마시고 노는 쾌락을 위해서 쓰고 있지는 않은가? 인공지능(AI)이 개발되고 점점 더 발전하는 미래에는 사람만이 할 수 있는 고귀하고 창조적인 일에 우리의 남는 시간을 써야 한다.

창의적인 아이로 키우기 위해서는 우리 부모부터 지식보다는 지혜의 중요성을 이해하고, 많이 아는 아이보다는 지혜로운 아이로 키워야 한다. 지혜로운 아이는 주변의 상황을 쉽게 이해하여 자신이 원하는 지식과 정보를 더욱 빠르고 정확하게 찾아서 활용할 수도 있기 때문이다. 그렇다면 어떻게 키워야 우리 아이가 지혜로운 사람으로 성장하는 데 도움이 될까? 다음과 같은 사례가 도움이 될 것이다.

자식은 부모의 소유물이 아니다

지인 중에 50대 초반의 수의사가 있다. 이 분은 아들이 의대에 들어가기를 원했고, 아이가 초등학교 때부터 의대에 가야 한다고 입버릇처럼 말했다. 그러다 보니 아들은 청소년기에 자연스럽게 의대 진학을 꿈꾸며 공부에 매진했다. 대신에 다양한 경험을 해볼 수 있는 기회는 얻지 못했다.

아들은 성격이 온순하고 내성적이었다. 아빠의 이야기에 말대꾸하지 않고 묵묵히 따르는 타입이었다. 아빠는 그런 아들을 보고 자기가 아이를 올바르게 키우고 있다며 자랑스럽게 이야기하곤 했다. 초등학교부터 고등학교까지 12년 동안 열심히 공부한 아들은 아빠의 바람대로 의대에 입학했다. 아빠가 원했던 서울 소재의 대학은 아니었지만 그래도 수의사 아빠는 만족했다. 자기가 이루지 못한 꿈을 아들을 통해 대신 이룬 것처럼 무척 행복해했다. 아들이 진짜 자기 색깔을 드러내기 전까지는 그랬다.

나는 수의사 아빠에게 "의대에 입학한 아들은 잘 지내나요?"라고 물었다. 1년 정도 그럭저럭 다니던 아들이 갑자기 학교를 그만두고 군대에 갔다고 했다. 이해할 수 없는 상황이었다. 그렇게 힘들게 공부해서 들어간 의대를 왜 그만두었을까?

이야기를 들어보니, 아들이 의대에 다니면서부터 수시로 충돌했고, 아들은 "이제는 내 의지대로 살고 싶다", 아빠는 "내 덕분에 의대에 들어갔으니 고마워해야 한다"며 팽팽히 맞섰다고 한다. 어쩌면 그 아들은 아빠와 처음부터 진정한 유대관계가 없었는지도 모른다.

고등학교 때까지는 온순히 아빠 말을 잘 따르던 아들은 아빠의 말이 이해가 되고 옳아서 따랐던 것이 아니라, 무서운 아빠의 눈치를 보면서 그냥 아빠 말을 어기지 못한 것이다. 대학생이 되고 나서 용기 있게 아빠와 대화를 시도했지만, 아빠와 아들은 서로 다른 세계에 사는 사람처럼 간격을 좁히지 못하고 1년 내내 갈등만 키웠다. 결국 아들은 자기 인생에서 처음으로 학교를 그만두는 스스로의 결단을 내린 것이다.

아빠는 의대에 가고 싶었지만 성적이 안 돼서 수의대에 갔고, 자신이 이루지 못한 꿈을 아들이 이루어주기를 바라며 아들이 어렸을 때부터 공부에 올인하게 만들었다. 이 모든 것이 아들을 위한 것인데, 무엇이 잘못되었냐고 생각할 수도 있을 것이다. 그러나 부모의 눈치를 보면서 자란 아이는 결국 자기 인생이 아닌 부모의 인생을 살 수밖에 없다.

자식은 부모의 소유물이 아니다. 그리고 부모의 꿈을 대신 이루기 위해서 만들어진 아바타는 더더욱 아니다. 아이는 부모와 똑같은 인격을 가진 하나의 존재다. 단지 부모와 자식이라는 관계로 이번 생에서 만났을 뿐이다. 수의사 아들은 태어나서부터 줄곧 자기 인생을 산 것이 아니라 아빠의 인생을 산 것이다. 아빠의 계획에 의해, 아빠의 꿈을 위해, 아빠 인생을 산 것이다.

공부를 많이 해야만 갈 수 있는 의대에 입학했으니 머릿속에는 다양한 지식이 있었겠지만, 그 아들이 과연 행복한 인생을 살 수 있었을까? 나는 자기의 인생을 살겠다고 스스로 결정한 아들의 용기에 차라리 손뼉을 쳐주고 싶다. 물론 아빠의 좌절감과 허탈함은 다른 무엇으로도 채울 수 없을 것이다. 하지만 아빠 역시 늦게라도 아들과 새로운 관계를 정립하기 위한 용기가 필요하지 않을까. 지나온 날보다 더 많이 남은, 앞으로 함께 할 시간을 위해서 말이다.

지혜의 출발점은 아이의 말에 귀를 기울이는 것

이해받지 못한 아이에게서 지혜를 기대할 수는 없다. 당신의 아이가 지혜롭게 성장하기를 바란다면 커가는 아이의 눈높이에 맞추어서 진심으로 이해를 해야 한다. 그러한 부모의 노력으로 아이는 스스로 이해받고 있다는 만족감과 어떻게 이해를 해야 하는지를 동시에 배운다. 매우 중요한 얘기다. 부모가 아이를 이해하려는 모습과 더불어 아이를 이해시키려고 하는 다양한 과정에서 아이는 자기 자신과 타인, 세상을 이해하는 힘이 생긴다.

이해하는 능력이 향상되면 그만큼 지혜의 힘도 함께 성장한다. 이해가 없는 지식은 단지 인터넷에 떠도는 정보일 뿐이다. 같은 정보라고 해도 지혜가 있는 사람이 받아들일 때는 또 다른 지혜를 키우는 밑거름이 될 수도 있다. 왜냐면, 이해하면서 흡수하려는 습관을 지닌 사람과 단순하게 하나의 목표를 위해서 일시적인 정보로만 쓰려는 사람은 같은 지식을 접해도 흡수하는 게 다르기 때문이다.

하임 기너트는 《부모와 아이 사이》에서 다음과 같이 말하고 있다.

"지혜의 출발점은 아이의 말에 귀를 기울이는 것이다. 아이의 마음을 헤아리면서 대화에 귀를 기울일 때, 부모는 아이가 말로 전하려고 했던 감정, 아이가 느끼고 경험하는 것, 그리고 아이의 생각을 들을 수 있다. 곧 대화의 핵심 내용을 이해할 수 있다.

부모는 열린 마음과 열린 가슴을 가져야 한다. 그래야 그 내용이 유쾌하든 불쾌하든 모든 진실에 귀를 기울이는 데 도움이 된다. 그런데 많은 부모는 아이의 말에 귀를 기울이는 것을 두려워한다. 귀에 들리는 소리가 마음에 들지 않기 때문이다. 부모가 먼저 진실의 분위기를 조성하여 아이가 심지어는 불안한 감정과, 의견, 불평과 아이디어를 이야기할 수 있도록 부추겨야 한다. 그렇게 하지 않으면, 아이는 진실을 이야기하려고 하지 않을 것이다. 부모가 듣고 싶어 하는 말만 하려고 할 것이다."

아이를 이해하려는 부모의 모습을 보면서 아이도 타인을 이해하려고 노력하고, 이 과정에서 자연스럽게 지혜가 생긴다. 지혜는 지식이나 정보처럼 인터넷에서 단시간에 얻어지는 것이 아니다. 큰 노력과 긴 시간이 있어야 수확할 수 있는 소중한 나무 열매와 같다. 올바른 씨앗을 심은 후에도 잘 자랄 수 있도록 오랜 시간 동안 관심과 애정으로 관찰하고 보호해야 한다. 그러면 자연스럽게 지혜라는 열매가 꽃피는 시간이 찾아올 것이다.

아이가 지혜롭게 성장하기를 바란다면 아이를 이해하려고 노력해야 한다. 그리고 그 이해의 시작은 아이의 말에 귀를 기울이는 것이다. 아이가 세상을 어떻게 바라보고 있는지, 아이가 어떤 렌즈를 끼고 부모를 바라보고 있는지, 내 아이만이 가지고 있는 그 관점을 이해하지 못하고서는 진정으로 아이를 이해할 수 없다.

앞서 사례로 들었던 수의사 아빠도 아들이 학교를 그만두고 군대에 간

이후에 많은 변화가 있었다. 처음에는 현실을 받아들이지 못해서 많이 힘들어했다. 하지만 차츰 어린아이라고 생각했던 군대 간 아들이 점점 성장하는 모습을 보면서 아들을 있는 그대로 받아들이기 시작했다. 아들에 대한 집착과 욕심을 내려놓으니, 처음으로 홀가분함을 느끼기도 했다고 한다.

나 역시 두 아들이 지혜롭게 자라기를 바랐다. 그러기 위해서 어렸을 때 여러 가지 지식과 정보를 주입하는 것은 의도적으로 피하려고까지 했다. 아직 그릇이 작은 아이들에게 너무 많은 물을 붓는 일은 오히려 물만 넘치게 하기 때문이다. 자기 스스로 관심이 생겨서 책을 읽는다거나 궁금해하는 것은 자연스럽게 알려주면서 확장을 유도하기는 했다. 하지만 스스로 관심이 없는데 엄마 아빠에게 잘 보이기 위해서 책을 읽는다거나, 억지로 무엇을 배워야 한다는 생각은 없었다.

유아기 때부터 청소년기까지의 두 아들의 성장 과정을 보면, 지혜와 관련하여 한 가지 더 주의할 점이 있다. 그것은 아이 스스로 자기 것으로 만들기까지 시간이 걸린다는 것이다. 아이의 말에 귀를 기울이고 아이를 이해하는 행위를 몇 번 했다고 해서 아이가 곧바로 반응하지는 않는다. 아이마다 이해하고 받아들이는 속도와 방법이 다르므로 주어진 환경을 어떻게 해석하고 받아들이는지 기다려야 한다.

다양한 이해 능력을 키우기 위해서 다양한 자극을 주더라도 아이 스스로 소화하고 자신의 몸의 일부로 만들 때까지는 시간이 필요하다. 부모의 일관되고 끊임없는 노력이 필요한 이유다.

객관적 주변 환경을 받아들여 소화시키는 결정은 개인의 주관적 성향에 따라서 달라진다. 같은 지식이라 하더라도 아이마다 다르게 이해하고 해석할 수 있다는 이해가 필요하다. 더불어 순간순간 다른 아이들의 반응에 부모 역시 다르게 대처할 수 있는 유연함도 함께 요구된다.

17

아이의 성공은 지식이 아니라 지혜에 달렸다

삶을 즐기는 지혜

모든 부모는 자식이 행복하기를 바란다. 그리고 그 행복을 위해서는 성공해야 한다고 생각한다. 자본주의 사회에서 경쟁하여 이겨야 성공한다는 것은 당연한 생각일 수도 있다. 성공과 행복을 위해서는 좋은 대학교를 나와서 좋은 직장에 들어가면 다 해결될 거라고 막연하게 상상할 수도 있다. 자의든 타의든 그런 인생을 살면 과연 행복할까? 스스로 성공했다고 만족할까?

다들 익히 알고 있는 것 같지만 실생활에서는 종종 잊어버리는 것이 있다. 행복은 상대적이고 주관적인 것이다. 성공도 절대적인 기준은 없다. 어디까지 달성해야 성공했다고 말할 수 있을까?

내가 생각하는 성공의 기준은 자기가 만족하고 행복하게 느낄 정도의 상태이다. 즉, 자기 스스로 삶을 조정하고 있다고 느낄 정도이면 행복하다고 말할 수 있다. 스스로 행복한 사람을 두고 어느 누가 성공하지 못했다는 말로 폄하할 수 있겠는가?

지혜로운 사람은 그렇지 못한 사람보다 더 행복하고 가치 있는 삶을 살 수 있다. 지혜로운 사람일수록 자기 주변에서 일어나는 모든 문제의 해답이 외부가 아닌 자기 자신에게 있다는 것을 알기 때문이다. 삶을 더 넓고 깊게 바라보면서, 순간순간 감사하는 사람은 행복하다. 그런 사람에게는 '삶'을 즐길 줄 아는 지혜가 있다.

물론 나도 그렇게 되기 위해서 매일 수행을 하지만, 아직도 갈 길은 멀고, 수행할수록 많이 부족하다는 것을 경험한다. 하지만 어느 방향이 옳은 건지를 찾은 것만 해도 감사할 뿐이다. 이제부터는 그 길로 한 걸음씩 나아가기만 하면 되니까 말이다.

선행학습의 역효과

우리 부부는 유아기부터 청소년기까지 아이들을 아카데믹 관련한 학원에 억지로 보낸 적이 없다. 아이들이 성장하면서 오히려 자기에게 필요한 것을 부모에게 요구했다. 지금 두 아들이 다니는 학교는 IB International Baccalaureate 프로그램 중에서 Diploma Program을 제공하고 있다. 우리나라로 치면 고등학교 2, 3학년의 2년 동안에 일반 정규과정하고는 다른 국제적으로 통용되는 교육시스템을 받는다. 큰아들은 IB 프로그램에 관심을 보였고 그것에 맞게 철학을 포함한 고등학교 1학년 과목을 선택했다. 쉽지 않은 코스였기에 형근이는 살짝 긴장하고 미리 공부할 것을 챙겼고, 한국에 와 있는 방학 기간에 부족한 과목을 보충하기 위해 2주 동안 학원에 다니고 싶다고 했다. 큰아들의 요구대로 우리는 처음으로 학원을 알아봤고 적합한 곳에 등록했다. 긴 시간은 아니었지만, 이전처럼 큰아들은 새로운 것을 잘 흡수하며 재밌게 마무리했다. 학교에서 받을 수업도 기대된다고 했다. 하지만, 학교로 복귀하고 나서 큰아들의 반응은 예상과 달랐다.

"한국에서 미리 배웠을 때는 새로운 거라서 재미있었는데, 정작 학교 수업에 이전처럼 집중이 안 돼. 전에는 수업시간에 새로운 것을 배우기 때문에 집중하면서 참여하면 따로 복습할 필요가 없었는데, 한국에서 이미 배운 내용이라 그런지 먼저 예상이 되면서 집중도 안 되고 수업시간도 재미가 없어. 이 방법은 나에게는 맞지 않는 것 같아. 그냥 이전처럼 하는 게 더 좋을 것 같아."

어설프게 처음으로 시도해 본 선행학습은 큰아들 형근이에게는 오히려 학습능력과 성취욕이 저하되는 꼴이 되었다. 한편으로는 고등학교 2학년인 아들의 그릇이 우리가 생각했던 것보다 더 커진 것을 느꼈다. IB

과정 역시도 스스로 담을 수 있을 정도로 그릇이 커졌음을 다음 얘기를 들으면서 확신하게 되었다.

“작년까지 배운 수업은 따로 시험공부를 하지 않아도 될 정도로 여유가 많았는데, 올해부터는 진짜 바빠졌어. IB 전체 요구사항대로 따라가기만 해도 다양한 경험을 해서 좋기는 한데, 바쁘긴 엄청 바빠. 따로 자원봉사도 하고 학교 클럽 활동들도 유지해야 하니까. 토요일까지 일정이 꽉 차 있어. 대신 일요일 오전은 아무것도 안 하고 늦잠 자고 놀면서 조절하고 있으니까 걱정하지 않아도 돼. 참! 다음 학기부터는 상원이처럼 매일 운동도 꾸준히 할 계획이야.”

언제부턴지 모르겠지만, 아들의 지혜로운 대처능력과 스스로 성장하는 모습을 보면서 대견하다고 느꼈다. 어릴 적부터 꾸준히 심어온 씨앗의 열매가 조금씩 열리고 있는 것 같았다.

지식과 실천의 격차

나 역시도 그렇지만, 큰아들 형근이도 아직 부족한 점이 많다. 이성적이고 논리적인 접근을 선호하는 큰아들은 가끔 직설적인 표현으로 주변 사람들의 마음을 상하게 한다. 매번 이야기를 하지만 쉽게 개선되지 않는다. 특히 동생인 상원이나 아빠인 나에게 하는 직설적인 표현은 감당하기 힘들 때가 종종 있다. 물론 상원이는 형이 자기를 부모님 다음으로 사랑하고 아끼는 것을 잘 알고 있다. 형근이가 고등학생이고 상원이가 중학생일 때 형근이는 식사하다가 갑자기 동생을 지그시 바라보며 이런 말을 종종 하곤 했다.

"아빠. 상원이 봐. 너무 귀엽지 않아? 상원아, 형이 얼굴 한 번만 만져봐도 돼?"

상원이는 화를 내면서 형에게 저리 가라고 했다. 이런 모습은 우리 가족에게 더는 낯선 풍경이 아니다. 형제가 어렸을 때부터 줄곧 이런 모습이었다. 그런데도 형근이가 가끔 자기도 모르게 상원이에게 직설적인 표현으로 마음을 상하게 하는 것은, 머리로 아는 것과 실천하는 것의 격차가 있기 때문이다. 시간이 지나면 자연스럽게 더 성숙하리라 믿는다. 내가 그렇게 지나왔던 것처럼…….

작은아들 상원이는 형하고는 완전히 다른 성향이다. 중학교 3학년 때 나에게 전화를 해서 이렇게 말했다.

"아빠, 나중에 사회에 나가서 다 쓰지도 않을 것을 왜 학교에서 배우느라고 이렇게 시간을 낭비하는지 모르겠어. 사회생활에 꼭 필요한 것만 배우고, 사회에 나가서 시행착오를 겪으면서 배우는 게 더 맞는 거 아니야?"

틀린 말은 아니었다. 나는 학교에서는 수업 이외에도 친구들과의 관계나 다양한 기본적 소양들도 경험할 수 있으니, 일단은 의무교육인 고등학교까지는 다녀보는 건 어떻겠냐고 대답했다. 30년 전쯤에 부모님이 나에게 하신 말씀을 내가 아들에게 똑같이 하고 있었다!

부모님에게 물려받은 유산

좋은 직장에 들어가서 월급을 많이 받는다고 행복한 것은 아니다. 나는 부모님으로부터 좋은 유산을 많이 물려받았다. 부모님이 몸소 실천하신 저축하는 습관과 재테크를 생활화하는 지혜는 나를 부자로 만들어주는 유산이다. 그리고 매일 운동을 하시는 아버지와 건강한 음식을 만들고 섭취하는 어머니의 습관은 나의 삶을 보다 건강하게 만드는 소중한 유산이다. 부모님의 지혜로운 습관이 고스란히 나에게 이어져서 잠재되어 있다.

아이들에게서 나의 나쁜 습관이 발견되듯이, 나에게도 부모님의 장점과 단점이 모두 공존하는 것 같다. 나에게 잠재되어 있는 부모님의 특성과 인자들을 어떻게 발현할 것인지는 전적으로 나에게 달렸다. 부모님을 닮아서 내 인생이 잘못되었다며 부모님을 탓하기보다는 그분들의 좋은 점을 발현시키지 못한 자신의 부족한 지혜를 탓해야 한다.

내가 방황했던 학창 시절이나 주변의 평화를 깨뜨렸던 시기를 보면, 부모님의 나쁜 특성이 나로부터 그대로 나오고 있었다. 욱하는 성질과 다른 사람 말을 자르고 내 말만 하는 것도 부모님에게 있는 특성이었다. 하지만 지금의 내 모습에서 건강한 식습관과 적절한 운동, 그리고 균형 있는 재테크에 관심이 많은 특성들 또한 부모님에게서도 찾아볼 수 있다.

부모님으로부터 물려받은 많은 특성 가운데, 어떤 특성을 발현하면서 사느냐에 따라 우리의 삶이 변화하는 것은 당연하다. 그리고 이 선택을 하는 것은 다른 사람도 아닌 바로 나 자신이라는 것을 잊지 말자. 내 삶은 내가 스스로 만드는 하나의 작품이라는 것을 기억하면서 말이다.

많이 아는 것이 오히려 새로운 것을 받아들이는 데 방해가 될 때도 있다. 아는 것으로부터의 자유를 느낄 수 있는 지혜가 필요한 상황이 오기도 한다. 지혜는 멈추지 않는 샘물과 같아서 쓰면 쓸수록 더 순수하고 깨끗한 것이 흘러나온다. 작은 지혜라도 쓰지 않으면 쓸모없는 지식과 같아진다. 작더라도 실천을 반복하다 보면 작은 지혜도 점점 커질 것이다. 그러한 부모의 모습을 보면서 아이들도 자연스레 자신의 삶이 더욱 지혜로워지는 것을 경험하리라 확신한다.

18

Give & Nothing, 주고 나서 아무것도 기대하지 마라

조건부 사랑

일반적으로 주고 나서 받으라고 한다. 이것은 무엇을 받기 위해서는 먼저 주라는 이야기이지만, 반은 맞고 반은 틀리다. 먼저 줘야 하는 것은 맞지만, 주고 나서는 아무것도 기대하지 말아야 한다. 즉, 조건부 사랑이 되어서는 안 된다.

하물며 종교가 있는 사람들도 내 바람을 들어달라며 기도를 한다. 내 기도를 먼저 들어주면 신을 믿겠다는 조건부 신앙은 절름발이 믿음이 될 수밖에 없다. 먼저 종교 창시자의 좋은 특성을 이해하고 그것을 실제로 내 삶으로 받아들이면 바라는 것이 자연스럽게 이루어지지 않을까 싶다.

대부분 가정에서 싸우는 이유를 보면, 상대방으로부터 내가 원하는 반응이 나오지 않을 때 다투게 된다. 기대했던 상황은 자주 발생하지 않고, 기대하지 않았던 상황은 더 자주 발생하는 것이 삶의 아이러니다. 누구보다 가까운 가족끼리는 서로 기대하는 이미지가 더 크기 마련이다. 가족 구성원은 남편, 아내, 아빠, 엄마, 형, 동생 등에 대한 각자의 이미지를 만들어놓고, 그 이미지를 통해서 상대를 바라본다. 그러고는 그 이미지에 부합하게 상대가 말이나 행동을 했을 때만 행복해한다. 반대로 자기가 만들어 놓은 주관적인 이미지에 다른 가족이 일치하지 않는 행동을 하면 화를 낸다. 있는 그대로의 상대를 사랑하는 것이 아니고, 내가 만든 허상의 이미지를 사랑하는 셈이다. 이런 상황은 우리 집을 포함한 모든 가정에서 빈번하게 일어난다.

예를 들어보자. 남편은 금요일 오후에 일찍 퇴근한다. 일주일 동안 힘들게 맞벌이한 아내를 도와주고 싶은 마음이 든다. 아내가 오기 전에 기분 좋게 청소를 하기 시작한다. 가족을 위해서 청소를 하며 아내의 웃는 얼굴과 "고마워"라는 말을 상상한다.

'내가 청소를 했으니까, 아내는 들어오자마자 웃으면서 부엌으로 가서 맛있는 요리를 하겠지. 오늘 금요일 저녁은 완벽하게 행복할 거야.'

하지만 30분이 지나서 퇴근한 아내는 힘들다며 소파에 누워버린다. 집 안을 구석구석 깨끗하게 청소한 것을 칭찬해주지도 않고, 맛있는 저녁을 준비하지도 않는다. 남편이 만든 머릿속 이미지가 깨지는 순간이다.

더구나 아내는 웃기는커녕 회사에서 오후에 있었던 일을 얘기하며 지옥이 따로 없었다고 불평을 늘어놓는다. 이건 남편이 일부러 일찍 퇴근해서 청소를 할 때 머릿속으로 그렸던 상황이 아니다. 참다못해 한마디 툭 던진다.

"당신은 맨날 뭐가 그렇게 불만이야. 그렇게 힘들면 직장 그만둬!"

남편의 반응에 아내는 더 화를 낸다. 급기야 자기를 이해해주지 않는다며 울기 시작한다. 이제 남편이 상상했던 완벽한 저녁은 아예 날아가 버리고 만다.

반대로 아내는 퇴근하면서 다른 이미지를 머릿속으로 그렸다.

'오늘은 정말 힘들었어. 그래도 집에 가면 남편이 있으니까, 내 편을 들어달라고 조금만 하소연을 해야지. 그런 다음 남편과 금요일 저녁의 만찬을 즐겨야지.'

둘 다 목적하는 바는 같았지만, 그 목적지까지 가는 교통편이 달랐을 뿐이다. 조금만 더 상대 입장에서 이해했다면 부부는 원하던 맛있는 저녁 식사를 함께할 수 있었을 것이다. 가정에서뿐만 아니라 직장이나 사회에서도 대부분의 갈등은 이런 상황에서 크게 벗어나지 않는다.

내가 하는 행위 자체도 사실은 상대방을 위한 것이 아닌 나 자신을 위한 것이다. 이것을 안다면 상대방의 반응에 따라서 나의 행복이 좌지우지되지는 않을 것이다. 집을 청소할 때 기분이 좋았다면 그건 나 자신을 위해서 좋은 것이고, 내가 사는 집이 깨끗해졌으니 이 또한 나를 위해서 좋은 것이다. 즉, 지금 내가 하는 행위는 아내를 위한 것이 아니고 나 자신을 위한 것이다. 그렇게 생각했다면, 아내가 들어오자마자 피곤해서 불평을 쏟아냈더라도 웃으면서 그 얘기를 들어주었을 것이다.

갈등이 생기지 않는 확실한 방법

주고 나서 아무것도 기대하지 않으면 갈등이 생기지 않는다. 이것은 부모와 자식 간에도 똑같이 적용된다. 아니, 오히려 부자지간에 더 중요하지 않을까도 싶다. 부모의 사랑이 조건 없는 사랑이라고 하지만, 과도한 자식에 대한 집착은 오히려 서로에게 좋지 않은 결과를 가져오기도 하기 때문이다.

우리 주변에는 자신을 희생하면서까지 자식에게 모든 것을 다 해주는 부모가 많다. 그런데 자식이 성장하면서 부모 마음에 안 드는 행동을 할 수도 있다. 자식에게 올인한 부모는 그럴 때마다 이렇게 말한다.

"내가 널 어떻게 키웠는데, 네가 나한테 이럴 수 있어!"

이런 말을 하는 부모의 사랑은 정말 조건 없는 사랑이었을까? 자식에게 무언가를 바라면서 평생 조건부 사랑만 한 것은 아닐까? 자식이 부모가 기대하는 조건을 충족하지 않으면 부모가 주었던 사랑은 무의미한 것일까? 조건부 사랑을 받으면서 자란 아이는 타인에게 순수한 사랑을 줄 수 없다.

스티븐 코비는 《성공하는 가족들의 7가지 습관》에서 다음과 같이 말하고 있다.

"순수한 사랑은 조건이 없다. 때로 사람들은 사랑하는 사람과 대립하기도 하고 자기가 옳다고 믿는 방식대로 이끌고 가려고 고집을 피우기도 한다. 그들은 사람을 사랑하기보다는 마음속의 목적을 사랑한다. 조건적으로 사랑하는 것이다. 다시 말해, 조작하고 통제하기 위해 사랑을 이용하는 것이다. 그럴 경우 상대방은 자신이 받아들여지지 않았다고 느끼며 똑같은 방식으로 싸움을 걸어온다.

그러나 다른 사람을 용납하고 현재 모습 그대로를 사랑한다면, 그들이 변화할 수 있도록 도와주는 셈이다. 그저 그들의 내면의 가치를 인정할 뿐이다. 그들이 나름대로 생각하고 느끼는 사람들임을 인정하고 그들이 자신을 방어하고 보호해야 할 필요를 없애주는 것이다. 그러면 그들은 자신을 방어하는 데 힘을 낭비하는 대신, 양심과 대화하면서 자신의 성장 잠재력을 이끌어내는 데 초점을 맞출 수 있다."

이런 순수하고 조건 없는 사랑을 우리 가족에게 베푼다면 가족의 유대 관계는 그만큼 단단하고 오래갈 것이다. 하지만 각자가 만든 허상의 이미지 때문에 쉽게 순수한 사랑을 베풀기는 쉽지 않다. 우리는 오래된 잘못된 습관대로 항상 자신이 만들어 놓은 허상의 이미지 안에서 살기를 원

2020년 소니캠프에 스태프로 참여한 상원

한다.

나는 자기 몸의 감각을 객관적으로 관찰하면서 허상의 이미지가 아닌 실체를 경험하는 수행 방법이 최종적인 수단이 될 수 있다고 생각한다. 명상에 대해서 다르게 생각하는 사람도 조건 없는 순수한 사랑을 키울 수 있는 좋은 방법이 있다. 그것은 자신의 작은 능력이라도 도움이 필요한 사람에게 오로지 주기만 할 수 있는 자원봉사이다. 실제로 자원봉사를 다녀온 사람들은 무언가 도움을 주기 위해 갔지만 오히려 더 큰 것을 얻고 왔다고 공통적으로 얘기한다.

두 아들과 함께 에티오피아의 EEF[Ethiopian Education Foundation]에 2주간 자

원봉사를 다녀온 적이 있다. 그 뒤로 두 아들은 자원봉사의 재미와 의미를 유지하고 있다. 작년에는 방학이 끝난 후에 두 아들이 곧바로 집으로 오지 않고, 호주에서 장애인을 도와주면서 함께 치르는 Sony 캠프에 참가하느라고 비행기 스케줄을 변경하기도 했다.

나 역시도 작년 초에 전 세계에 있는 210여 개의 위빳사나 정규센터 중에서 호주 퀸즈랜드주의 포모나에 위치한 Rasmi 명상센터에 가서 10일간 자원봉사를 했다. 매년 다니던 10일 집중명상 코스를 이번에는 자원봉사로 참여한 것인데, 그 의미가 남달랐다. 10일 코스에 참석한 수행자들을 위해서 새벽에 일어나서 음식을 준비하고 청소를 했다. 육체적으로는 피곤했지만 시간이 지남에 따라 마음은 더 고요해지고 맑아졌다.

아무것도 기대하지 않고 타인을 위해서 무언가를 행하는 마음은 순수하다. 이러한 순수한 마음이야말로 삶을 제대로 꿰뚫어 보고 즐길 수 있게 하는 시작이다.

어린아이들의 순수함 역시 어른들의 복잡한 문제의 이해관계를 단순화시키면서, 문제의 핵심과 본질을 마주할 수 있게 도와준다. 겹겹이 쌓인 어른들의 기름진 욕심과 스스로도 이해하지 못하는 어려운 철학보다, 단순 명료하면서 실제 삶에 직접 선한 영향을 줄 수 있는 순수함으로 점점 회귀하는 것도 나이가 들어감에 따른 자연스러운 흐름인가 보다.

19

A or B?
중요한 건 그게 아니다

선택의 순간

우리의 인생은 순간순간 선택한 점들이 이어져서 만들어진 하나의 선이라고 할 수 있다. 그만큼 순간순간 선택하는 것에 따라서 우리 인생은 전혀 다르게 흘러갈 수도 있다. 때로는 어느 것을 선택해도 우리 삶에 큰 영향을 미치지 않는 순간들도 의외로 많다. 삶이라는 큰 강물에 둥근 모양의 돌멩이 하나를 던지나, 네모난 돌멩이 하나를 던지나 별로 의미 없는 선택의 순간도 있다. 중요한 것은 돌멩이의 모양이 아니라 크기일 수도 있다. 크기가 큰 돌은 흐르는 강물의 물줄기를 바꿀 수도 있기 때문이다. 하지만 우리는 조그만 돌멩이의 모양을 가지고 싸우다가 정작 중요한 돌멩이 크기에 관해서는 얘기해보지도 못하고 시간을 전부 낭비하기도 한다.

아이들과 지내다 보면 별로 중요하지 않고 둘 중에 무엇을 해도 크게 잘못되지 않는 선택의 순간이 있다. 그때 상대방의 의견을 무시하고 내 의견만을 고집했을 때 어떤 일들이 발생하는지 경험해 본 적이 있을 것이다.

주말에 온 가족이 함께 영화를 보러 가곤 했다. 가끔은 의견이 엇갈리는 경우가 있었다. 보고 싶은 영화가 서로 다르기 때문이다. 이런 상황이 벌어지면 으레 아이들은 왜 자기가 고른 영화를 봐야 하는지에 대해서 줄줄이 설명한다. 큰아들 이야기를 듣다 보면 그 영화를 봐야 할 것 같고, 작은아들이 추천하는 영화 얘기를 들으면 그 영화를 봐야 할 것 같다. 이 경우에는 누구 한쪽이 자기 의견을 포기하지 않으면 수평선처럼 끝나지 않는 지루한 말싸움이 계속된다. 지금은 둘 다 컸다고 어느 정도 선에서 타협을 하지만, 어렸을 때는 한쪽의 손을 들어주면 다른 한쪽은 금세 토라져 버린다. 그럴수록 서로 짜증이 나고, 주말 가족 외출은 슬슬 피곤해지기 시작한다.

1라운드의 영화 선정이 끝나면, 2라운드는 팝콘의 종류이다. 1라운드에서 판정패를 당한 아들은 2라운드에는 이겨보고자 자신의 의견을 처음부터 강하게 어필한다. 다른 아들이 쉽게 이해해주면 좋겠지만 그런 그림은 정말 영화에서나 가능하다. 1라운드에서 이긴 아들은 2라운드는 전혀 다른 게임이라고 생각하며 처음부터 다시 시작한다.

그다음으로 이어지는 건 좌석 싸움이다. 영화를 보고 난 후에는 식당의 선택과 메뉴 선정으로 또 한 번 대립한다. 한 번 뒤틀린 감정은 쉽게 회복되지 않는다. 가족과 황금 같은 주말 여가를 즐기기 위해서 나온 소중한 시간이 한두 번의 어긋난 감정으로 깨질 수도 있다.

물론 자기가 하고 싶은 것을 하지 못했기 때문에 화가 날 수도 있지만, 대부분 자신의 의견이 무시되는 상황에서 느껴지는 감정의 손상이 더 심할 것이다. 어느 정도 선에서 타협하면 좋겠지만 끝까지 자신의 의견을 고집하는 경우에는 어떻게 해야 할까?

이럴 때 우리 가족은 각자 취향대로 자기가 보고 싶은 영화를 보고, 각자 먹고 싶은 음식을 먹고서 다시 만나기도 한다. 가족이기 때문에 싸우더라도 한 테이블에서 서로 화난 얼굴을 반찬 삼아서 같이 먹을 필요는 없다. 실제로 먹고 싶은 음식을 각자 먹고 나서 다시 만나면 조금 전의 상한 감정이 회복되기도 한다. 가족과 잠시 떨어져 있는 동안 자신의 감정을 스스로 되돌아보면서 남아있는 작은 불씨 정도는 스스로 진화할 수 있기 때문이다.

가끔은 가족끼리 감정이 격화되었을 때, 꼭 마주 보고 서로 끝까지 같이 해결하려는 것이 바람직하지 않을 수도 있다. 함께 뜨겁게 타오르는 불덩이끼리 가까이 있어봤자 서로 더 뜨겁다고 소리만 지를 뿐이다. 차라리 서로 떨어져서 외부에서 불을 지피지 않으면 불덩이가 자연스럽게 꺼져갈 수도 있다.

상대방의 관점을 인정하고 이해하기

중국집에서 '짜장이냐, 짬뽕이냐'는 개인의 기호 문제다. 그러나 가족 간의 선택의 문제는 이보다 훨씬 중요하다. 만일 가족과 사소한 결정 때문에 오히려 더 큰 것을 잃어버리는 실수를 하지 않으려면, 상대방의 의견을 존중해줘야 한다. 만약 상대방의 의견을 받아줄 수 없을 때는 최소한 상대방의 감정만이라도 이해하고 공감해줘야 한다. 그것이 중요하다.

아이들이 자라면서 항상 자신의 의견이 채택되고, 자기 뜻대로 모든 게 돌아가지 않는다는 것을 경험하는 것도 중요하다. 이런 상황에 접했을 때 아이들이 어떻게 대응하고 어떻게 받아들이는지를 가정에서 미리 연습해야 한다.

반응 1 "내 의견이 받아들여지지 않았네. 기분 나빠. 그럼 나도 무조건 네 의견에는 반대야!"

반응 2 "내 의견이 받아들여지지 않았네. 기분이 좋지는 않지만, 뭐 크게 중요한 것은 아니니까 관계없어. 이것도 나름대로 좋은 점이 있을지 모르니까."

반응 3 "내 의견이 받아들여지지 않았네. 다음부터는 내 의견을 얘기하지 말아야지. 어차피 내 의견은 반영이 안 될 거니까."

이처럼 상황에 따라서 아이들은 다양한 반응을 할 수 있다. 부모는 아이가 어떻게 이 상황을 받아들이고 있는지 세심하게 관찰해야 한다. 만약에 첫 번째와 세 번째 같은 반응이 반복된다면 부모는 아이에게 공감해주면서 다르게 반응할 수 있다는 것도 알려줘야 한다.

역지사지로 생각하고, 의견이 다를 때는 나와 다른 상대편의 관점을 배울 수 있는 좋은 기회로 삼을 수도 있다. 나에게는 삼각형으로 보이는 것을 상대방이 계속 동그라미라고 고집한다면, 한번 상대방의 관점으로 보려고 노력해보자. 지금까지 내가 봤던 삼각형이 어쩌면 정말 동그라미로 보일 수도 있다.

아무리 가족이라고 하더라도 생각이 모두 같을 수는 없다. 서로 의견이 다른 것은 같은 대상을 보더라도 각자의 관점으로 바라보기 때문이다. 각자의 관점은 옳은 것이다. 모두가 각자의 틀을 통해 세상을 보기 때문에 사물을 다르게 보는 것은 너무도 당연하다. 우리는 세상을 각자 다르게 보고 있다는 그 자체를 인정해야 한다. 그 차이의 인정에서부터 이해와 지혜의 싹이 자랄 것이다.

상처 입은 감정 처리

사회생활을 하다 보면, 자기의 생각에 반대되는 말을 듣자마자 곧바로 감정적으로 대응하는 사람들이 있다. 가정에서 원치 않은 상황을 접했을 때 다양하게 대응하는 방식을 미리 훈련해 보지 못했기 때문이다. 더구나 혼자 스스로 삼키는 타입은 축적되는 감정 에너지를 언젠가 한 번에 폭발하기도 한다. 내가 그랬다. 여기저기서 조금씩 상한 감정이 쌓이다 보면 괜히 아무 관계도 없는 사람에게 습관적으로 폭발하기도 했다. 경비원 아저씨가 퉁명스럽게 말하거나, 쓰레기를 버리러 갔다가 주의해서 버리라는 말을 들으면 곧바로 반응했다. 차를 주차할 때도 문제가 생기면 곧바로 맞받아치기도 했다. 그냥 나 자신이 남에게 조종 당하는 것 같은 느낌이 싫어서였을까? 한마디로 객기를 부리는 거였다. 스스로 상처 입은 감정을 어떻게 보듬어주어야 하는지 그때는 몰랐다.

사실 쓰레기를 이쪽에다 버리라고 하면 그냥 그쪽에다 버리면 되는 것이고, 주차할 때 다른 곳으로 이동하라고 하면 그냥 조금 이동하면 되는 것이다. 그분들은 자신의 일을 하고 계신 것이고, 나는 잠깐만 그렇게 해주고 나면 다시 나의 시간으로 평화롭게 돌아갈 수 있다. 그런데 한번 객기를 부리고 나면 속이 시원한 것이 아니고, 오히려 감정의 부정성이 점점 커질 뿐이었다. 불이 붙은 내 몸에 물이 아닌 기름을 스스로 붓는 것처럼 어리석은 일이 또 있을까? 이렇게 하든 저렇게 하든 중요한 것이 아닌데 말이다.

가끔은 선택의 여지가 없을 때도 있다. 온 힘을 다해서 행동으로 옮겨야 할 때도 있다. 트럭이 오는 것을 모르고 길가로 달려나가는 아이가 있다면 온몸을 다해서 붙잡아줘야 한다. 하지만 대부분은 이것을 선택하든 저것을 선택하든 크게 중요하지 않은 순간들이 많다. 중요하지 않은 일인데도 쓸데없이 내 에너지를 많이 쓸 필요는 없다. 누가 옳은지 따지면서 소모적인 논쟁에 에너지를 쓸 필요도 없다. 내 마음대로 되지 않아서 생기는 부정성은 많은 에너지를 소모한다. 이럴 때는 허허실실 웃으면서 에너지를 축적하였다가, 내 에너지가 정말 필요한 중요한 순간에 쓸 수 있는 지혜를 발휘해야 한다. 제한적인 에너지를 꼭 필요한 곳에 쓸 수 있도록 평상시에는 배터리를 충전하는 시간이라고 생각하면서 허허실실 사는 것도 나쁘지 않다.

나의 아버지는 현직에 계실 때 가족을 앞에서 이끌고 가셨지만, 은퇴하신 후로는 자식들이 하자는 대로 거의 그냥 따라 하신다. 이래도 좋고 저래도 좋다고 하신다. 그런 아버지를 보면서 돌아가신 증조할머니가 생각났다. 항상 허허실실 웃으셨던 증조할머니는 95세까지 장수하셨다. 나 역시 시간이 지나면 자연스럽게 그렇게 되고, 두 아들도 허허실실이 왜 중요한지를 이해할 수 있는 날이 오리라 믿는다.

20

진정한 성장은 차이의 인정에서부터

교육 방법은 아이마다 달라야 한다

머리로는 이해하면서도 실천하기가 쉽지 않은 것들이 있다. 그 중에서 특히 알면서도 안 되는 것은 생각의 차이를 인정하는 것이다. 나와 다른 의견이 나중에 도움이 될 수도 있음을 알면서도 실제 상황에 맞닥뜨리면 기분이 나빠지면서 감정적으로 변하는 건 어쩔 수 없다. 이것은 지금 내가 가지고 있는 가치관이나 습관이 고유한 것이라는 방증일 수도 있고, 이런 반복적인 상황을 겪으면서 조금이라도 나아지고 있다면 그나마 다행이다.

아이들을 키우면서 가끔은 가치관이 흔들릴 때가 있다. 이때 부모는 당황할 수밖에 없다.

우리 부부는 맞벌이하면서 현실과 타협하고 싶은 유혹도 많았지만, 옳다고 생각한 원칙들에 대해서는 일관성 있게 아이들을 대했다. 그렇게 할 수 있었던 것은 육아관이나 교육관이 많은 부분 비슷했기 때문이다. 함께 이야기를 많이 나눴고 아이들의 반응을 보면서 점점 확신이 들기도 했다. 비록 돌아가는 것 같이 시간이 좀 더 걸리고, 초기에 더 큰 노력이 필요했지만, 남들과 비교하지 않고 소신을 굳건하게 지킬 수 있었다. 아이들이 부모 곁을 떠나 호주에서 공부하면서도 똑같이 일관된 교육을 받고 있다고 느끼는 배경이다.

큰아들과 작은아들의 성향이 다르다는 것은 어릴 때부터 일찌감치 알고 있었다. 하지만 우리 부부는 큰아이에게 통했던 기본적인 교육 방식이 당연히 작은아이에게도 통할 거라고 생각했다. 두 아이는 자라면서 똑같은 자극에도 받아들이는 것 자체가 달랐고, 반응해서 나오는 결과도 점점 차이를 보였다. 그런데도 우리 부부는 큰아들에게서 성공적으로 적용되었던 우리의 가치판을 여전히 신뢰했다.

유연성이라는 지혜가 부족했었나 보다. 급기야 두 아들과의 간극이 점점 벌어졌고 예상하지 못한 반응이 나타났다. 우리 부부는 당황하기 시작했다. 큰아들은 초등학교 시작하면서부터 엄마 아빠가 가르쳐준 스스로 공부하는 습관을 하나씩 받아들였다. 큰 무리 없이 자기 것으로 더 발전시키기도 했다. 반면에 작은아들은 부모의 조언을 그냥 다 반사해버렸다. 그래도 스스로 이해할 때까지 기다리면서 기회가 주어지면 왜 그렇게 해야 하는지 설명해주었다. 그런데도 작은아들의 반응은 큰아들과는 확실히 달랐다.

그렇게 몇 년이 흘렀다. 뒤늦게 책에 관심이 생긴 작은아들은 나름 열심히 공부했지만, 본인이 예상한 결과가 나오지 않자 오히려 다르게 해석하기 시작했다.

"나는 공부에는 재능이 없나 봐. 최선을 다했지만 결과가 안 좋잖아. 차라리 다른 것을 찾아보는 게 나을 거 같아."

나는 작은아들에게 이렇게 말해주었다.

"너는 다른 친구들보다 늦게 공부를 시작했으니까 공부하는 방법이 아직 익숙하지 않아서 그래. 이런 결과가 나오는 것은 당연한 거야. 친구들이 어릴 때부터 책 보고 공부한 시간만큼 너도 했을 때쯤 나오는 결과를 비교하는 것이 더 정확할 거 같은데."

내가 중·고등학교 다닐 때 4년의 공백기가 있었던 정보까지 작은아들의 DNA로 전달된 것일까? 작은아들도 초등학교 4학년 때까지 책하고는 담을 쌓고 살다가, 5학년 때부터 스스로 공부해 보겠다는 말을 꺼냈다. 그렇다고 바로 제자리로 돌아온 것도 아니었다. 말은 그렇게 했지만 여전히 공부를 왜 해야 하는지에 대한 의구심은 마음속에 계속 남아있었다. 그리고 가끔 속마음을 듣다 보면, 비슷했던 나의 학창시절을 떠올릴 수밖에 없었다.

교육하는 방법은 아이마다 달라야 한다. 우리 부부는 작은아들을 키우면서 이 지혜를 온몸으로 경험하는 중이다. 그러면서 아이에게는 주어진 환경도 중요하지만, 그것보다 더 중요한 것은 그 환경을 어떻게 자기가 해석하고 받아들이는지의 주관적 견해라는 것을 배웠다. 아이들은 저마다 다르다는 것을 인정할 수밖에 없었고, 그렇게 두 아들의 차이를 인정하고 나서부터는 오히려 마음이 편했다.

두 아들의 차이를 인정하고 나니 작은아들의 장점이 더 잘 보이기 시작했다. 형에게 없는 작은아들만의 특성을 발견하고 공감해주었더니 자신이 가진 잠재력을 느꼈고 자존감도 높아졌다. 상원이는 낯선 사람과 쉽게 친해지고, 좋은 유대관계를 지속하는 강점이 있다. 나이에 관계없이 정말 다양한 친구들이 많다. 교장, 교감 선생님과도 스스럼없이 대화를 나누고, 혼자 15세에 비행기를 조종하는 친구도 있고, 프로 럭비선수들하고도 친분을 유지하고 있다. 하물며, 전에 살던 골드코스트에서는 상원이를 유독 좋아하는 아이와 가족이 생겨났을 정도이다.

우리 부부도 직접 몸으로 경험하느라 약간 뒤늦게 깨달은 감이 있지만, 아이를 키우는 부모에게는 정말 중요한 요소이다. 물론 근본적으로 공통된 교육관이 필요한 상황도 많지만, 아이들의 성향과 반응에 따라서 아이마다 다른 방식으로 대하고 가르쳐야 한다. 그런 교육은 가능하면 빨리 시작하는 것이 좋다. 아이마다 받아들이는 주관적 행동 양식이 다르므로 그것을 세심하게 관찰하면서 그에 적합한 방식으로 유연하게 키워야 한다.

남의 시선에 지나치게 신경 쓰지 않기

두 아들 사이에 차이가 존재하는 것처럼 가끔은 아들과 나 사이에도 존재하는 차이 때문에 고민했던 적도 있다. 나는 타인의 시선을 잘 의식하지 않는 편이다. 배려하는 것과는 좀 다른 문제인데, 타인의 불필요한 시선 때문에 내 행동이나 결정에 영향을 최소화한다는 뜻이다. 그런데 가끔 성장하는 우리 아이들은 주변의 시선을 의식해서 자기가 해야 할 선택에 영향을 미치는 경우가 종종 있었다. 좋게 말하면 배려심이 깊다고 해석할 수도 있지만, 내 관점으로는 이해가 쉽게 되지 않는 상황들도 있었다. 처음에는 그것을 고치게 도와주려고 했지만, 차이를 인정하지 않는 상태에서의 시도는 오히려 갈등만 불러일으켰다.

곰곰이 생각해보니, 나도 어렸을 때는 알게 모르게 주변을 많이 의식하면서 자랐다. 상대방의 말투, 표정 또는 감정까지도 세심하게 살폈던 것 같다. 군대에서 만든 '윤영한 사명 선언서'에 '불필요한 남의 시선을 의식하지 않겠다'는 문구를 넣은 이유도 그전까지는 그렇게 살아왔기 때문에 고치고 싶었기 때문이었을지도 모른다.

남의 시선을 의식하며 남을 만족시키기 위해서 사는 삶은 내 인생을 사는 것이 아니다. 내 인생을 살고 싶으면 나를 만족시키는 삶을 살아야 한다. 그러기 위해선 남의 시선을 지나치게 의식할 필요가 없다. 이것은 남을 배려하고 타인을 위한 조건 없는 사랑을 베푸는 것과는 전혀 다른 행위이다.

여기서 한 걸음 더 나아가 관찰하면, 아이들의 차이는 나와 아내의 차이로부터 시작이 되기도 한다. 아내와의 차이를 인정하면 아내를 더 이해하게 되고, 아내의 이야기를 더는 판단하지 않게 된다. 그냥 공감만 해줘도 부부관계는 좋아진다.

우리 부부의 차이는 양쪽 집안의 다른 분위기로 설명될 때도 많다. 가능하면 자기가 모든 일을 처리해야 하는 우리 집 분위기와, 자기 일을 가족과 많은 부분 함께 공유하는 아내의 집안 분위기는 사뭇 다르다. 예를 들어, 부모님이 살고 계신 곳의 터미널에 도착하였다고 가정해보자. 나의 부모님은 터미널에 도착한 내가 대중교통을 이용하여 집까지 오리라고 생각하지만, 아내의 부모님은 차를 가지고 터미널에 마중을 나가야 한다고 생각한다. 둘 다 긍정의 렌즈를 끼고 보면, 전자는 독립심이 강하고 후자는 배려심이 있는 집안 분위기다. 만약 부정의 렌즈를 끼고 본다면, 전자는 정이 별로 없다고 보일 수도 있고, 후자는 구성원의 사생활이 존중받지 못한다고 비춰질 수도 있다. 우리 아이들에게는 두 집안의 분위기가 모두 잠재되어 있다고 생각한다. 긍정적으로 발현을 할지 부정적으로 발현을 할지의 선택은 두 아이에게 달려있다.

서로 다른 의견으로 힘든 일을 겪을 때마다 떠오르는 문구가 있다. '정-반-합.' 이것은 다음 단계로 성장하기 위해서 반드시 거쳐야 하는 과정이라고 생각한다. 한쪽 방향으로 가는 힘이 있다면 반대쪽으로 가려는 힘도 반드시 존재한다. 왜냐면, 우리는 '절대계'가 아닌 '상대계'에 살고 있기 때문이다. 우리가 사는 상대계에서는 모든 것이 상대적인 것이 자연스럽다. 뜨거운 것이 있으면 차가운 것도 있고, 어둠이 있으면 빛도 있고, 삶이 있다면 당연히 죽음도 있는 것처럼 말이다. 그리고 두 가지의 상반된 에너지가 충돌해야만 새로운 것을 창조할 수 있다.

'정'과 '반'이 존재하는 현재의 단계에서는 아무리 서로를 이해했다고 말해도 실제로는 이해한 것이 아니다. 그다음 단계인 '합'의 단계가 되어야 비로소 이해하려는 아무런 노력 없이도 그 전단계 '정-반'의 모든 특성이 자연스럽게 이해가 된다.

카오스로부터 코스모스가 존재하는 상대계에 이번 생을 사는 것은 행운이라고 생각한다. 많은 '정-반'의 차이에서 더 많은 실제적 경험과 깨달음을 얻을 수 있는 진정한 성장의 가능성이 크기 때문이다.

고민과 번뇌가 없이 모든 것이 평화롭기만 한 절대계보다는 차이를 경험하고 그 과정에서 무한한 성장을 할 수 있는 현실에 태어난 것을 더 감사하게 생각한다. 많은 희로애락이 함께 공존하고, 삶과 죽음이라는 제한된 시간 속에서 우리는 무한한 가능성을 현실로 만들 수 있다고 믿기때문이다. 그 무한한 가능성이라는 상자를 이번 생에서 만난 가족과 함께 열 수 있다는 것에도 감사하게 생각한다.

21

경청한 다음에 대화하라

아이가 말을 걸어올 때

파스칼은 말했다. "마음은 이성이 모르는 자신만의 논리를 가지고 있다." 아이들을 키우다 보면 정신없이 바쁠 때가 많다. 좀 더 정확히 말하면, 바쁘지 않을 때가 없다는 표현이 맞을 것이다. 정신없이 바쁠 때는 아이의 말을 제대로 듣지 못해서 실수하는 일도 생긴다. 아이가 얘기를 시작했는데, 바쁘다는 핑계로 아이의 의도를 미리 예단해서 대응하기도 한다.

그 당시에는 어느 정도의 긴장감이 존재했을 수도 있지만, 가족과 있었던 기억은 시간이 지나면서 좋은 추억으로 남아있는 경우가 많다. 여유가 있을 때는 우리 부부가 가진 가치관대로 아이들을 대할 수 있는 여력이 있지만, 만일 긴박한 상황이 동시에 닥치면 당황하게 마련이다. 그런 상황에서 아이가 부모에게 말을 건다면 부모는 다른 급한 일을 우선순위로 두고 아이의 말은 듣는 둥 마는 둥 할 것이다.

아이의 말을 주의 깊게 듣지 않고서는 진정한 대화를 할 수 없다. 아이는 본능적으로 이것을 잘 느낀다. 지금 엄마나 아빠가 나를 진정으로 이해하려고 노력하는지, 아니면 그냥 이해하는 척만 하는지 금방 알아차린다. 부모의 머릿속에 있는 급한 일을 빨리 처리하기 위해서 나를 이해하는 척하면서 빨리 자신과의 대화를 끊으려고 하는지도 아이는 쉽게 알아차린다.

아이는 자기가 이해되지 않는다고 생각하면 바로 말문을 닫아버린다. 급한 일을 마치고 다시 정신을 차린 엄마가 뒤늦게 "아까 무슨 말을 하려고 했지? 이제 얘기해봐."라며 이제 들을 준비가 되었다며 말을 걸지만, 아이와의 대화는 이미 끝난 것이나 다름없다. 아이는 "아무것도 아냐." 하며 대화를 피하거나, 예상치 못한 표현으로 또 다른 관심 끌기 전투가 시작될 수도 있다.

아이들이 말을 걸어올 때는 유대관계를 쌓을 귀중한 기회라고 생각해야 한다. 아이를 판단하려고 하지 말고, 아이의 말을 경청하면서 최대한 아이의 관점을 이해하려고 노력해야 한다. 이런 부모의 노력을 보면서 아이는 안정감을 느끼고 배우기 시작한다. 그러다 보면, 부모 앞에는 수다쟁이 아이가 웃으며 부모와의 대화를 기다릴 것이다.

고등학생 두 아들은 우리 부부 앞에서는 수다쟁이로 변한다. 서로 떨어져 있을 때도 영상통화로 몇 시간씩 길게 대화를 나눈다. 같이 있을 때는 아들만 둘이라는 것이 믿어지지 않을 정도로 시끄럽다. 확실히 두 아들은 말하는 것을 좋아한다. 특히나 엄마나 아빠에게 이야기할 때는 아직도 유치원생같이 서로 자랑 대결을 하느라 바쁘다.

가끔은 상대방을 깎아내리는 말로 긴장감을 유발하는 실수를 할 때도 있지만, 대부분 웃으면서 여러 가지 이야기가 끊임없이 나온다. 오히려 내가 "이제 좀 쉬자"고 할 정도로 시끌벅적하다. 그러다 보니, 두 아들은 사춘기가 무엇인지도 모르고 지나갔다고 한다. 부모와의 대화 단절과 반항심, 그리고 폭력적인 언행 등으로 대표되는 아들의 사춘기가 우리 집에는 없었다.

항상 꾸밈없이 웃고 있는 두 아들을 보고 있으면, 지금까지 크게 잘못 키우지는 않았다고 생각한다. 그 바탕에는 어릴 적부터 아이의 말을 끝까지 경청하고 대화하는 습관이 밑거름이 되었다고 확신한다.

오히려 요즘은 두 아들이 이야기할 때 우리 부부가 바로 이해하지 못하는 부분이 있으면 "자, 엄마 아빠 여기에 좀 앉아봐. 이제부터 내가 최대한 자세히 설명할 테니까 집중해서 잘 들어." 하면서 우리 부부가 전에 아이들에게 했던 방식대로 우리를 대한다.

경청이 가져온 변화

사랑하는 가족임에도 불구하고 가끔 우리는 가족에게 실수할 때가 있다. 하지만 정말 나쁜 의도를 가지고 가족에게 상처입히기 위해서 고의로 말을 하거나 행동을 하지는 않는다. 다만 진정으로 이해를 하지 못하는 오해로부터 모든 문제가 생기는 것 같다. 진심 어린 이해 없이는 의미 있는 가족 간의 유대관계는 기대하기 힘들다.

특히나 아내와의 갈등은 정말 사소한 오해로부터 시작되는 경우가 대부분이다. 한 번 더 생각해보면 모두가 이해되지만, 감정적인 상태에서 듣는 아내의 말은 오해하기가 쉽다. 아내가 말을 시작하자마자 말을 끊고 내 얘기만 하려고 한다. 이해하려고 노력하기보다는 그냥 상대방이 나를 이해해주기를 바란다.

운 좋게 '먼저 경청한 다음에 대화하라.'라고 배운 것이 생각나서, 인내심을 가지고 상대방 이야기가 끝날 때까지 기다려 줄 수도 있다. 하지만 정작 중요한 것은 경청할 때의 태도이다. 만약 상대방이 이야기하는 내내, 상대방의 말을 반박할 내용을 머리를 돌려가면서 이야기를 듣는다면 이것이 진정한 경청이 될까? 내가 그런 자세로 경청을 하고 내 얘기를 시작하면, 똑같이 상대방도 내가 이야기하는 동안에 그다음 할 이야기만 머릿속에서 빠르게 회전하고 있을 것이다. 이런 대화방식이라면 그냥 벽을 보고 대화하는 것이 더 좋지 않을까 싶다. 최소한 부메랑처럼 부정성이 점점 커져서 돌아오지는 않을 테니까 말이다.

아이들과의 대화에서도 듣는 동안에 '빨리 끝나라, 빨리. 네 말만 끝나고 나면, 엄마가 할 말이 엄청 많단 말이야. 이번엔 제대로 내 의견을 관철시켜야지.'라고 생각하고 있지는 않은가?

나는 과연 어떤 모습으로 아이의 말을 경청하고 있는지 스스로가 가장 잘 알 것이다. 그리고 필요하다면 한 번만이라도 변화된 경청을 해보라고 권하고 싶다. 그 이후에 변화하는 아이와의 대화는 부모가 상상하는 이상이 될 수도 있다.

경청을 하며 대화를 하면 많은 변화가 일어난다. 나는 몇 년 전에 회사 동료와 대화하면서 그것을 경험했다. 그분은 다른 동료와의 오래된 갈등으로 감정 소모가 많았다. 직장 동료를 개인적으로 만나보면 모두가 좋은 분들이다. 하지만 아쉽게도 우리는 직장에서 일이라는 공동의 목적으로 만난 사이다 보니 여러 가지 이해관계로 얽히는 수밖에 없다.

다른 동료 때문이라고 하더라도 감정이 격앙되어서 나에게 찾아오는 사람은 조심할 수밖에 없다. 전에는 분노라는 불을 가지고 나에게 달려오는 사람이 있으면 '나도 질 수 없지.'라는 생각으로 함께 불을 내곤 했다. 같이 불구덩이 속에 빠져서 누가 먼저 죽는지 아니면 너에게 질 바에는 차라리 함께 죽자는 어리석은 생각으로 산 적도 있었다.

그러나 명상을 하면서부터는 매 순간이 더 간결해지고 명확해졌다. 그리고 자연스럽게 대응을 하게 되었다. 분노라는 화염에 싸여서 나에게 달려오는 사람이 있다면, 물을 가지고 그 사람에게 뿌리면 된다. 그뿐이다. 그러면 함께 사는 것이다. 하지만, 대부분의 오래된 습관적 경향은 물 대신 기름을 부으면서 함께 활활 타오르게 만든다. 같이 죽는 것이다.

그 동료가 분노를 가진 상태로 나에게 찾아온 날은 다행인지 몰라도 매일 명상을 하던 주였다. 그날 새벽에도 한 시간 명상하고 출근을 했다. 다른 부정성을 받아줄 만큼의 여력이 있었다. 예상대로, 그 동료는 나에게 오자마자 불평불만을 쏟아내기 시작했다.

"미치겠다. 그 사람은 정말 잘못됐다. 도저히 같이 일 못 하겠다. 이해가 되질 않는다." 나는 이야기가 끝날 때까지 정말 고요하게 모든 이야기를 경청했다. '정말 힘들었겠구나. 상대방에 대한 분노로 스스로가 타고 있는지도 모를 정도로….' 그런 생각이 들었다. 그래서 이렇게 말해주었다. "많이 힘들었겠네요. 정말 힘들었겠어요. 지금 이야기하는 거 모두 이해가 되고 정말 공감이 됩니다." 진심을 가지고 감정을 어루만져 주니, 정말 눈 녹듯이 분노가 사라지고 있었다. "다른 것보다 지금 그렇게 부정성을 오랫동안 가지고 있는 것이 본인 건강에 좋지 않으니, 그게 걱정될 뿐이에요." 하면서 솔직한 내 마음을 전하였다. 그랬더니 떠날 때는 오히려 헐뜯었던 상대방의 장점도 한두 개 언급하면서 나가는 모습을 보았다. 내가 만약 그 동료를 이전의 부정성이 큰 모습과 지금 화가 나 있는 모습으로만 판단하고 대했다면 그분은 실제로 마지막까지 그렇게 행동하셨을지도 모른다.

정말로 이해하면 있는 그대로 받아들일 수 있다. 왜냐면 상대방의 관점과 똑같은 것을 바라보고 있기 때문이다. 서로 같은 것을 바라보면 이해될 수밖에 없다. 이렇게 이해가 되면 판단을 하지 않는다. 자신의 관점을 판단해 본 적이 있는가? 우리는 자신을 판단하지 않는다. 단지 나와 다른 상대방의 관점을 판단하려고 한다. 그러고는 내 판단이 옳다는 이유를 줄줄이 이어붙일 뿐이다. 이미 결정은 내린 것이다.

아내가 공감해 달라며 나에게 말을 걸 때도 아내의 의도를 이해한다면 그냥 공감만 해주면 다 해결된다. 하지만 남편들은 남자의 본능적인 책임감 때문인지 지금 이 문제를 어떻게든 해결하려고 판단을 한다. 판단하는 것은 제대로 이해하지 못했기 때문이 아닐까 싶다. 올바르게 이해하기 위해서 진정한 경청을 한다면 대부분의 사소한 문제들은 사라질 것이다.

누구라도 우리의 말을 경청해주기만 한다면, 우리는 원래의 따스한 모습으로 돌아갈 수 있는 복원 능력을 가지고 있다. 반대로, 우리가 상대방의 이야기를 경청하면서 이해할 때, 상대방은 스스로 원래의 모습으로 돌아갈 것이다.

내가 상대방에게 바라는 모습이 있다면, 내가 먼저 그런 모습을 행할 수 있는 리더십이 필요하다. 나이와 성별에 관계없이 진정한 경청의 습관은 일상생활에서 훨씬 많은 배움과 성장의 기회를 우리에게 선사할 것이다. 나와 정말 다른 사람을 만날 때마다 나와 다르다고 화를 낼 것이 아니라, 나에게는 없는 전혀 다른 특성을 배울 수 있는 기회라고 생각해야 다양성을 융합하는 능력이 키워질 것이다.

22

부자가 되는 과정을 배우게 하라

금융문맹자로 키워서는 안 된다

“아이에게 물고기를 잡아주어라. 그러면 한 끼를 배부르게 먹을 것이다. 아이에게 물고기를 잡는 법을 가르쳐 주어라. 그러면 평생을 배부르게 먹고 살 수 있을 것이다.” 탈무드에 나오는 이야기이다. 모든 부모가 자식이 행복하게 잘 살기를 바라고, 그러기 위해서는 부자가 되어야 한다고 생각한다. 부분적으로는 맞고, 경제적인 관점에서 보면 틀린 말은 아니다.

우리나라는 부자에 대한 관념이 그리 긍정적이지는 않다. 아마도 사회적으로 돈을 형성하는 과정이 불법이거나 윤리적이지 못했다는 인식에서 초래된 것 같다. 게다가 500년간 이어온 마지막 왕조가 실용적이고 합리적인 것보다 예법과 형식을 더 중요시했던 조선이었다는 역사적 영향도 있을 것이다. 청산되지 않은 일제 강점기와 같은 민족 간의 한국전쟁과 같은 근대사적 시행착오를 겪으면서 아직 부정적인 역사적 잔재들이 현재를 사는 우리 의식에 잔존한다는 것을 부정할 수는 없을 것이다. 어쨌든, 우리나라 사람들은 돈에 대한 인식이 부정적이어서 돈에 대해 언급하는 것조차 꺼리는 이상한 문화가 있다. 정작 돈이 없으면 돈을 찾지만, 옆에 누군가 있으면 돈에 대해서 모르는 척하는 것이 오히려 점잖다고 오해하는 사람도 있다. 더구나 어린아이에게는 돈에 대해서 "너희들은 몰라도 돼. 아이들은 가라."면서 아예 접근조차 하지 못하게 한다.

아이들이 성공해서 잘 살기를 바란다면, 일찌감치 아이들에게 경제관념을 심어주고, 좋은 경제 습관을 지니도록 가르쳐야 한다. 부모님이 바라는 대로 서울 소재 좋은 대학교에 들어가고, 대기업 직원이나 공무원이 되고 나면 그 이후의 행복이 보장되는 것이 아니다. 부모는 이미 살아봐서 알지만, 나이를 먹을수록 실제 성공이라는 기준에 더 가까운 것은 좋은 대학교와 좋은 직장이 아니다. 오히려 생각지도 않았던 것에서 반전을 경험한다. 재테크를 잘해서 10년 치 월급을 단기간에 쉽게 번 동료가 있다면 이제는 부장님보다 그 동료가 본보기가 된다. 월급만 받아서는 평생 월급쟁이로밖에 살 수가 없다. 적은 돈이라도 돈의 속성을 이해하고, 경제 시스템과 나의 능력을 비교해가며 직장 이외에 재테크를 하는 지혜도 필요하다.

나의 부모님은 근검절약하는 습관을 가지고 있다. 부모님을 보면서 나는 그것을 몸으로 배웠다. 저축하는 방법과 돈을 쓰는 습관도 부모님에게서 배웠다. 적정하게 균형을 맞추면서 재테크를 하신 어머니의 좋은 습관도 그대로 물려받았다. 그 과정에서 만나는 사람들과의 관계에 대한 지혜도 함께 배웠다. 돈의 액수가 중요한 것이 아니다. 앞에서 말한 것처럼 고기 잡는 방법을 유산으로 물려주면 대대손손 시간이 지남에 따라 부유해질 것이다.

나는 아이들에게도 어릴 적부터 근검절약이 몸에 배도록 습관화했다. 아이들은 가격이 싸다며 충동구매를 하지 않는다. 꼭 필요한 것은 가격을 비교해서 가장 저렴한 것을 산다. 대신 건강을 위한 것이나 배우는 것에는 돈을 아끼지 않는다. 세뱃돈이나 명절에 어른들에게 받은 용돈은 각자의 통장에 넣어서 관리하고, 자신의 돈과 부모님의 돈을 확실히 구분한다.

우리 집은 공부하거나 배우거나 건강을 위한 필수 지출은 내가 한다. 하지만 아이들이 물건을 고장내거나 분실하면 아이들과 내가 돈을 반반씩 부담하여 구매한다. 당연히 한 번 산 것은 사용법을 확실히 숙지하고 관리를 철저히 한다. 그 이외에 취미나 여가를 위해서 구매하는 것은 가격이나 필요성을 봐가면서 결정하지만, 대부분 꼭 필요한 것이 아니면 구매하지 않는다. 정말 사고 싶은데 돈이 부족하면, 아이들은 자기가 돈을 모은 후에 나에게 와서 브리핑을 한다. 필요성에 대해서 일장 연설을 하고, 얼마를 지원해 주면 나중에 어떻게 갚거나 대가를 보상하겠다고 홍정을 한다. 아직은 대부분 받아들여지지 않을 때가 많다. 아이들은 이 과정에서 스스로 경제적이고 논리적으로 생각하게 된다. 어떻게 해야 자기가 원하는 물건을 손에 넣을지 말이다.

경제관념 심어주기

요즘은 초등학생들도 다 가지고 다니는 스마트폰을 두 아들은 중학생이 되어서 접해볼 수 있었다. 그전까지는 필요성을 못 느꼈고, 중학생이 되고 기숙사 학교에 다니면서 부모와 떨어져 있었기 때문에 스마트폰을 사게 되었다. 그것도 중고폰으로. 용돈도 기숙사 학교에 다니기 전까지는 주지 않았다. 부모와 함께 지내면서 필요가 없었기 때문이고, 집안일을 한 대가로 용돈을 주는 것을 나는 옳지 않다고 생각했다. 가족의 일원으로 살면서 함께 집안일을 하는 것은 당연하다. 당연한 일을 하면서 우리는 돈을 받지 않는다.

아이들은 기숙사 학교에 다니면서 용돈을 받았고, '용돈 기입장'을 쓰게 했다. 부실한 용돈 기입장은 다음번 용돈을 받을 때 영향을 미치니, 서로가 이해될 수 있도록 작성하게 된다. 용돈 기입장을 작성하면서 아이들은 실제로 자기 돈의 흐름을 짐작이 아니라 정확하게 파악하고 있다.

그러면서 예상하지 못한 쓸데없는 지출을 발견하고 나서는 수정하는 지혜도 생겼다.

그렇다고 십 대의 두 아들이 구매욕이 없는 건 아니다. 서로 원하는 아이템이나 항목이 다르니, 돈을 쓰는 대상도 다를 수밖에 없다. 자기가 원하는 것을 사기 위해서 통장에 모아놓은 돈을 꺼내 과감하게 쓸 때도 있다. 나는 아이들이 자기 돈을 자기가 쓰는 것에 대해서 많이 관여하지는 않는다. 그만큼 두 아들의 경제관념을 어느 정도 신뢰하고 있기 때문이다. 가끔 부족한 것들은 호주로 돌아갈 때 한국에서 사가는 음식들을 현지 친구들과 거래하면서 충당하기도 한다고 한다.

나는 어릴 때부터 항상 두 아들에게 이야기했다. 의무교육인 고등학교 때까지만 학비와 생활비를 지원하고, 대학부터는 지원하지 않겠다고. 두 아들도 그렇게 알고 있기에, 고3이 되는 큰아들은 대학을 알아보면서 학비와 장학금부터 조사한다. 지금 다니는 사립 기숙사 학교도 둘 다 장학금을 받고 다니고 있다. 아이들은 부모가 경제적으로 여유가 있다고 해도 일부만 지원하고 그것도 조건 없이 주지는 않는다고 이해하고 있다. 그래서 자기의 인생을 풍요롭게 살기 위해서는 확실하지만 유연한 경제관념이 필요하다는 것을 스스로 인식하게 되었다.

지난 방학에는 내가 가입한 펀드와 주식에 대해서 알려주었다. 아이들은 많은 관심을 가졌다. 직장생활 이외에 어떻게 돈을 버는지에 대해서 궁금해했다. 작은아들은 장사나 사업을 하고 싶다는 말을 종종 한다. 나는 반대하지 않는다. "돈만 좇으면 삶이 황폐해질 수도 있으니 네가 즐길 수 있고 주변에 좋은 영향을 미칠 수 있는 일을 먼저 생각해봐"라고 말해 주었다. 직장생활을 하면서 어떻게 종잣돈을 만들고 어떻게 그 돈을 활용해서 돈을 불리고, 최종적으로 어떻게 돈을 써야 하는지 두 아들과 자주 이야기한다.

내가 30대부터 시행착오를 겪으면서, 조금씩 준비하고 계속 배우면서 실행하고 있는 여러 가지 재산 형성 과정에 대해서도 두 아들과 가볍게 이야기를 주고받는다. 액수는 크지 않지만, 나의 재테크 기본은 분산 투자이다. 실제로 나는 펀드, 토지, 경매, 태양광 발전, 아파트, 상가, 세금과 절세에 대해서 꾸준히 공부하면서 실천을 하고 있다.

재테크의 기본은 자신의 성향과 맞는 방법을 빨리 찾는 것이다. 아무리 좋은 재테크 수단도 나와 맞지 않으면 오랫동안 지속할 수 없다. 나는 아이들이 어렸을 때 시간만 나면 여행을 다녔다. 여행지가 결정되면 나는 습관적으로 여행지 주변이나 경유지에 괜찮은 경매 물건이 있는지 대법원 경매사이트에 접속해서 검토했다. 그중에서 몇 개를 뽑아서 실제 여행 중에 임장을 살짝 다녀오기도 했다. 시골에 대한 좋은 추억이 있어서 현장에 계신 어른들과도 스스럼없이 대화하면서 좋은 정보도 많이 얻었다. 정말 마음에 드는 물건이 있다면 경매에 참여하기도 했다. 큰 액수는 아닐지라도 다양한 실전을 통해서 물고기를 구매하기보다는 물고기 잡는 방법을 연습해야 한다.

돈을 버는 목적은 돈을 쓰는 목적에 따라서 다를 수밖에 없다. '개같이 벌어서 정승같이 쓴다.'는 속담도 있듯이 힘들게 번 소중한 돈을 쓸 때는 더 의미 있고 소중하게 써야 한다. 단지 돈 버는 목적이 나와 가족의 호의호식을 위한 것이라면, 돈 버는 것 자체를 얼마나 처절하게 생각할까? 상대방을 속이고 타인에게 피해가 가는지 알고 있지만, 나와 가족을 위해서 불건전한 행위를 하며 돈을 번다면, 그 부정성은 언젠가 그대로 나에게 돌아올 것이다.

자연의 법칙이 그러하듯이 불건전한 행위를 하는 순간에는 강한 부정성이 올라올 수밖에 없다. 그러한 부정성은 자석처럼 비슷한 부정성을 이끌고 다시 나에게 올 것이다. 하지만 나의 돈 버는 행위가 많은 사람에게 선한 영향을 미친다면, 돈은 조금 적게 벌더라도 긍정의 파동이 반드시 나에게 보답할 것이다.

"자왈(子曰) 위선자(爲善者)는 천보지이복(天報之以福)하고 위불선자(爲不善者)는 천보지이화(天報之以禍)니라."
공자가 말하길 "선을 행한 사람에게는 하늘이 복으로써 갚고, 악을 행한 사람에게는 하늘이 화로써 갚는다"고 하였다. 내 아이들이 건전하게 번 돈을 더 많은 사람을 이롭게 하는데 쓰도록 가르치는 것이 자손이 대대손손 부유하게 사는 길이다.

23

넘치지 않게? 차라리 그릇을 키워라!

감당할 수 있는 그릇

사람들은 크게 두 부류로 나눌 수 있다. 첫 번째는 누구나 타고난 그릇이 있다고 믿는 사람들이다. 자기의 타고난 능력과 삶의 큰 흐름은 이미 결정되었다고 생각하는 숙명론적 사람들이다. 두 번째는 천부적 사상과는 다르게 후천적으로 무엇이든지 바꿀 수 있다고 믿는 사람들이다. 타고난 재능보다는 살아가면서 계발하는 재능에 따라서 삶을 바꿀 수 있다고 믿는 사람들이다.

나는 두 가지 모두 옳다고 생각한다. 선대로부터 물려받은 생물학적 DNA와 습관들을 무시할 수 없고, 태어나는 순간의 태양의 전자기적 신호가 뇌 시냅스 형성에 영향을 미칠 수도 있다. 하지만 태어나면서 인생의 일반적인 흐름이 어느 정도 결정되었다고 하더라도, 인간 그 자체의 무한한 잠재력을 간과해서는 안 된다. 즉, 타고난 인생이라는 강물에 수동적으로 흘러가는 대로 몸을 맡길 수도 있겠지만, 경험과 깨달음에 의해서 큰 인생의 강물을 이루는 많은 물줄기를 바꿀 수 있다고 생각한다. 한 번에 큰 강물의 방향을 바꾸지는 못하겠지만, 작은 물줄기를 하나씩 바꾸다 보면, 어느새 큰 강물의 방향도 서서히 바꿀 수 있다고 확신한다.

'그릇에 넘치지 않게 물을 담아라.'라는 말이 있다. 자기 분수를 알고 적당히 살라는 이야기이다. 현재의 시점으로 보면 틀린 말은 아니다. 내 그릇의 크기를 잘 모르고 욕심이 과하게 행동하다 보면, 나뿐만 아니라 내 주변에까지 피해를 줄 수도 있기 때문이다.

실제로, 가끔 뉴스에 나오는 로또 당첨자들의 당첨 이후의 삶을 보면 예상과는 다르게 힘든 생활을 하고 있다고 한다. 오히려 로또 당첨 이전의 삶보다 더 못하고 비참한 삶으로 전락한 사람들도 있다. 갑자기 생긴 큰돈을 자기가 감당할 수 없으니, 자기 자신의 그릇을 넘쳐 주변에까지 돈이 흘러넘치는 것이다. 자기 그릇에 감당이 안 되는 상황을 스스로 조절하지 못하기에 자기의 삶도 스스로의 의지와는 다른 방향으로 흘러갈 수밖에 없다.

반대로 갑자기 생긴 큰돈이지만, 그 돈을 감당할 수 있는 그릇을 이미 갖춘 사람은 주변으로 흘러넘치지 않게 스스로 조절할 수 있다. 그러면서 적당하게 자신의 삶과 주변의 삶에 이익이 되도록 균형 있게 이끌어 가기도 한다. 자본주의 사회에서 우리는 항상 돈을 추구하지만, 자기가 얼마만큼의 큰돈을 감당할 수 있는 그릇인지 스스로 알아야 후회하지 않는다.

쉽게 자기 그릇의 크기를 체크할 수 있는 방법이 있다. 만약 100억이 갑자기 내 손에 생긴 이후에도, 나와 가족의 삶이 평소와 다름이 없고 안정적이라면 나는 그 돈을 감당하고 있는 것이다. 그리고 평상시의 내 삶을 조금이라도 긍정적 방향으로 변화시킬 수 있다면 그 돈을 조절하고 있는 것이다. 하지만 큰돈이 생겼다고 평소와는 다르게 돈을 펑펑 쓰면서 돈을 쓰는 태도와 규모가 갑자기 바뀌었다면, 그건 자기의 그릇에서 흘러넘치고 있다는 신호로 받아들여도 무방할 것이다. 무작정 남들 따라 돈부터 벌려고 하지 말고 우선 담을 수 있는 그릇을 넓혀야 하는 이유다. 돈을 즐기면서 조절할 수 있는 그릇이 작다면 갑자기 생긴 큰돈이 오히려 소중한 가족을 더 힘든 상황으로 내몰 수도 있다.

그릇을 키우기 위해서는 유연한 사고와 스스로 성장할 수 있는 지혜가 필요하다. 이미 다 크고 오히려 쇠퇴해가는 어른들도 자기의 그릇을 키울 수 있지만, 어릴 때보다는 그릇이 단단해져서 쉽게 변화되지 않을 수도 있다. 살아오면서 생긴 여러 가지 편견과 안정만 추구하는 탓에 스스로 그릇을 키우기가 상대적으로 쉽지 않다.

기존의 그릇을 더는 키우지 않고 스스로 만족하면서 살 수도 있다. 이런 경우에는 자기의 그릇의 크기를 정확히 이해하고 넘치지 않게 물을 채우는 것이 중요하다. 그렇지 않다면 자신과 주변을 물바다로 만들어 버릴 수도 있기 때문이다.

나는 뒤늦게 시작한 공부여서인지 무언가를 배우는 것에 항상 재미를 느끼게 되었다. 특히 새로운 것을 공부할 때는 스트레스보다 마음이 설레기까지 했다.

2004년 서른 살에 취득한 PMP[Project Management Professional]라는 미국 PMI에서 발급하는 프로젝트관리 전문가부터, 32세에 취득한 PE[Professional Engineer]라는 미국 오리건주에서 발급한 미국 기술사 면허증 그리고 4년 후 취득한 LEED[Leadership in Environment and Energy Design]라는 미국 친환경 건축물 인증 전문가까지, 2003년 12월에 US Army Corps of Engineers, FED[Far East District]라는 미국 정부 기관에 한국인 직원으로 취업하면서부터 미국 엔지니어와 관련 있는 면허증이나 자격증들은 보이자마자 취득했다.

그 이외에 회사에서 진행하는 1~2년 기간의 리더십 계발 프로그램도 참여하고, 각종 단체나 모임에도 적극적으로 활동하다 보니, 자연히 집에 있는 시간이 줄어들 수밖에 없었다. 항상 내가 자기 계발을 할 때 적극적으로 지지해주고, 자극을 주고 격려해 준 아내에게 진심으로 고맙게 생각하고 있다.

혼자서 두 아들을 유모차에 태우고 힘들게 다니면서도, 자기 계발에는 다 때가 있다며 아내는 괜찮다고 했다. 하지만, 문제는 나의 그릇이었다. 내가 내 욕심으로 자기 계발에 몰두하고 여기저기 일을 벌이고 다니면서 점점 내 그릇에 물이 가득 차는 것을 느꼈다. 어렸을 때라 그런지, 균형의 지혜가 부족해인지 그냥 무시하고 내가 하고 싶은 것에만 몰두했다. 나는 자기 계발과 가정 둘 다 균형을 맞추고 싶었고, 실제로 최선을 다했지만 물은 넘치고 있었다. 그리고 넘치는 물은 나 자신뿐만 아니라 나를 지지해주던 아내와 두 아들에게도 흘러갔다. 서로 힘들어하는 모습을 보고는 아직은 내 그릇이 내 욕심대로 모두를 감당하기에는 작다는 것을 느끼기도 했다.

군대에서 다시 한번 내 그릇의 한계를 느끼는 경험을 했다. 내가 육군 1사단에서 근무하던 1995년 당시에는 당연히 지금보다 군대 환경이 열악했다. 지금은 상상할 수 없겠지만 사병들끼리의 얼차려나 기합, 폭력 등은 매일 일어나는 일상이었다. 군 생활 중에 쓸모없는 객기로 헌병대 군기교육대에 일주일간 입소한 적이 있었다. 군기교육대는 혹시 자살할지도 몰라서 군화의 끈부터 모든 끈은 제거한 후 입소한다. "너희는 앞으로 일주일간 지금껏 경험해 보지 못한 극도로 힘든 상황을 매일 겪을 것이다. 너희를 극한 상황까지 내몰아, 퇴소 후 자대로 복귀한 후에 이곳이 얼마나 힘든 곳인지 입소문을 퍼뜨리는 것이 우리의 목적이다." 입소할 때 들었던 이 말을 아직도 기억한다.

나의 부족한 그릇으로 인해 내가 당했던 결과는 지금도 기억에 생생하게 남을 정도로 힘들었다. 그 이후로 나는 인내하면서 내 그릇을 넓혀 나갔다. 하지만 스스로 넓히지 않은 그릇은 시간이 오래 걸렸고 견고하지도 못했다. 만일 내가 그때 함께 있던 동기들처럼 내 그릇에 '참는' 요소가 들어있었다면 보다 수월한 군 생활을 할 수 있었을 것이다.

군기교육대의 일주일은 나에게 또 다른 지혜를 선물하였다. 매슬로의 말대로 인간 욕구의 법칙이 단계별로 있다는 것을 온몸으로 경험했다. 군대에서 훈련받고 일하고 얼차려 받는 평소의 생활을 할 때는 자유가 있는 철조망 밖의 일반 시민들의 일상이 항상 그리웠다. 그래서 하루라도 또는 한 시간이라도 빨리 군대 밖의 공기를 마시고 싶어서 임진강 건너의 남쪽을 그리워하며 군 생활을 했다. 하지만, 일반 군 생활보다 더 열악한 환경인 군기교육대에 있는 동안은 이상하게 군대 밖의 생활은 아예 생각도 나지 않았다. 단지 일주일 전에는 그렇게 싫어했던 일하고 기합받고 훈련받는 자대에서의 일상이 너무나 그리워서 빨리 그 생활로 돌아가고 싶었을 뿐이다.

내가 가진 그릇에 물이 넘쳤을 때 일어나는 부작용을 나는 뼈저리게 느꼈다. 성인이 된 후에 직접 경험을 통해서 그릇이 점점 커진 경우도 많았다. 두 아들도 나와 같이 경험을 통해서 많이 흡수하겠지만 더 어렸을 때 부모의 자극으로 유연한 그릇의 재질을 미리 만드는 것도 중요하다. 흡수력이 왕성하고 하루가 다르게 성장하는 어린 시절에는 유연한 재료로 그릇을 크게 만들기가 더 쉽다. 그만큼 아이들의 무한한 잠재력을 믿고 아이들의 미래를 부모가 미리 제한하지 말라는 이야기다.

아이들이 다양한 경험을 하면서 스스로 그릇을 키우는 능력이야말로 가장 필요하고 근본적인 능력 중에 하나라고 생각한다. 스스로 생각하고 스스로 판단하면서도 분명 많은 시행착오를 겪을 것이다. 하지만, 자기가 겪는 시련과 어려움을 어떻게 받아들여서, 자기의 그릇을 키우는데 어떤 재료로 쓰는지는 모두가 다를 것이다. 부모는 그 미묘한 차이에서부터 삶의 방향이 달라지기 시작한다는 것을 명심해야 한다.

4장

화내지 않고 아이를 위대하게 키우는 법

24

이해할 때까지 설명하는 것이 부모의 역할이다

이해가 되어야 스스로 생각하고 움직인다

우리 부부는 이 말을 굳게 믿고 있다. 실제로 회사에서도 이해가 되지 않은 상태에서 어설프게 회의를 마치고 일을 주고받아서 생기는 피해가 적지 않다. 가정에서도 우리는 서로 다르게 인지할 수 있다는 이해와, 함께 대화하면서 이 차이를 얼마나 줄였는지 확인해야 한다.

나 역시 이해가 되지 않는 일을 할 때는 방향도 제대로 모르고 실수하기도 한다. 하지만 내가 정확히 이해하면 스스로 먼저 생각하게 된다. 내가 하는 일이 앞뒤의 일들과 어떻게 연결이 되는지 그리고 나의 역할이 다른 주변에 어떤 영향을 미칠지를 생각한다. 그러고는 변화하는 주변 상황을 고려하면서 행동으로 움직인다.

우리의 아이들도 마찬가지이다. 아이가 이해를 하지 못하면 당황하게 되고 눈치를 보면서 스스로 생각하지를 못한다. 그런 상황에서 올바른 행동과 좋은 결과를 기대할 수는 없다. 아이가 이해할 때까지 설명하는 것이 부모의 역할이라고 생각한다. 이해를 시키기 위해서는 나의 관점이 아닌 상대방의 관점에서 설명해야 한다. 즉, 아이가 이해하기 쉽게 '아이들의 언어'를 사용해야 한다는 것을 잊지 말아야 한다.

다음 사례를 보면, 이해를 한 경우와 그렇지 못한 경우의 차이를 알 수 있다.

아내의 친구 중에 두 아들을 둔 부부가 있다. 그 집 부부는 우리와 나이대도 비슷하고 맞벌이를 한다는 공통점도 있다. 여러 가지가 비슷한 것 같은데, 아이들에 대한 교육관은 전혀 달랐다. 우선 그 집 아빠는 아이들을 많이 사랑하지만, 아이는 엄마가 키우는 것이라고 하면서 교육에 대해서는 한 발 물러나 있었다. 그러다 보니, 엄마가 더 활동적이고 열성적으로 사회생활을 하고 육아도 혼자 전담했다.

그 집 큰아들은 아빠보다는 엄마를 닮아서인지 어릴 때는 항상 웃고 다녔고, 성격도 활동적이었다. 초등학교 고학년이 되었을 때쯤이었던 것 같다. 큰아들에게 음악을 시키려고 했다. 아들이 공부에는 재능이 없으니 일찌감치 예체능 쪽으로 진학하기 위해서 미리 준비해야겠다는 것이었다. 아이의 의견과 관계없이 벌써 아이의 미래가 정해진 것이다. 더구나 아들은 악기를 다루는 것을 좋아하지도 않았다. 그것은 활동적인 자기 성격과 맞지 않고, 왜 해야 하는지조차 이해를 하지 못한 것 같았다. 단지 부모가 결정한 것을 부모의 권위에 맞서기에는 아직 어려서 그냥 따르는 것이었다. 그렇게 몇 년을 하면서 중간중간 갈등이 있었지만, 그때마다 부모는 보상을 대가로 고비를 넘겼다. 시간도 시간이지만 레슨 비용이나 악기 비용도 우리의 상상을 초월할 정도로 많이 들어갔다.

4~5년 동안 쏟아 부은 돈이 아파트 한 채 값과 맞먹을 정도라고 하면서 그동안 들어간 돈과 시간이 아까워서라도 그만두지 못한다고 했다. 하지만 그렇게 억지로 했던 악기로는 결국 원하는 고등학교에 진학하지 못했다. 아이의 이해 없이 시작한 음악은 가족의 갈등만을 유발하면서 마침내 그만두게 되었다.

우리 아이들도 음악과 악기를 한다. 피아노는 어릴 때부터 취미로 즐기면서 조금씩 끊어지지만 않을 정도만 했다. 그러면서 피아노에 대한 좋은 느낌 때문에 그다음 악기까지 거부감 없이 관심을 확대할 수 있었다. 바이올린과 비올라 역시 취미로 처음 접했을 때가 기억난다. 아이들과 직접 가게에 가서 실제로 모든 악기의 소리를 천천히 들어보고 또 들어봤다. 눈을 감고 어떤 악기의 소리를 들었을 때 마음이 더 편안해지고 자기하고 맞는지를 알아보기 위해서였다. 초기에 시간은 걸렸지만 그런 과정을 통해서 큰아들은 바이올린, 작은아들은 비올라를 선택하게 되었다. 잔잔한 저음으로 뒤에서 받쳐주는 듯한 소리의 비올라는 작은아들의

2019년 교내 음악 발표회에서 바이올린을 연주하는 형근

마음을 움직였고, 통통 튀면서 앞서나가려는 고음의 바이올린 소리는 말이 많은 큰아들의 색깔과 다르지 않았다.

처음부터 우리 집도 아이들이 쉽게 음악을 시작한 것은 아니었다. 아이들이 새로운 것에 도전하기를 주저할 때마다 우리 부부가 쓰는 단골 레퍼토리가 있다.

"너희들 나중에 풍요롭게 잘 살고 싶다고 했지? 너희가 시도해 보는 것은 너희 인생이 풍요로워지기 위한 목적 이외에는 아무것도 없어. 너희가 어떤 숨은 재능을 타고났는지 한 번씩 건드려보지 않고는 쉽게 알 수가 없잖아. 몇십 년이 지난 후에 자연스럽게 숨은 재능이 빛을 발할 수도 있겠지만, 어렸을 때 다양한 자극을 줘서 너희도 모르는 어떤 숨은 재능이 있는지 궁금하지 않아? 엄마 아빠 믿고 한 번 경험해 보고, 더 할지 안 할지는 너희가 판단해. 대신 새로운 것을 제대로 경험하려면 몇 번의 시도는 필요하니까, 그때까지만 시도해 보고, 이후에는 너희들 의견에 따를게. 해보지도 않고 다 포기하면 우리가 무슨 재능을 타고났는지 모르잖아."

다양한 자극은 음악과 미술 등의 예체능과 직접 몸으로 하는 신체적인 운동이었다. 어느 분야를 배우던, 꾸준히 하면서 어느 정도 깊숙한 경지에 이르면 표면에서의 차이보다는 밑바닥의 비슷한 공통점이 더 많다는 것을 경험했다. 아이들도 그러한 경험을 하면서 스스로 성장할 수 있는 바탕이 형성되길 바랐고, 실제로 요즘에는 그렇게 느끼기 시작한다고 자주 이야기를 한다.

처음 시동을 거는 것은 부모의 권유와 같이 외부적인 동기 유발이라는 스파크가 필요할 수도 있다. 그러나 어느 정도 속도를 내기 위해서는 스스로의 이해와 자발적인 동기 유발이라는 연료가 없이는 지속해서 나아가기 힘들다.

아이의 관점에서 이해가 되도록 설명할 것

자식들을 키우면서 나를 길러주신 부모님이 떠오르는 것은 누구나 비슷할 것이다. 일 년이 멀다 하고 변화하는 속도를 생각하면 부모님이 나를 키워주셨던 30~40년 전에는 완전히 다른 세상이었다. 지금 아이들은 불과 한 세대 전의 풍경을 상상이나 할 수 있을까? 누구나 언제나 마찬가지지만, 우리는 이전 세대와 다음 세대의 가교역할을 할 뿐이다.

내가 생각하는 교육관과 부모님이 살았던 시절의 교육관이 같을 수는 없다. 비록 부모님이 나와 다른 가치관을 가지셨다고 하더라도, 나에게 물려준 소중한 습관들만 생각해도 부모님을 존경하기에 충분하다. 다만 그 당시에는 아이들을 이해시키고 감정을 보호해주려는 세심한 육아는 힘든 환경이었다. 충분히 이해한다. 나도 그런 환경에서 컸기 때문이다.

지금은 남녀 혼탕을 금지하는 나이가 법적으로 만 5세라고 한다. 이것도 더 낮추어질 수 있다고 한다. 하지만, 내가 어릴 때만 하더라도 그런 법이 없었다. 하루는 초등학교에 입학했는데도 이전처럼 어머니가 여탕에 나를 데리고 가셨다. 그런데 하필이면 여탕 입구에서 같은 반 여자 친구를 만났다. 나는 필사적으로 저항했다. '이건 정말 아니다.'라고 생각하며 여탕에 들어가지 않으려고 필사적으로 반항했지만 헛수고였다. 등짝을 한 대 맞고 울면서 여탕으로 들어가야만 했다. 지금의 두 아들은 이런 모습을 상상이나 할 수 있을까?

예전에는 다들 그랬다. 부모님이 아이들에게 왜 그래야 하는지에 대해서 자세히 설명을 해 주시지도 않았고, 그럴 필요성조차 못 느끼셨을 것이다. 하지만, 우리가 그렇게 컸다고 지금의 아이들에게 똑같이 해 준다면 우리는 인류 진화에 직무 유기를 하는 셈이다.

작은아이를 낳고서 아내가 산후조리를 하는 동안에 큰아이는 청주에 계신 부모님께서 돌봐주셨다. 처음으로 손자와 하루를 보낸 부모님의 첫날 반응은 이랬다. "애가 말을 하면 이해를 하고 알아듣더라." 아이가 아주 어렸을 때부터 항상 설명하고 이해시키려고 노력했던 결과가 신기했는지 부모님께서는 그 뒤로도 이 일을 자주 언급하셨다. 어리지만 대화가 되니 힘이 들지 않고, 한 번 이해를 한 것은 스스로 잘한다는 것이었다.

세상이 아무리 변화해도 그대로인 것들이 있다. 그중 하나가 부모와 자식의 관계일 것이다. 가르치는 방법은 바뀔 수 있겠지만, 자식을 대하는 부모의 마음은 변하지 않는 것 중에 하나이다. 세월이 흘러가면서 보다 발전된 교육 방법들이 나올 것이다. 상대방의 관점을 이해하면서 대화를 하는 것은 아이들에게만 통용되는 것은 아니다. 부모의 중요한 역할 중의 하나는 아이들의 관점에서 이해가 되도록 세상을 설명해주는 것이다. 이 과정에서 아이들은 객관적인 세상을 주관적으로 바라보고 해석하는 힘이 생긴다.

부모의 작은 습관이 아이의 삶을 송두리째 바꿀 수도 있다는 것을 기억하자. 아이가 이해할 때까지 설명하려면 많은 인내와 노력이 뒤따라야 한다. 그만큼 단기간에 그 효과를 보지는 못 하겠지만, 아이들을 키우는데 가장 중요한 주춧돌 중에 하나라고 믿고 있다.

아이들이 가진 무한한 잠재력을 표출시킬 수 있는 원동력이 이해를 한 후에 판단하고 실천하는 습관이다. 힘들지만 튼튼한 주춧돌을 제자리에 놓으면 아이 혼자서 그 기초 위에 멋진 기둥을 세우기 시작할 것이다. 아이가 스스로 성장하는 단계에 접어들면, 오히려 부모의 삶은 더 여유롭게 된다. 그 시기가 언제 시작될지는 부모가 하기 나름이다.

25

감정 보호는 누구에게나 중요하다

안정감을 주는 게 중요하다

두 아들과 함께 지낸 순간순간의 일들을 모두 잊을 수 없지만, 그중에서도 작은아들에게 자전거 타기를 가르쳐준 첫날은 평생 잊히지 않을 것 같다. 학교 운동장에서 처음으로 두 발 자전거를 배우고, 신나서 함께 집으로 가던 중이었다. 운동장에서 연습한 덕분인지 금방 곧잘 타길래, 뒤에서 잡아주지 않고 10m 정도 뒤에서 따라갔다. 아들이 코너를 돌 때 나는 심장이 멈추는 줄 알았다.

아파트 단지 안을 과속으로 달리던 배달 오토바이와 아들의 자전거가 충돌했다. 순식간에 아들이 공중에서 한 바퀴 회전하더니 땅바닥에 머리를 부딪쳤다. 모든 동작이 정말 '어' 하는 사이에 정지화면처럼 하나씩 지나갔다. 바닥에 떨어지자마자 당황한 아들은 벌떡 일어나서 주변을 두리번거리더니, 나를 발견하고는 내 품으로 달려왔다. 혼자 일어나서 뛰어오는 아들을 보면서 나는 '다행이다. 큰일이 아니구나' 하면서 안심을 하던 찰나에, 아들 머리에 홍건한 피가 내 손바닥 전체에서 느껴졌다.

'큰일 났구나.'

주변 상가에서 사람들이 나오고, 지나가던 사람들도 웅성거리기 시작했다. 어린 아들은 무슨 상황인지도 모르고 어리둥절한 얼굴이었다. 이상하리만큼 나는 긴박하고 예기치 못한 상황에서 오히려 침착해지는 버릇이 있었다. 제일 먼저 무릎을 꿇고 아이와 눈을 맞추면서 이야기를 했다.

"상원아, 깜짝 놀랐지? 오토바이하고 부딪혀서 사고가 났는데, 괜찮아. 아빠하고 지금 바로 병원에 가서 치료받으면 되니까, 괜찮아."

이렇게 아이를 안심시켜 놓고는 바로 119에 신고를 했다. 그리고 사고를 낸 오토바이 운전자에게 신분증을 받았다. 집에 있는 아내에게도 연락을 했다. 놀라서 달려온 아내는 정신이 없었다. 나는 상원이가 더 당황해할지 모르니까, 침착하게 대응하자고 했다. 119 구급차가 빨리 오지 않아서 아내와 아이를 내 차에 태워서 병원 응급실로 갔다. 머리 뒤쪽에 난 상처를 20바늘 정도 꿰매고 여러 가지 검사를 한 후에야 병원을 나왔다.

어린아이는 엄마나 아빠가 어떻게 대응하는지를 보고 사건의 심각성을 파악한다. 아들의 상처가 너무 걱정되었지만, 감정을 최대한 배제하고 아이의 감정을 보호하면서 안정감을 주는 것이 첫 번째라고 생각했다. 우리 부부가 두 아들을 키우면서 중요하게 생각한 것 중의 하나는 감정 보호였다. 어느 순간에도 아이가 느끼는 감정은 자연스러운 것이고, 엄마 아빠는 그 감정을 이해하고 있다고 표현해주었다.

아이가 겪은 사고가 아닌, 감정을 제대로 느끼고 공감하려는 노력이 아이가 사고를 받아들이는 데 결정적 역할을 한다. 만일 내가 사고 난 상황에서 감정적이 되어 오토바이 운전자에게 화를 낸다거나, 놀라서 소리치고 흥분을 했다면, 아마 작은아들도 무언가 크게 잘못되었다고 생각했을 것이다.

나름대로 최선을 다했다고 생각했지만, 상원이는 그날 이후로 오토바이가 지나갈 때마다 한동안 멈춰 서서 내 손을 꽉 잡곤 했다. 큰아이 형근이는 크면서 이런 일이 없었다. 두 아들의 다른 색깔은 똑같은 자극에도 항상 다른 반응을 하여, 그 이후로도 우리 부부를 자주 당황하게 했다.

아이의 감정을 보호하는 법

큰아들이 초등학교 3학년 때의 일이다. 일요일 저녁에 갑자기 배가 아프다고 했다. 우리 부부는 아이에게 약을 먹이고 자고 나면 괜찮을 거라고 생각했지만, 다음 날 월요일 아침에도 계속 배가 아프다고 했다. 나는 회사에 연락하고 아들과 함께 집에서 쉬었다.

이날 큰아들의 병명은 며칠 후에 '꾀병'으로 밝혀졌다. 이야기를 들어보니, 그 당시 친구들이나 담임선생님이 모두 자기가 영어를 엄청나게 잘한다고 오해를 하고 있었다고 한다. 실제 자기 실력보다 너무 높은 수준으로 기대하고 있는 것이 부담스러웠다고 한다. 마침 월요일에 영어 수업이 있었고, 자기가 발표를 할 시간이어서 일부러 아픈 척했다고 이야기를 했다.

전에는 그런 적이 한 번도 없었기에, 큰아들이 배가 아프다고 했을 때 우리 부부는 정말인 줄 알았다. 자기가 엄마 아빠에게 거짓말을 한 것이 마음에 걸렸는지 미안하다는 말을 시작으로 실토를 하는 아들을 안아주며 대화를 했다.

나: 우리 큰아들이 솔직히 이야기해줘서 정말 고마워. 얼마나 가기 싫었으면 그랬을까? 혼자서 고민 많이 했겠네. 그렇게까지 학교에 가기 싫으면 한 번쯤은 가지 않아도 돼. 괜찮아.

(아이가 고개를 끄덕여서 나는 말을 이어갔다.) 하지만 거짓말을 한 것은 잘못한 거야. 앞으로는 거짓말하는 대신에 솔직하게 이야기해줘. 엄마 아빠는 네가 그렇게 학교에 가고 싶지 않았으면 안 가게 했을 거야. 그럼 너는 거짓말 안 해도 되고, 네가 원하는 것도 당당하게 얻을 수 있었을 거야. 앞으로도 지금처럼 엄마 아빠에게 무슨 일이든 다 이야기를 해야 해. 알겠지?"

형근: 그런데 왜 선생님이나 친구들은 내가 영어를 잘한다고 생각하는 걸까?

나: 사실 웬만한 걸 네가 다 잘하니까 당연히 영어도 잘한다고 생각하는 거 아닐까?

형근: 그런데, 친구 중에는 외국에서 살다 와서 영어로 엄마와 대화하는 친구들도 많아.

나: 얼마나 너를 과대평가하고 있는데? 네가 생각하기에 진짜 네 실력은 친구들 기대치에 몇 퍼센트나 되는 거 같아?

형근: 한 30퍼센트 정도.

솔직히 놀랐다. 따로 학원을 보내지 않았으니까 그럴 수도 있었겠지만, 내가 예상한 것보다 크게 차이가 났다. 아빠랑 방학 한 달 동안 영어 공부를 같이 해보자고 아들에게 권했고, 아들도 기꺼이 그렇게 하기로 했다. 방학이 끝나고 몇 달이 지난 어느 날 다시 물어봤다.

나: 요즘 영어는 어때? 기대치에 몇 퍼센트나 올라간 거 같아?

형근: 한 70~80퍼센트.

나: 많이 올라갔네.

아이가 엄마 아빠를 속인 행동만을 지적하면서 나쁜 버릇을 고치고자 했으면 형근이와의 관계는 어떻게 되었을까? 거짓말을 한 행동 자체는 나쁘지만, 그 감정을 이해하고 감정이 뜻하는 의도를 파악해야만 제대로 아이들의 감정을 보호할 수 있다.

차분하게 느낀 감정만 이야기하기

큰아들이 호주에 있는 중학교에 들어갔는데 학교에서 개인 노트북이 필요하다는 연락이 왔다. 쉽게 비싼 제품을 사 주지 않는 편인데, 공부에 필요하다고 하니 어쩔 수 없었다. 고등학교 졸업하고 대학교에 가서도 잘 관리하며 쓰라고 좋은 제품을 사 주었다. 큰아들은 잘 관리하며 쓰겠다고 약속했고 무척 기뻐했다.

큰아들은 처음으로 가지게 된 노트북을 무척이나 아꼈다. 하지만, 6개월이 지나기도 전에 아들의 실수로 노트북에 물을 쏟아 고장이 났다. 호주에 있는 아들은 아빠에게 무슨 말부터 꺼내야 할지 모르는 눈치였다. 아들은 너무 미안했는지 조심스럽게 말을 꺼냈다. 초등학교 5학년 때 처음으로 키즈용 폴더폰을 사 주었는데 자기 실수로 분실해서 그 이후로는 약속대로 휴대전화 없이 지낸 기억이 떠올랐던 것 같다.

형근: 아빠, 어쩌지? 아빠가 사 준 노트북을 오래 쓴다고 약속했는데 6개월도 안 돼서 망가뜨려서…….

나: 형근아, 괜찮아. 수업에 꼭 필요한 것은 사야지. 엄마 얘기 들어보니까, 네가 고치려고 많이 알아보고 다녔다며? 네가 마음 쓰느라고 힘들었겠네.

형근: (울먹이며) 내 실수로 못 쓰게 되었으니까. 비용의 반은 어릴 때부터 세뱃돈 모아 놓은 통장에서 낼게.

큰아들이 나에게 이야기하기 전에 했을 고민과 말하면서 느꼈을 감정을 생각하니, 스스로 책임지려고 노력하고 용기 있게 말하는 아들이 자랑스러웠다. 아들은 아빠가 한국에서 혼자 직장생활을 해서 돈을 대주는데, 안 써도 될 돈을 쓰게 하는 것이 미안했던 모양이다. 내가 그런 마음을 알아주자, 아들은 울먹이며 눈물을 흘렸던 것이다.

두 아들 키우면서 지키는 원칙이 있다. 원칙은 원칙대로 반드시 지킨다. 하지만 동시에 아이의 감정도 반드시 보호한다. 누구에게나 감정 보호는 소중하기 때문이다. 가끔은 아빠의 감정을 이야기할 때도 있다. 아이들의 감정이 소중한 만큼 아빠와 엄마의 감정도 소중하다는 것도 배워야 한다. 감정을 이야기할 때는 차분한 상태에서 자기가 느꼈던 감정만을 이야기하는 것이 중요하다. 감정을 배제하면서 말을 하게 되면 많은 변화가 일어나지만, 감정이 실리게 되는 순간 휘발유처럼 금방 타서 날아가 버린다.

26

있는 그대로의 모습 받아들이기

서로 다른 특징 인정하기

아는 것과 실천하는 것 사이에는 항상 간극이 있다. 알고 있다고 해서 바로 실천이 가능한 것은 아니다. 직접 몸으로 경험하면서 이해한 것은 행동으로 옮기기가 수월할 수도 있지만, 그래도 쉽지 않은 것이 있는 그대로 받아들이는 것이다. 지금의 어려운 상황을 피해가고자, 이해 없이 그대로 받아들이는 척하는 것은 오히려 나중에 또 다른 원치 않는 결과를 가져온다.

객관적으로 이해한다는 것은 나의 주관적인 개입이 없이 지금의 실체를 완벽하게 이해하는 것이다. 그러면 자연스럽게 매 순간 있는 그대로 받아들일 수 있다. 가족을 포함하여 내 삶에서 일어나는 일은 언제라도 내가 원치 않는 것으로 나타날 수 있다.

앞서 두 아들의 성향이 다르다는 것을 언급한 바 있다. 그러한 다른 반응으로 아이들 교육에 가치관 자체가 흔들린 적이 있었다.

아들이 둘 있는 가정은 시끌벅적하다. 둘이서 항상 경쟁하면서 성장하는 탓에 조용했던 엄마를 목소리 큰 아줌마로 만들어 버린다. 우리 집도 마찬가지다. 다른 점이 있다면, 형이 두 살 아래의 동생을 너무 사랑한다는 것이다. 어렸을 때부터 그랬다. 커가면서 남자로서 경쟁심이 자연스럽게 나오는 경우를 제외하고는 항상 동생을 쳐다보는 눈빛이 따뜻했다.

보통 동생이 태어나면 으레 부모의 관심은 큰아이보다는 작은아이에게 쏠린다. 아직 부모의 보살핌이 더 필요하기 때문이다. 그런 과정에서 큰아이는 자신의 사랑을 동생에게 빼앗긴 것으로 인식한다. 더구나 부모는 동생에게 양보하라면서 희생을 강요하기도 한다. 동생의 존재를 긍정적으로 받아들일 수 없게 부모가 만드는 셈이다. 아직도 부모의 사랑이 필요한 3~5세의 아이에게 희생과 양보를 먼저 가르치다니!

이때 부모가 할 수 있는 일은 간단하다. 우리 부부는 작은아이가 태어나고 나서 오히려 큰아이에게 신경을 더 썼다. 마치 동생이 태어나서 자기가 더 큰 사랑을 받는 것처럼 느끼게 했다. 그러다 보니 자연스럽게 동생의 존재가 자기에게 도움이 된다고 받아들이기 시작했다.

같은 환경이라도 부모의 노력으로 아이가 전혀 다르게 환경을 받아들이게 할 수 있다. 아이는 주변 환경에 영향을 받으며 성장하지만 또한 자기가 받아들이는 방식에 따라서 성장한다는 것을 경험했다.

큰아이는 무엇을 하든지 새로운 것을 금방 쉽게 흡수하는 장점이 있다. 그러다 보니, 작은아이는 자꾸 평균보다 뛰어난 형과 자신을 비교하면서 무언가 형보다 잘하는 것이 없다고 생각했다. 특히나 형이 잘하고 자기가 못하는 분야를 함께 도전할 때면 더욱 그랬다. 그때마다 나는 작은아이에게 말해주었다.

"형은 너보다 2년이나 먼저 태어났기 때문에, 그 기간만큼 더 다양한 것을 배우고 경험할 수 있었어. 그러니 형하고 지금의 너하고 비교하는 것은 정당하지가 않아. 굳이 비교하려면 나중에 2년 후 네 모습과 지금의 형하고 비교하는 것이 맞을 거 같지 않아?"

그래도 작은아이는 형이 또래 친구들보다 더 뛰어난 반응을 보이는 것을 보며 자기가 부족하다고 생각했다.

그래서 우리 부부는 좀 더 다양한 자극을 주기로 했다. 그 결과로 작은아들도 형보다 뛰어난 분야가 있음을 알게 되었다. 큰아들은 종이접기에는 관심이 별로 없었는데, 작은아들은 응용해서 창작할 정도로 다른 반응을 보였다. 그림 그리는 것도 작은아들이 더 크게 반응했다. 내가 집에 있는 물건을 분해하거나 고치고 있으면 작은아들이 다가와서 관심을 보였다. 상원이는 이런 것들이 형과 다른 자신만의 특징이라고 여겼다. 확실히 형에게는 없는 재능이 자기에게 있음을 발견하면서, 형과 비교하는 대신에 서로의 차이를 있는 그대로 바라보기 시작했다.

아들의 관점에서 마음 이해하기

작은아들이 5학년이 되었을 때의 일이다. 나를 부르더니 이런 말을 했다. “아빠, 나도 이제부터 공부할래요.”

나는 되물었다. “왜 갑자기 그런 생각을 했어?”

작은아들의 대답은 간단했다. “생각해보니, 그동안 너무 많이 놀기만 한 것 같아요.”

작은아들이 스스로 책을 보겠다고 할 때까지 우리 부부는 권유는 했지만 강요는 하지 않았다. 스스로 할 때까지 그냥 기다려주었다. 오히려 다양한 자극을 주면서 다른 반응이 나오는 두 아들을 실험이라도 하듯이, 실험 결과를 객관적으로 그대로 받아들이고 있었다. 여기까지라면 해피엔딩이었겠지만, 우리가 사는 현실은 그렇지 않다.

작은아들은 말은 그렇게 했지만, 한 달도 되지 않아서 우리 부부에게 말했다.

“내가 잘하는 것을 곰곰이 생각하면서 내 미래를 상상해봤는데, 나는 축구선수가 되고 싶어. 취미 정도로만 그치면 중요한 시기를 놓쳐서 나중에 후회할 것 같아. 축구선수가 되기 위해서 제대로 집중해보고 싶어.”

작은아들은 그 이후로 1년 반 정도를 실제 축구클럽에서 생활했다. 아내는 방과 후에 아들을 축구클럽에 데려다주면서 연습에 매일 참여시켰고, 주말에는 다른 팀과의 홈경기 또는 원정경기로 바쁘게 보냈다. 작은아들은 이 기간에는 오로지 축구에만 모든 것을 집중했다.

축구를 하는 동안에 아이의 실력은 많이 향상되었고, 스트라이커로 자리 잡았다. '스네이크'라는 별명을 감독이 붙여줄 정도로 팀에 이바지하기도 했다.

하지만, 초등학교를 졸업할 즈음에 작은아들은 우리 부부에게 다시 말했다.

"축구를 제대로 해보니까, 여기에는 나보다 더 재능이 많은 친구도 많고, 더 빨리 시작했어야 할 거 같았어."

그러면서 열심히 하던 축구클럽을 그만두었다. 우리 부부는 작은아들이 꼭 축구선수가 될 거라고 생각하지는 않았다. 단지 아들이 축구에 꽂혀있으니, 나중에 후회하지 않기 위해서 1~2년 조금 늦더라도 아들의 모습을 받아들이기로 했던 것이다. 물론 우리 부부도 쉽게 받아들인 것은 아니었다. 나와 아내는 많은 대화를 하고 다른 방법도 생각해 봤지만, 작은아들의 있는 모습 그대로를 받아들이고 나니 마음이 홀가분해지고, 이것으로 가족의 갈등도 없어졌다. 여기서 끝났으면 좋겠는데, 아쉽게도 이 이야기는 아직도 진행 중이다. 우리 부부를 다시 한번 실험대에 올려놓는 일이 또 벌어졌다.

2018년 Townsville District Rugby Union 경기 중인 상원

호주에서 3년간 아이들과 같이 지냈던 아내는 한국의 학교로 복직하게 되었다. 그래서 아이들은 기숙사가 있는 중학교에 갔다. 작은아들은 그 학교에는 축구부가 없다고 투덜댔지만 대신 럭비부가 있었다. 나는 두 아들에게 모두 럭비를 권했고, 다음 연도에는 조정[rowing]도 시도해 보라고 권유했다.

반신반의하던 작은아들은 시작한 럭비에 푹 빠졌고, 학교대항전에서 만년 하위권이던 학교를 2위까지 끌어올리는데 한몫했다. 당연히 학교에서도 이름이 알려지고 아들은 의기양양했다.

아뿔싸! 작은아들은 중학교 1학년이 끝나기 전에 경기하다가 오른쪽 어깨가 탈골되었다. 호주병원에 가서 진단을 받았는데 의사는 수술을 권유했다. 아들은 주변에서 비슷한 얘기를 들었는지 럭비를 하는 사람은 탈골이 다반사라고 하며 대수롭지 않게 생각했다. 방학 때 한국에 와서 여러 병원을 찾아가 다시 검사를 했다. 아직 어리니까 수술을 조금 늦게 하라는 의사가 있었고, 럭비에 대해서 호주와는 다른 인식 때문인지 중학교 1학년의 어깨 탈골에 대해서 심각하게 바라보는 의사와 주변 사람들도 많았다. 아들도 심각성을 이해하고는 럭비를 그만두기로 약속하고, 다시 호주로 돌아갔다.

하지만, 호주로 돌아간 아들은 럭비를 다시 하고 싶다고 했다. 친구들이 경기하는 모습을 보러 다니는 게 너무 힘들다고 했다. 우리 부부는 정말 많이 고민했고, 그렇게 간절히 바라는 아들을 예전처럼 받아들이기로 했다. 그것이 실수였다. 럭비 경기를 몇 게임 뛰고 아들의 어깨는 다시 탈골되었다. 이제는 수영하다가도, 뛰다가도 빠지는 습관성 탈골이 되어 수술이 불가피해졌다.

아들은 반복적인 어깨 탈골과 수술을 반복하는 과정에서 부모와의 약속을 지키지 못하고 다시 악화된 상황을 받아들이지 못했다. 아들의 마음을 이해하지 못하는 바는 아니었지만, 평생의 건강과 직결되는 결정에서 내가 좀 더 강하게 나서서 멈추었어야 했다는 후회가 컸다. 그리고, 중학교 3학년 상반기까지 반복적으로 학교 공부의 필요성에 대해서 논의를 하자는 아들을 보면서, 나의 교육관이나 가치관이 흔들리기도 하였다. 진지하게 많은 대화를 해보고 해결 방법을 찾아보고자 했지만, 딱히 대안이 없었다.

그러나 아들의 관점에서 그 마음을 이해하려고 하자 오히려 답은 쉽게 나왔다. 지금까지의 현실은 있는 그대로 받아들이고, 우리가 할 수 있는 것에만 최선을 다하기로 했다. 아들의 미래는 아직 시작하지도 않았고, 지금 이 순간이 힘들다고 아들의 미래를 걱정하는 건 옳지 않다고 생각했다. 나는 아들의 밝은 미래를 한번도 의심한 적이 없다. 미래는 현재의 결과일 뿐이고, 우리는 현재 올바른 씨앗을 심고 있기 때문이다.

작은아들은 지금 어깨 수술을 하고 재활 중이다. 다행인지 몰라도 어쩔 수 없이 운동을 하지 못하게 된 시간만큼 책을 보기 시작했다. 요즘은 자기가 공부에도 평균 또는 평균 이상의 소질은 있는 것 같다고 말한다. 참고로, 작은아들이 생각하는 평균은 C등급이다. 틀린 말은 아니다. ABCDE 등급 중에서 평균은 C가 맞다. 그 말을 듣고 있자니 오히려 우리가 기대하는 평균이 사실은 평균이 아니었다는 생각도 들었다.

마지막으로 괴테의 말을 인용하면서 마무리하고자 한다.

"현재의 모습대로 상대방을 대하면, 상대는 현재의 모습 그대로 머무를 것이다. 그러나, 잠재된 미래의 모습으로 상대방을 대해 주면, 상대는 우리의 기대대로 성취해낼 것이다."

있는 그대로의 실체를 받아들인다는 말은 자칫 나의 적극적인 노력을 포기하고 수동적으로 주변 상황을 그냥 받아들이라는 것으로 오해할 수도 있다. 하지만, 실체를 있는 그대로 받아들이기 위해서는 엄청난 집중력과 에너지 그리고 수많은 연습이 필요하다. 이러한 노력이 지속되어야만, 그 실체의 본질은 매순간 끊임없이 변화한다는 것을 마주할 수 있을 것이다.

아이들과 함께 생활하면서 아이들을 있는 그대로 받아들이는 것 역시도 현재 아이의 심리적 상태와 상황을 명확히 이해해야만 하는 더 큰 노력이 요구된다. 서로의 고정된 이미지를 가지고는 매 순간 변하는 실체를 이해할 수 없다. 아빠와 아들이라는 조건에 얽매이는 한 아빠와 아들은 서로의 본질을 마주할 수 없을 것이다. 가족이기에 더 큰 이미지와 더 강한 집착이 생기겠지만, 가족이라는 강한 조건의 큰 이미지를 벗어날 수 있다면 다른 사회적 관계의 조건이나 이미지들은 보다 수월하게 극복할 수 있으리라 믿는다.

27

아이의 눈높이에 맞춰라

아빠와 함께하는 즐거운 놀이

상대방의 눈높이에 맞추는 것은 배려가 없으면 불가능하다. 배려는 상대방에 대한 존중과 이해가 함께 동반되어야만 자연스럽게 나오는 행동이다. 부모가 아이의 눈높이에 맞추는 것은 아이를 단지 키운다는 수동적인 책임감에서는 나올 수 없다. 정신을 똑바로 차리고 한두 번은 배려할 수 있지만, 매번 그렇게 하려면 아마도 엄청난 스트레스를 받을지도 모른다.

상대방과 대화를 하려면 그 사람의 관점을 이해하면서 대화해야 한다. 특히 아이들과 대화할 때는 아이의 눈높이에 맞춰서 대화해야 진정한 소통이 된다. 대화뿐만이 아니라 아이들과 함께 놀면서 행동할 때도 마찬가지다.

어릴 적에 아들과 몸으로 노는 것은 당연히 아빠의 몫이다. 앞서 얘기했듯이, 엄마가 힘이 남아도는 아이들과 육체적인 놀이를 한다는 것은 운동선수 출신의 엄마가 아니라면 포기하라고 말하고 싶다. 엄마는 엄마로서 아들에게 해야 할 역할이 따로 있다. 엄마 하면 떠오르는 것은 항상 조건 없는 사랑과 포근하고 따스한 손길이다. 물론, 엄마 아빠의 성향이나 육체적 힘이 일반적이지 않다면 반대의 역할을 시도해 볼 수도 있을 것이다.

기어 다니는 운동을 시작할 때부터 아빠의 놀이는 아이의 육체적 발달과 정서 함양에 필수라고 생각한다. 육체적 놀이는 이렇게 필수적인 과정이고 아이와 함께하는 소중한 시간이지만, 많은 힘과 에너지가 필요하다. 누구나 겪어봤겠지만, 아이들의 체력은 '슈퍼맨' 못지않다. 아이는 절대로 포기하지 않는다. 한번 꽂히면 쓰러질 때까지 그것 하나만 무한 반복한다. 결국, 먼저 쓰러지는 쪽은 항상 아빠다. 아들은 승자라도 된 것처럼 피곤해서 쓰러진 아빠 배에 기어 올라가서 점프를 한다. 마치 엄살인지 아닌지 확인을 하는 것 같다. 아빠의 살아 있음이 확인되면, 조금 전에 했던 맹렬한 맨몸운동을 다시 해야 한다. 비슷한 또래의 아들이 둘이라면, 아빠는 반드시 체력을 높이는 운동을 따로 해야 한다. 웬만해선 아이들과 놀아줄 수 없기 때문이다.

두 아들과 노는 시간은 소중하지만, 힘든 것은 힘든 것이다. 나 역시도 아이들과 하는 모든 육체적 활동과 운동에 가능한 한 모두 동참하려고 했다. 그럴 때마다 느끼는 것이 있었다. 내가 어떤 마음을 가지고 두 아들과 노느냐에 따라 아이들의 반응이 달랐다.

두 아들과 '놀아준다'고 생각하고 함께 시간을 보낼 때는 내가 쉽게 지쳤다. 꼭 해야 하는 의무감을 가지고 전투에 나가는 병사처럼 무거운 갑옷을 걸친 것같이 몸도 무거웠다. 그래서 아이들에게 가능하면 빨리 항복선언을 하고 그 전투를 마치고 싶었다. 사실 전투에 나오고 싶은 마음조차 없었는데 등 떠밀려 나와서 수동적으로 전투에 임하고 있음을 아이들은 쉽게 알아차렸다.

아이들은 순간순간 변하는 아빠의 표정과 말투 그리고 감정을 놓치지 않는다. 같은 놀이를 두 번만 반복해도 아빠의 숨소리는 거칠어지고 표정이 바뀐다. 아이들은 알고 있다. 하지만 계속 놀자고 한다. 왜냐면, 아직 어떻게 대응해야 하는지를 배우지 못했기 때문이다. 아이들은 순수하다. 아빠를 골탕 먹이거나 더 힘들게 하기 위한 나쁜 의도로 더 놀아달라는 것이 아니다. 정말 그냥 놀고 싶을 뿐이다. 그게 전부이다.

아이들의 눈높이에 맞춰서, '진짜 한번 놀아볼까?'라는 마음으로 아빠가 먼저 즐겁고 신나게 그 시간을 보낸다면, 아이들은 육체적 발달뿐만 아니라 정서적으로도 안정감을 느낀다. 아빠의 신나는 표정과 좋아하는 감정을 아이들은 쉽게 알아차린다. 아이들은 이렇게 생각할 것이다.

'아빠도 나랑 같이 노니까 많이 행복해하네. 내가 아빠를 이렇게 행복하게 해줄 수도 있구나. 나도 이렇게 재미있는데, 아빠도 정말 좋아하네. 우리는 지금 함께하고 있구나.'

많은 시간을 아이들과 함께 보내는 것은 중요하다. 더 중요한 것은 양보다 질이다. 짧은 시간이라도 아이들이 무엇을 느끼고 경험하게 만들고 싶은가? "어차피 할 거라면 즐겁게 하자!" 직장 상사가 일을 시킬 때만 하는 소리가 아니다. 어차피 아이들과 보내야 할 시간이라면, 나 자신에게도 의미 있는 시간이 되도록 즐기자는 것이다.

부모의 눈높이가 아이보다 높은 것은 아니다

큰아들 형근이가 초등학교 5학년 때의 일이다. 그 당시에 나는 칼 세이건의 《코스모스》를 읽고 큰 감동을 받았다. 크고 벽돌처럼 두꺼운 책이었지만, 만화책 보듯이 너무 재미있게 정신없이 읽었다. 지구상의 모든 학문과 지구인들이 앞으로 나아가야 할 우주까지 많은 정보를 한 번에 읽다 보니, 지구의 역사와 함께 달려온 느낌이었다. 이 책에서는 지구라는 행성에서 주어진 지구의 수명대로 다 살기 위해서는 이 행성에 사는 지구인들의 평화가 필수요건임을 강조했다. 이 글은 유엔평화대학을 다니며 국제와 평화 인권으로 관심이 넓어졌던 나의 마음에 와닿았다.

무엇보다, 지구를 사랑한다면 지금 자신의 아이를 한 번 안아주라는 말은 아직도 기억에 남는다.

어쨌든, 나는 이 책을 감명 깊게 읽었지만, 초등학교 5학년이 읽기에 적합한 책은 아니었다. 형근이가 초등학교 때 책 읽는 것을 좋아하고 많이 읽었다고 하더라도 분명 어려운 책임은 분명했다. 그런데도 내가 감명 깊게 읽은 생각만 하고, 큰아들에게 이 책을 읽어보라고 권했다. 아이의 눈높이를 생각하지 않고 그냥 내 생각만 하면서 권한 것이다.

이전까지는 아들의 눈높이를 고려해서 읽을 만한 책을 권했는데, 이번엔 실수를 한 것 같았다. 아이도 책의 크기와 두께에 일단 머뭇거리면서 거부감이 생긴 것 같았고, 당연히 책을 펴보지도 않았다. 나도 그 이후로 더 이상은 권하지 않았다. 오히려 내 생각만 하고, 형근이 눈높이를 맞추지 않은 행동이 미안하기까지 했다.

그런데 그로부터 2년쯤 지난 어느 날 형근이가 칼 세이건의 《코스모스》를 펼쳐서 읽고 있었다. 그 모습을 보고 아이가 스스로 소화할 때까지 기다려주면 되는 것을 내가 너무 성급했구나 싶었다.

절대로 부모의 눈높이가 아이의 눈높이보다 더 높다고 생각하지 말자. 부모 눈높이가 높으니까 아이 수준으로 낮춰서 맞추라는 것이 아니다. 아이들도 부모 눈높이에 맞추려고 노력하고 있다는 사실을 기억해야 한다.

두 아들이 중학생이 되자 생각이 깊어지고 자기 의사도 더 다양하게 표현하기 시작했다. 그것이 자연스러운 것이라 생각했다. 하지만, 아이는 매년 일정한 크기로 성장하는 것이 아니라, 육체적, 정신적으로 갑자기 폭풍 성장을 할 때가 있다. 그럴 때는 아이의 변화를 뒤늦게 알아차리기도 한다.

중학생이 된 두 아들과 대화할 때 가끔 우리 부부는 아이들의 성장 속도를 놓치고 따라가지 못할 때가 있었다. 그럴 때면 이해가 되지 않는 우리 부부는 아이 앞에서 더 쉽게 감정적으로 변했다. 아들은 고요한데, 부모가 화가 나서 왜 우리를 이해하지 못하냐고 아이에게 화를 내기도 했다. 그럴 때면 오히려 두 아들이 우리를 진정시키고 논리적으로 자기들의 이야기를 했다. 작년에 자기들이 어떻게 변화했고, 자신들도 엄마 아빠를 이해하고 부모 눈높이에 맞추려고 얼마나 노력하는지를 얘기했다.

그때 알게 되었다. 부모만 아이들 눈높이에 맞추려고 노력하는 것이 아니었다. 오히려 아이들이 부모의 눈치를 더 봐가면서 어른의 눈높이에 맞추려고 발버둥 치고 있었다. 그러면서 서로의 눈높이에 맞추려고 노력하다 보면, 중간 정도의 높이에서 교감이 일어남을 경험할 수 있었다.

부모의 언어로 아이에게 얘기해 봤자 아이는 알아듣지 못한다. 반대로 아이의 표현 방식으로 아무리 말해봤자 부모에게 전달이 되지 않는다. 서로의 관점은 다르다. 차이의 당연함을 받아들여야 한다. 그래도 아이들이 어릴 적에는 부모가 아이의 눈높이에 맞춰주는 지혜가 필요하다. 아직 많은 것을 배우지 않은 아이는 자신의 욕구를 자기가 표현할 수 있는 최선의 방법으로 나타낼 뿐이다. 결코 엄마 아빠를 힘들게 하려는 나쁜 의도를 가지고 자기 의사를 표현하는 아이는 없다.

아이는 성장하면서 자기의 눈높이에 맞추려는 엄마 아빠의 행동을 보고 자연스럽게 배운다. 그리고 어느 순간이 되면, 오히려 엄마 아빠의 눈높이에 맞출 수 있을 정도로 성장한다. 그때는 한쪽이 다른 한쪽의 눈높이로 혼자 맞출 필요가 없어진다. 서로가 조금 눈높이를 조절하면 같은 시선으로 편하게 마주할 수 있다. 평생의 동반자처럼 말이다.

28

스스로 생각하도록 지켜봐 주기

스스로 결정을 해본 적이 없는 아이

사회생활을 하면서 만나 뵙고 친한 사이가 된 교수님이 있다. 나보다 열 살 이상 나이가 많으신데 능력이 있고 위트도 겸비하셨다. 함께 있으면 지루하지 않고 유익한 시간을 보낼 수 있는 분이다. 이분은 외아들을 두었는데 그래서인지 아들에 대한 애정이 각별했다. 나는 그 아들의 중·고등학교 시절부터 군대에 다녀올 때까지의 얘기를 소상히 알고 있다. 처음에는 각자의 일과 사회생활에 관해 얘기하다가, 어느 정도 시간이 지나면서 으레 아이들 얘기로 마무리가 되었기 때문이다.

교수님은 아들에게 다양한 경험을 쌓게 하려고 많은 시간과 노력을 아끼지 않았다. 그런 점에서 나와 비슷한 교육관을 가지고 있었다. 단지, 내가 두 아들 의견에 너무 좌지우지한다는 것이 항상 마음에 걸리셨던 것 같다. 학원을 선택하거나 여행지를 선정할 때도 이것저것 아이들에게 물어보는 우리 부부의 모습이 옳지 않다고 하셨다.

"아이들이 뭘 알아요? 경험도 없는 아이들 의견대로 했다가 잘못되면 오히려 시간만 지체되고 돈은 돈대로 나가버려요. 그보다는 부모가 적극적으로 아이의 방향을 바로 잡아주고, 아이가 그 길로 가게만 하면 되지요. 더구나 우리처럼 아이들 교육에 적극적인 아빠는 우리가 경험한 시행착오를 바탕으로 아이들을 이끄는 것이 더 효율적이라고 생각해요."

틀린 말은 아니지만, 왠지 아이들이 다른 의견을 제시하였을 때에 무시되는 상황을 상상해보니 마음이 편치 않았다. 나하고는 조금 다른 접근 방법을 가지고 계셨던 것 같다.

교수님의 적극적인 참여 때문인지 그 집 아들은 초등학교 때 각종 대회에 나가 상을 타고 학교 성적도 예상했던 대로 항상 우수했다. 아빠의 계획대로 차근차근 모든 것이 이루어지는 것 같았다. 계획했던 것은 거의 다 이루어진 것처럼 보였다. 주변에서 칭찬과 부러움이 끊이지 않았다.

실패를 경험해 보지 못해서일까? 아이가 중학교 3학년 때 원하는 고등학교에 진학하지 못하게 되자 교수님은 당황스러워 했다. 그런 아빠의 모습을 보는 아들도 당황스러워 하기는 마찬가지였다. 지금까지 한 번도 실패를 맛보지 않은 아들과 아빠는 정신적으로 큰 혼란을 겪었다. 지금까지 스스로 결정해 본 적이 없었던 아들은 매우 힘들어하다가 결국은 예상치 못한 방향으로 감정을 표출하기 시작했다. 폭력적인 성향을 보이고 급기야 가출을 하더니, 고등학교를 간신히 졸업했다.

아이는 아빠가 닦아 놓은 길 위에 아빠가 사 준 자동차를 타고 운전대를 잡았다. 자신의 길을 가려고 했지만, 운전 경험이 많은 아빠가 운전대를 빼앗아 잡고 아들 대신 운전을 시작한다. 분명 아들의 인생길이지만, 아들은 무슨 일이든 스스로 생각하고 판단한 적이 없다. 아빠의 차를 타고 인생의 시원함을 맛보지만, 지금 자신의 인생을 달려가고 있는 것은 아니다. 아빠의 인생에 잠깐 얹혀 있을 뿐이다.

내가 내 인생을 책임지고 주도하려면 당연히 나 스스로 고민해 보고 스스로 결정을 해야 한다. 작은 일이라도 이런 결정을 반복하게 될 때 자연스럽게 자기 인생에 대해 책임감이 생길 것이다. 직장에서도 사회에서도 내가 직접 결정하지 않고 남이 시켜서 하는 일은 수동적일 수밖에 없다. 그리고 그 결과에 대한 책임도 지려고 하지 않는다. 반면에 의사결정에 나의 의견이 반영되고, 내가 스스로 판단한 일에는 책임감이 자연스럽게 생긴다. 그 과정에서 누구보다 주도적으로 노력하기 마련이다. 왜냐면 자신이 선택했고, 원했던 결과가 항상 머릿속에 있기 때문이다.

아이 스스로 인생을 운전하는 법을 가르쳐 주기

교수님이 조언한 대로 분명히 내 방식은 시간이 오래 걸렸다. 작은아들인 상원이의 어깨가 탈골되면서 일 년 동안은 내 가치관이 흔들리기도 하였다. 상황에 따라서는 부모가 더 주도적으로 밀고 나가야 할 때도 분명히 있다. 나도 경험을 해보고 나서야 깨달은 사실이지만……. 아무리 좋은 가치관이라고 해도 현실에서는 보다 유연하고 균형 잡힌 마음가짐이 필요할지도 모른다. 그리고 이 균형의 지혜는 실생활에서 항상 필요하지만 늘 부족하기만 하다.

아이들에게 자기 인생의 자동차를 스스로 운전하는 방법을 가르쳐 주는 것이 부모의 역할이다. 아이들은 그 과정에서 자동차를 어떻게 운전해야 하는지, 고장이 나면 어떻게 수리해야 하는지 등의 지식과 지혜를 배운다. 그 소중한 기회를 부모가 뺏어버리면, 아이는 스스로 생각하고 판단할 기회를 놓치게 된다.

우리 집은 아이들이 어렸을 적부터 가능한 모든 상황에서 대화하고 토론하면서 결정했다. 말이 토론이지 아이들은 논리적이지도 않았고, 가끔 감정이 끼어들면 뒤죽박죽이 되기도 했다. 하지만 항상 그 원칙을 지키려고 노력했다.

학원 문제도, 아이들에게 이 학원을 지금 왜 다녀야 하는지 그 필요성을 생각하고, 나중에 어떤 영향을 미칠 것인지에 대해서 대화를 나눈 후에, 며칠간 생각해보고 답변을 달라고 했다. 며칠 후 아이들과 다시 이야기할 때 쉽게 합의에 이른 것은 정말 손가락으로 꼽을 정도이고, 이견과 차이를 확인하면서 마무리되는 경우가 많았다. 그래도 며칠 동안 아이들은 자기 스스로 이것저것 고민해 보고 생각하는 시간을 가진 것이었다. 헛된 시간이 아니다. 이러한 시간은 축적될수록 그 가치가 빛나기 시작한다.

큰아들이 6학년, 작은아들이 4학년 때의 일이다. 미리 취득한 영주권의 유효기간이 만료되기 두 달 전에 갑자기 호주에 있는 한글학당에서 아내에게 고용 제의가 왔다. 두 아들을 불러서 함께 이야기를 나누었다. 앞뒤 상황을 이야기하고 "너희에게도 직접 영향을 미치는 상황이니까 너희도 생각해보고 의견을 달라"고 했다. 두 아들은 예전처럼 곧바로 대답하지 않고 2~3일 정도 생각해보고 대답해주겠다고 했다.

결정에 따른 장점과 단점, 그리고 그 결정이 어떻게 우리 가족에게 영향을 미칠지에 대해서 나는 내가 알고 있는 정보를 두 아들과 최대한 공유했다. 될 수 있으면 객관적으로 이야기하려고 노력했다. 이미 한쪽을 선택한 후에 내가 선택한 결정을 지지하기 위한 설명들로 아이들에게 이야기하는 것은 아무런 도움이 안 되기 때문이다. 두 아들은 이틀 후에 아빠하고 떨어져 있는 것이 마음에 걸리기는 하지만 3년 정도니까 한번 도전해 보고 싶다고 했다.

남들이 들으면 웃을 수도 있겠지만, 우리 가족이 실제로 호주로 간 것은 이렇게 시작되었다. 3년 동안 우리 가족은 서로 약속한 대로 각자의 역할에 최선을 다했고, 방학 때마다 1년에 4번은 꼭 만나서 시간을 함께 보냈다. 힘들게 번 돈을 가족의 유대관계를 위해서 쓰는 것은 당연하다고 생각했고, 만약 호주행을 결정한다면 아빠와 떨어지는 단점을 보완하기 위한 조건으로 가족 모두가 합의한 사항이었다.

그렇게 3년이 흘렀다. 아내가 다시 한국에 있는 직장에 복직하게 되었을 때 다시 한번 두 아들과 이야기를 나누었다.

"엄마는 이제 한국에서 직장생활을 다시 해야 해. 너희에게는 두 가지 옵션이 있어. 한 가지는 엄마랑 함께 한국으로 돌아와서 다시 학업을 계속하는 것이고, 다른 한 가지는 호주에 너희만 남는 거야. 만약 너희가 호주에 남는 것을 선택한다면, 다시 가능한 방법들이 뭐가 있는지 다양하게 살펴봐야겠지."

아이들은 며칠 생각해보고는 이렇게 대답했다.

"우리도 생각해 봤는데, 교육환경이나 여건은 호주가 더 나은 것 같고, 엄마 아빠와 함께 있는 것을 생각하면 당연히 한국에 가고 싶고 그래. 아직 잘 모르겠어. 그런데 만약 호주에 우리끼리 있게 된다면, 가디언 보호 아래서 학교에 다니고 싶지는 않아. 우리가 부모님이 없는 것도 아니고, 오히려 스스로 부정적인 생각을 할 거 같아. 호주에 우리끼리 있게 된다면 기숙사 학교에 다닐래. 기숙사 학교는 부모님이 어디에 있든 모두 같은 환경에서 생활하니까 오히려 그게 더 편할 거야."

"그럼 아빠가 기숙사 학교 쪽으로 한번 알아볼까?"

실제로 우리는 호주의 기숙사 학교들을 알아보고 그중 5개를 선정해서 엄마와 두 아들이 직접 학교와 기숙사를 방문하여 둘러보았다. 그사이 나는 학교의 학비, 장학금 시스템과 커리큘럼 그리고 방과 후 활동 등의 정보를 취합해서 가족과 공유했다. 이런 과정을 통해서 다섯 학교의 장단점을 한 페이지에 정리하고 나니 우리 성향과 맞는 학교가 눈에 띄었고, 두 아들은 지금 그 학교에 다니고 있다.

아이의 책임감은 부모가 강제적으로 가지라고 해서 생겨나는 것이 아니다. 이 책임감은 비단 아이뿐만 아니라 직장생활을 하는 어른들도 마찬가지다. 아이를 키우는데도 흐름이 있는 것 같다. 요즘에는 아이들에게 리더십을 많이 요구한다. 책임감과 마찬가지로 이 리더십도 아이 스스로 생각하고 결정을 할 때 자연스럽게 생기는 것이다. 이 원칙은 지켜줘야 한다. 하지만, 아이의 안전이나 건강에 직결되는 문제라면 부모가 좀 더 개입해야 한다는 의견에 나는 동의할 수밖에 없다. 왜냐면, 작은아들의 시행착오를 통해서 직접 경험해봤기 때문이다. 그런 예외적인 상황이 아니라면 아이가 스스로 생각하고 고민해 볼 수 있는 시간을 충분히 주고, 지켜봐 줘야 한다. 그리고 그 판단을 존중해주면서 뒤따르는 결과를 책임질 수 있도록 책임감도 함께 길러줘야 한다.

29

부분으로 전체를 판단하는 실수를 하지 마라

아이의 무한한 잠재력

태어날 때부터 앞을 보지 못하는 시각장애인 세 사람이 있었다. 이들은 모두 세상에 대한 시각적 지식이 없어서, 코끼리가 어떤 모습인지 당연히 알지 못했다. 한 사람은 코끼리 다리를 만지며 "코끼리는 거친 가죽과 같은 느낌이고 모양은 원통형 나무와 같아요."라고 했다. 그러자 코끼리 상아를 만지고 있던 시각장애인이 "아냐 아냐! 무슨 소리야! 코끼리는 딱딱한 곡선의 모양으로 끝이 뾰족해."라고 말했다. 그러자 코끼리 꼬리를 만지고 있던 시각장애인이 반박했다. "너희 지금 무슨 소리를 하는 거야. 이게 딱딱하다고? 이게 가죽 느낌이라고? 너희는 모두 틀렸어. 코끼리는 끈처럼 부드럽게 움직이면서 부드러운 털이 많아!"

부분적으로는 모두 맞는 말이지만, 전체적으로 보면 모두 틀린 말이다. 우리는 항상 사물을 보거나 주변에 일어난 현상을 바라볼 때 이렇게 한 단면만을 바라보기 쉽다. 부분적으로 보고 있으면서 매번 전체를 바라보는 것처럼 착각하고 있다. 많은 경험과 지혜로 전체를 보려고 노력했음에도 불구하고, 이것 역시 또 다른 전체의 한 부분일 수도 있다. 그러기에 항상 겸손해야 한다.

아이를 키우면서 특히 조심해야 할 부분은 아이의 단면을 보고서 전체로 예단해 버리는 것이다. 아직 자신의 모든 모습을 보여주지도 않았는데, 부모로부터 "너는 원래 이런 아이야!" 또는 "네가 하는 게 다 그렇지, 뭐. 넌 커서 뭐가 되려고 그러니?" 이런 소리를 듣는다면 아이는 성장을 멈춰버릴 것이다.

아이의 무한한 잠재력을 존중한다면 아이의 단면만 보고 미래를 결정하는 실수는 피해야 한다. 더구나 아이는 아직도 성장 중이고 자신의 전체 모습은 자신조차도 아직 모른다. 그런데 부모가 아이의 한두 가지 단면만 보고 전체로 오해한다면, 아이의 미래는 전혀 다른 방향으로 흘러가게 될 것이다.

사람은 죽을 때까지 매 순간 변화하고 또 변화한다. 단지 그 변화하는 속도가 너무 빨라서 우리가 인지를 못 할 뿐이다. 1초에 수조 개 전자들이 우리 몸에서 생겼다가 사라지고, 몸의 모든 세포는 11~12개월마다 완전히 새로운 세포로 다시 태어난다고 한다. 이것은 전등을 바라보면서 등이 항상 켜져 있는 것처럼 오해하는 것과 같다. 사실은, 빠른 속도로 전기에너지를 계속 이어서 제공하기 때문에, 우리 눈에는 항상 켜져 있는 것처럼 보일 뿐이다.

이해될 때 받아들이게 해도 괜찮다

나는 개인적으로 콩을 좋아하지만, 어린아이들 중에는 콩을 좋아하지 않는 아이도 많을 것이다. 씹기 불편하고 맛이 없는 콩보다는 씹기 편하고 단맛이 나는 하얀 쌀밥을 더 좋아할 것이다. 나는 부모님으로부터 건강한 식습관을 물려받은 것을 다행이라고 생각한다. 내가 건강한 것은 부모님이 물려주신 식습관 덕분이다. 그런 이유로 두 아들에게도 먹는 것과 관련해서는 어릴 때부터 좋은 습관을 지니게 하려고 많이 노력했다.

"우리 몸이라는 나무에 영양분을 제공하는 것은 우리 손으로 직접 먹는 음식이 유일한 거름이야. 그러니 무엇을 먹을 때는 우리 몸이 좋아하는 음식인지 아닌지를 생각하면서 먹어야 해. 잠깐 혀에 느끼는 맛 때문에 정작 중요한 몸을 무시하면서 계속 나쁜 것을 섭취하면 나중에는 네 몸이라는 나무는 병들고 쓰러질 수밖에 없어. 물론, 맛있게 먹는 행복도

크겠지만 그건 가끔의 일탈이고, 제자리는 항상 몸에 좋은 음식이라는 것을 잊지 마."

나는 음식에 확고한 신념이 있었지만, 이것은 어디까지나 나의 신념이지 두 아들을 포함한 타인에게 강요할 것은 아니다. 처음에는 부모로서 아이들에게 좋은 것을 먹이고 싶은 욕심에 약간의 협상을 통해 꼬셔서 먹이기도 했지만, 점점 커가면서 스스로 먹는 것을 결정해야 한다고 생각했다. 자기 몸도 자기가 만들어 가는 하나의 작품이기 때문이다.

만약 콩이 들어간 밥을 먹지 않으려는 아이가 있다면, 억지로 다 먹이려고 하지 말고, 지금은 콩만 빼내고 다른 것은 다 먹으라고 해도 된다. 나중에 콩이 좋다는 것을 스스로 이해하고 나면 그때 가서 콩도 함께 먹으라고 하면 된다. 하지만, 부모의 그런 설명에도 불구하고, 아이는 "이 밥에는 내가 싫어하는 콩이 들어가 있으니, 나는 밥을 전부 먹지 않을 거예요!"라고 말하면서 식사를 거부한다. 아이는 아직 전체와 부분을 분간할 수 있는 능력이 부족하다. 부분을 가지고 전체로 판단해 밥그릇 전체를 내던지면, 아이는 아무것도 먹지 않는다. 던져버린 밥그릇 안에는 자기가 좋아하는 하얀 쌀밥도 있는데 말이다. 이해되는 것만 먼저 받아들이게 하고, 이해되지 않는 것은 옆으로 놓았다가 나중에 이해될 때 그때 받아들이게 해도 무방하다.

전체와 부분이 조화를 이루어야 한다

작은아들 상원이가 중학교 3학년 때의 일이다. 공부를 늦게 시작했지만, 상원이는 자신의 성적과 관계없이 항상 자신감 있고 자존감이 높았다. 사실 두 아들 모두 자존감이 하늘을 찌른다. 현실과의 격차를 계속 이렇게 달고 사는 것이 괜찮은지 물어보아도 본인들은 항상 당당하다. 시험 기간이 되면 상원이는 으레 과목 선생님들을 한 분씩 평가하기 시작한다. 누구는 이래서 좋고, 누구는 이래서 가르치는 것이 부족하고……. 이제는 아들이 왜 그렇게 말했는지 그 의미를 완벽하게 이해한다. 자기가 생각할 때 무언가 부족한 선생님의 과목은 재미가 없었기 때문에 성적이 좋지 않을 거라는 암시이다.

중학교 3학년 가을 학기 때 상원이가 전화를 해서는 과목 선생님에 관해서 이야기하기 시작했다. 만일 자기의 평가가 긍정적이면 그 과목 성적이 좋을 가능성이 크다는 이야기일 수 있다. 하지만, 상원이는 나를 실망시키지 않고, 과목 선생님이 무언가 실수를 한 것 같다며 말문을 열었다. 그러고는 왜 자기가 그렇게밖에 생각할 수 없는지 증거를 대기 시작했다. 나는 조용히 다 듣고 말했다.

"네 말이 맞을 수도 있으니까, 계속 부정성을 가지고 의심하면서 그 수업에 참여하는 것보다는 그 선생님을 찾아가서 정중하게 네 의견을 전달해 보는 것은 어떨까? 네가 보는 부분이 네 관점으로는 맞을 수도 있고,

선생님이 보기에는 또 다른 의견도 있을 수 있잖아.”

아들은 다음 날 과목 선생님을 찾아가서 만났다. 그리고 바로 전화가 왔다.

“직접 만나보니, 생각보다 나쁘지는 않더라고. 내가 오기를 기다렸다는 듯이 선생님이 미소를 띠면서 맞이해 주셨어. 내 의견을 전달했더니 알았다고 하시면서 다시 한번 검토해 보시겠다고 했어.”

아들도 선생님의 한 부분을 가지고 전체를 판단하려는 실수를 할 뻔했다. 물론, 아들이 본 모습도 그 선생님의 일부분인 것은 사실이다. 하지만 그 일부분이 그 선생님의 전체 모습은 아니다. 아들이 경험한 일부분만을 가지고 그 선생님을 단정 지었다면, 아들은 그 선생님의 또 다른 모습들을 접할 기회를 스스로 잃어버렸을지도 모른다. 하지만 아쉽게도 결국 그 과목 점수는 더 이상 좋아지지 않았다.

한 학교에 다니는 두 아들이 같은 선생님이나 친구들에 관해서 이야기할 때면 서로 의견이 엇갈리는 경우가 대부분이다. 큰아들이 자기 관점으로 어떤 선생님을 설명하면, 작은아들은 형이 몰라서 그렇다면서 또 다른 면에 관해서 이야기한다. 이 역시 둘 다 부분적으로는 맞는 말이다. 그리고 학교 친구에 관해서 이야기할 때도 각자 자기가 경험하고 보았던 부분에 근거한 판단만 하기 나름이다. 그러다 보니 서로 다른 경험 때문에 다른 판단을 할 수 있다는 것 자체를 잊어버릴 때가 종종 있다.

두 아들은 성향이 달라서 가끔 의견 충돌이 일어난다. 나는 두 아들에게 늘 이야기한다. 서로 다른 성향인 것이 오히려 나중에 서로에게 도움이 될 수 있다고. 왜냐면 형이 보지 못하는 다른 면을 동생을 통해서 알 수 있기 때문이다. 그렇게 둘이 상반된 의견을 통합하면, 혼자의 관점으로만 판단했을 때보다는 전체를 이해하는데 좀 더 가까워질 수 있을 것이다.

사회초년생 시절에는 누구나 열심히 일한다. 하지만 가끔은 전체 그림에서 한 부분을 차지하는 나의 역할이 다른 부분과 맞지 않아서 일한 것을 수정해야 할 경우가 생기기도 한다. 때로는 며칠을 밤새워 한 일이 전체 관점에 맞지 않아 그냥 버려야 할 때도 있다. 그래서 무언가 일을 할 때는 최대한 볼 수 있는 전체 그림에서 내가 하는 일이 무엇이고, 주변의 그림과 어떻게 조화를 이루어야 하는지 살펴보면서 주어진 부분적인 일에 집중해야 한다.

태어나서 죽을 때까지를 나만의 숲이라고 생각한다면, 내 인생의 숲에는 많은 나무와 다양한 동식물이 함께 공존할 것이다. 나무 하나가 죽었다고 전체 숲에 큰 영향을 미치지는 않는다. 하지만 죽은 나무가 전염성이 강한 바이러스에 의해 죽은 것이라면 전체 숲을 사라지게 할 수도 있다. 전체를 위해서 부분을 무시하면 안 되는 이유다. 전체와 부분을 조화롭고 균형 있게 바라볼 수 있는 지혜가 필요하다.

30

삶의 다양성을 직접 느끼게 하라

간접 경험과 몸으로 익히는 지식

경험의 종류와 방향은 다를 수 있지만, 나는 직접 경험한 것을 믿고 받아들이는 편이다. 그러다 보니 경험해보지 않은 것을 많이 시도하게 되었다. 남들이 모두 하는 일보다는 하지 않는 일을 처음 시도해보는 것을 더 즐기기도 했던 것 같다.

중학교 때는 항상 친구들과 어울리며 단체 생활을 했다. 고등학교 때는 건설현장에서 잡일도 했고, 식당에서 서빙을 하기도 했고, 신문 배달 등도 해 보았다. 대학생일 때는 혼자 배낭여행을 다녔다. 틈만 나면 등산을 했고, 지리산에서 한 달 동안 혼자 지내면서 다양한 경험을 하기도 했다. 공과생으로는 처음으로 철학과 수업을 한 학기 동안 수강도 했다. 검도가 하고 싶은데 학교에 동아리가 없어서 대전대학교 감우회를 동기들과 함께 만들었다. 군대에 가기 전에는 길거리에서 군고구마를 판 돈을 가지고 혼자 전국을 여행하였다. 그리고 재작년에는 두 아들과 세계 일주를 했다.

나의 경험이 모두 좋은 것만 있는 것도 아니고, 내 삶에 좋은 영향만 미친 것도 아니다. 하지만, 지금 내 모습의 밑거름이 된 것만은 분명하다. 싫든 좋든 내가 순간순간 선택하고 내 몸으로 직접 경험한 것은 내 삶에 고스란히 녹아 있다. 그래서 자연스럽게 두 아들에게도 다양한 경험을 하도록 권유하고, 몸으로 직접 함께 체험하는 것을 소홀히 하지 않는다.

독서는 간접 경험을 할 수 있는 훌륭한 수단이다. 살면서 시간적으로나 공간적으로나 모든 것을 직접 체험하는 것은 불가능하다. 타인의 삶을 간접적으로나마 체험해 볼 수 있는 것이 바로 독서이다. 중·고등학교 때는 교과서도 없던 내가 뒤늦게 시동이 걸려 대학교 때부터는 독서의 재미에 빠져들었다. 인생의 중요한 시점마다 좋은 책들이 내 옆에 있어서 내 삶의 지표가 되거나 생각의 깊이를 더해 주었다.

특히 혼자 배낭여행을 할 때 항상 손에서 떼지 않고 읽은 책이 있다. 크리슈나무르티의 《자기로부터의 혁명》이다. 한 페이지 읽고 몇 시간 동안 산을 오르며 의미를 되새김질했다. 한 걸음 한 걸음 오르기를 반복하며 읽은 문장을 생각했음에도 그때는 완벽히 이해하지 못했다. 20여 년이 흐른 후 위빳사나 명상을 수행하던 중에 책장에 꽂힌 그 책에 자연스럽게 손이 갔다. 그때 다시 읽었는데 쉽게 이해가 되면서 고개를 끄덕이는 내 모습을 발견할 수 있었다.

책은 분명히 간접 경험에 좋은 수단이고, 지식을 얻는데 큰 도움이 된다. 하지만 책을 통해서 얻은 지식은 단편적일 수도 있다. 내가 대학 4년 내내 크리슈나무르티의 책을 달달 외워서 남들에게 똑같이 말할 수 있다고 해도, 내가 직접 그 내용 하나하나를 몸으로 경험하지 않는 한 그것은 내 것이 될 수 없다. 그러나 내가 직접 체험한 것은 오래가고, 내 삶의 일부가 되는 지식이 될 수 있다.

지혜에는 3가지 종류가 있다. 첫 번째는 책이나 간접 경험을 통해서 습득하는 지혜이고, 두 번째는 다른 사람들의 행동을 보면서 얻는 지혜이고, 마지막으로 직접 자신의 몸으로 체험해서 얻는 지혜이다.

예를 들어보자. 경기도 송탄에는 오래되고 유명한 중국집들이 많다. 나는 인터넷으로 검색을 하고 그중에 맛있는 중국집을 하나 알게 된다. 이 중국집을 모르는 사람들보다 나는 이곳이 맛있다는 지식을 가지고 있다. 하지만 맛있다는 지식만 있을 뿐이지 실제로 가 본 것은 아니다.

다음 단계로, 식당을 직접 방문해서 무엇을 먹을까 고민한다. 먼저 온 손님들을 보니 대부분 한 가지 음식을 먹고 있다. 나도 그 음식을 주문하고 기다린다. 주변 사람들이 맛있게 먹는 것을 보니 벌써 입안에 침이 고이기 시작한다. 내 선택이 틀리지 않았음을 주변 사람들의 행복한 웃음

2019년 코스타리카 아레날 국립공원 승마

만 봐도 확인할 수 있다. 그렇지만 아직 이 음식을 먹어 봤다고 얘기할 수는 없다. 아직 한 숟가락도 입에 넣지 못한 것이 사실이다. 드디어 주문한 음식이 나오고 한 입 먹어 본다. 그때서야 비로소 내 몸으로 직접 경험을 한다. 내 몸의 모든 세포가 그 맛을 경험하고 기억한다.

아이들과 함께한 새로운 체험

내 경험에 비춰보면, 특히 남자아이는 몸으로 체험하고 경험하는 것이 더 효과적이다. 나는 두 아들과 많은 것을 함께 경험했다. 특히

2019년 코스타리카에서 바다낚시로 잡은 마히를 든 상원

새로운 것은 항상 데리고 다니면서 경험시키려고 했다. 아이들이 어렸을 적에 강원도에서 했던 30분짜리 집라인은 몬테베르데 산악지역에서 하루 코스 집라인을 하는데도 망설임 없이 즐길 수 있는 첫 단추가 되었다. 큰아들 형근이와 호주에서 바다와 하늘을 함께 공감했던 패러세일링은 한국에 와서 패러글라이딩까지도 하게 했다. 제주도에서 체험한 30분짜리 승마는 나중에 아레날 국립공원에서의 반나절 산악 승마까지 연결되었다.

작은아들 상원이는 호주 골드코스트에서 시작한 강낚시가 산타 테레사에의 바다낚시로 확대 되면서, 1m가 족히 넘는 마히mahi라는 물고기를 잡기도 했다. 우리 가족은 2마리를 잡았는데 한 마리는 보트를 운전해 주신 현지인에게 드렸다. 한 마리 만으로도 3일 동안 생선으로 해 먹을 수 있는 모든 요리를 다 시도하여 먹어봤을 정도였다.

보통의 남자아이들처럼 형근이와 상원이도 어릴 때는 미술관이나 박물관 견학보다는 잔디밭에서 공을 차고 노는 것을 더 좋아했다. 나 역시도 그랬다. 하지만 아내의 권유로 우리 남자 셋은 땀을 식힌다는 명목으로 미술관과 박물관도 종종 다녔다. 우리 부부의 교육관 중 하나는 균형과 융합이었지만, 사실 나 자신도 박물관이나 미술관 가는 것을 그다지 좋아하지는 않았다. 조금씩 쌓은 경험이 나중에 한 번에 터지는 것을 경험한 것은 파리의 루브르 박물관에서였다. 우리 집 남자 셋이 큰 기대를 하지 않고 갔던 루브르 박물관에서 우리는 온종일 여기저기 찾아다니면서 즐기고 있었다. 세계 3대 박물관 중에 하나라는 명성 그대로 정말 책으로만 보던 것들을 직접 눈으로 확인할 수 있었다. 무엇보다 오디오로 각 작품에 대한 뒷이야기나 다양한 작품 해석을 들으니 시간 가는 줄 모르는 역사의 타임캡슐을 타고 있는 기분이었다.

작품 자체의 이야기와 작가들의 성향, 역사적 환경까지 이해하면서 작품을 보니 그야말로 새로웠다. 작품과 이야기가 서로 연결이 되어 재미를 더했다. 특히, 운이 좋았던 것은 우리가 방문했을 때 모나리자 진품이 몇 개월 만에 다시 대중에게 공개되는 기간이라서 직접 모나리자의 진품을 관람할 수 있었던 것이다. 모두 역사적으로 중요한 작품들이었지만 유독 모나리자 진품 앞에서는 30분 이상 줄을 서서 기다린 후에 관람해야 할 정도로 사람들이 붐볐다.

다음 날 오르세 미술관을 관람할 때는 전날에 힘을 다 뺐는지 상원이는 조금 지쳐 있었다. 하지만 나와 형근이는 오히려 그곳에서 그림에 대한 안목과 지식이 많이 확장되는 것을 느낄 정도로 의미가 있었다. 작가들의 이어진 작품들을 통해서 작가 개인의 성향이 어떻게 변화하였고, 그 변화에는 어떤 사회적 또는 개인적 요인들이 영향을 주었는지를 알 수 있을 정도로 매우 흥미로웠다. 그림 하나가 단순하지 않고 많은 의미가 담겨 있다는 것을 새삼 느꼈다. 그림을 해석하는 관점에 따라서 사람마다 다르게 받아들일 수 있다는 것도 형근이와 나는 각 작품마다 느끼는 것을 공유하면서 경험했다.

세상에 헛된 경험은 없다. 지극히 작은 경험이라도 아이들에게 다양한 자극을 주는 것은 언젠가 자신들의 능력을 키우는데 좋은 밑거름이 된다. 그리고 언젠가는 그렇게 발견된 장점이 다시 사회에 어떻게 환원되는지도 이해하리라 믿는다. 모든 경험은 나와 아이들의 삶에 소중한 자양분이 되었다.

우리는 현실에서 많은 어려움과 시행착오를 겪는다. 그 사실이 오히려 우리에게 더 다양한 경험을 제공한다. 내가 경험한 것들이 지금의 나를 만들었고, 지금 내가 경험하는 것들은 앞으로 내 미래를 결정할 것이다. 나에게도 그랬던 것처럼 이 보편적 자연법칙은 우리 아이들에게도 똑같이 적용될 것이다.

많은 경험을 하면서 지혜를 얻기 위해서는 경험을 어떻게 받아들일지가 매우 중요하다. 가끔 감당하기 힘든 시련이 나에게 찾아올 때 스스로 되뇌는 말이 있다.

"지금의 이 시련은 오히려 나를 더 단단하게 만드는 담금질일 뿐이다."

사랑하는 우리 아이들도 살면서 원치 않는 일을 많이 겪게 될 것이다. 지금까지 그래왔던 것처럼, 그 시련을 아이들이 자기 그릇을 크게 만드는 기회로 삼을 수 있기를 바란다. 인내와 지혜가 함께하기를 소망한다.

31

넘치게 사랑하고 부족하게 키워라

과함은 부족함만 못하다

《논어》에 나오는 말이다. 특히 이 말은 아이를 키우는 부모에게 꼭 필요한 말이 아닐까 싶다. 어느 부모가 일부러 자기 자식을 부족하게 키우고 싶겠는가? 하나라도 더 주고 싶은 게 부모 마음인데, 자식에게 줄 수 있는데도 부족하게 키우라는 얘기는 납득하기 어려울 수도 있다. 하지만 자식이 잘 살기를 바란다면 사랑은 넘치게 주되 물질적으로는 조금 부족하게 키워야 한다.

부족함 없이 자란 아이들은 작은 시련이나 좌절을 겪을 때 이겨낼 수 있는 기회를 박탈당한 것이나 다름없다. 아이를 부족함 없이 키우려는 부모의 사랑이 오히려 아이에게 독이 될 수도 있다. 부족함 속에서 아이들은 스스로 생각한다. 자기가 원하는 것을 얻기 위해서 어떻게 참고 기다려야 하는 것을 배우고, 노력과 대가가 따른다는 것도 경험한다.

나는 아버지의 직장 때문에 이사를 여러 번 했다. 초등학교 3학년 때까지는 증평에서 살았고, 그 이후에는 청주의 한벌초등학교로 전학을 왔다. 시골의 작은 버스터미널은 어린 나에게는 추억이 많은 곳이었다. 인생의 첫 번째 두 발 자전거를 청주에서 사서 올 때도 터미널을 통해서였다.

버스터미널 맞은편 가게 진열대에는 자동차 태엽을 감아주면 신기하게도 앞으로 가는 5,000원짜리 장난감이 있었다. 매번 지나갈 때마다 내 눈길을 끌었던 그 장난감을 사달라고 엄마에게 졸랐지만 나는 끝내 그것을 얻지 못했다. 얼마나 갖고 싶었던지 그 가게 맞은편에 살던 친구의 이름을 아직도 기억한다. 그 장난감을 한 번 더 보려고 일부러 친구 집에 놀러 가는 도중에 가게에 들러서 보고 가기도 했을 정도였다.

어느 날, 그토록 소유하고 싶었지만 갖지 못했던 그 장난감을 준태(가명)란 아이가 학교에 가지고 왔다. 준태 아버지는 마을 근처 공군부대에 다니는 군인이었던 것으로 기억한다. 어릴 적이라 정확한 계급은 모르지만, 그 당시에 아파트 사택에 살 정도였으니 꽤 부유했던 것 같다. 더구나 준태는 항상 돈을 많이 가지고 다니면서 아이들에게 군것질거리를 사 주기도 했다. 돈이 어디서 났냐고 물어보면, 아빠가 줬다고 하면서 자랑을 하였다. 나뿐만 아니라 주변의 많은 아이가 준태를 부러워했다. 특히 그 장난감을 가져온 날에는 하굣길에 준태의 집에 놀러 가지 않을 수 없었다. 그런데 이상하게도 준태 집에는 늘 아무도 없었다. 우리 집은 항상 뛰어들어가면서 "엄마!"라고 소리치면 엄마가 늘 반갑게 맞아주셨는데 말이다. 나는 엄마가 집에 없으면 온 동네를 돌아다니며 엄마를 찾았고 엄마가 옆에 있어야 안심이 되었다. 그런데 준태 집에는 늘 엄마가 없었다. 물어봤더니, 바빠서 매일 늦게 들어오신다고 했다.

어쨌든, 준태와 나는 집에서 장난감을 가지고 재밌게 놀았다. 한참 노는데 준태가 슬그머니 자리를 떠났다. 궁금해서 살며시 보니 안방으로 가고 있었다. 그리고 잠시 후 나는 깜짝 놀랐다. 준태는 옷걸이에 걸린 아빠 옷에 손을 넣어 지갑을 꺼내더니 거기서 돈을 훔치고 있었다. 당황해하는 내 모습을 본 준태는 씩 웃으면서 아무렇지도 않게 그 훔친 돈을 자기 주머니에 넣었다. 나는 그날 비로소 준태가 많은 돈을 가지고 다니는 비밀을 알게 되었다. 그 자동차 장난감도 그렇게 돈을 훔쳐서 샀다고 했다.

부유했던 준태의 부모가 일부러 그렇게 키우지는 않았겠지만, 초등학교 3학년 아이가 아버지의 지갑에 손을 대고 습관적으로 훔치는 것은 잘못된 것이었다. 집에 돈은 많은데 엄마 아빠가 바빠서 같이 못 놀아주니까 대신 준태에게 많은 용돈을 주었을 것이다. 그런데도 준태는 아빠 지갑에서 돈을 훔쳤다. 그날 이후 나는 자연스럽게 준태와 멀어지기 시작했고 그 장난감을 가진 준태가 더는 부럽지 않았다.

물질적 풍요의 부작용

내가 대학에 다닐 때의 일이다. 친구 소개로 인천에 사는 찬규(가명)를 알게 되었다. 재수해서 대학에 온 찬규는 지역 유지의 아들이라는 소문이 돌았고, 실제로 남들보다 많은 돈을 쓰는 것을 목격하곤 했다. 술자리에서 이야기를 들어보니, 전에 다니던 학교를 자퇴하고 재수해서 학교에 왔는데 여기도 마음에 들지 않아서 고민 중이라고 했다. 아버지가 돈이 많아서 꼭 대학에 가지 않아도 되는데, 아버지 성화에 못 이겨 어쩔 수 없이 대학을 졸업해야 한다고 했다.

나에게는 간신히 입학해서 인생의 전환점이 된 대학이 찬규에게는 의미없이 그냥 시간 보내는 곳이라는 말을 듣고 더는 어울려 다니고 싶지 않았다. 가는 방향이 다르면 어울리지 않으면 그만이다.

아니나 다를까, 나중에 군대까지 갔다 왔는데도 찬규는 여전히 당구장과 술집을 순회하며 놀고 있었다. 보통 군대 가기 전까지는 술 먹고 놀더라도, 군대에 다녀와서는 취업을 준비하기 위해 도서관에 다니는 것이 90년대 초 대학생들의 모습이었다. 그런데도 찬규는 아랑곳하지 않고 술과 여자, 쾌락에 빠져서 하루하루를 보냈다.

대학 4학년이 되어서도 정신을 차리지 못했던 찬규 주위에는 점점 남아있는 친구가 줄어들었다. 비슷한 학번의 친구들은 모두 도서관에 가 있으니 당연한 모습이기도 했다. 같이 놀 친구들을 찾던 찬규는 이제 막

입학한 신입생들에게 술을 사 주면서 시간을 보내다가, 급기야 술 먹고 신입생과 싸우는 일까지 발생했다. 다행히 찬규는 가까스로 대학을 졸업하였지만, 취업도 하지 않고 인천 집에서도 똑같은 생활을 한다는 얘기를 가끔 소문으로 들었다.

사실 찬규는 능력이 없는 사람이 아니었다. 대학 때부터라도 무언가 시작을 했으면 충분히 자신이 하고 싶은 일을 할 수 있었을 것이다. 하지만 찬규의 가치관은 이미 오래전부터 집안의 환경과 부모님의 모습으로 정체성이 굳어져 있었다. 아마도 어릴 때부터 부모님이 돈으로 찬규를 조종하려고 했었는지도 모른다. 부모 말을 듣지 않으면 돈을 한 푼도 주지 않겠다는 말이 찬규에게는 가장 무서웠을 것이다. 사실 그 말 이외에는 찬규에게 무서운 것이 없어 보였다. 찬규는 부모님을 어떻게 생각하고 있었을까? 부모님에 대한 고마움은 고사하고, 아마 자기에게 넘어올 돈을 잠시 보관하고 있는 금고지기 정도로 여긴 건 아니었을까? 만약 부모님이 사업에 실패하여 자기가 그렇게 믿었던 돈이 모두 사라진다면, 찬규의 삶은 어떻게 흘러갔을까? 인생의 어려움을 과연 이겨낼 수 있었을까? 차라리 그런 어려움을 좀 더 일찍 경험했더라면 소중한 시간을 허송세월하지는 않았을 것이다.

찬규를 보면서 부모님의 재산이 자식의 능력을 쌓을 수 있도록 도와주는 것이 아니라, 오히려 방해하고 있다는 것을 절실히 깨달았다. 만약 찬규도 기댈 수 있는 아버지의 돈이 없었다면, 다른 친구들처럼 열심히 공부하고 취업해서 돈을 벌 생각을 했을 것이다. 그런 과정에서 어려움도

겪고 하기 싫은 일도 하면서 이겨낸 것이 자연스럽게 능력 개발로 이어졌을 것이다. 그런데 찬규는 공부할 명분과 필요를 느끼지 못했다. 기댈 것이 있어서였다. 바로 아버지의 돈이었다. 믿는 구석이 있다는 것이 오히려 자식을 약하게 만들 수도 있다.

자식을 정말로 사랑한다면 돈을 감당할 그릇이 안 되는 자식에게 돈을 물려주는 어리석음에서 벗어나야 한다. 여윳돈이 있다면, 그 돈으로 자식들에게 다양한 자극과 경험을 시키게 하여 스스로 그릇을 키울 수 있도록 도와줘야 한다. 똑같은 돈을 가지고서 대대손손 부유한 집안의 틀을 만들 것인지, 아니면 부모와 아들 대에서만 있는 돈을 다 쓰고 끝날 것인지는 부모의 선택에 달렸다.

바쁜 부모들이 아이에게 미안해서 부족함 없이 용돈을 주면 그 물질적 풍요가 오히려 아이의 좋은 잠재력을 갉아먹을 수도 있다. 물질적 풍요는 오히려 아이의 착한 심성까지도 해칠 수 있다. 자신의 노력 없이 얻어진 물질적 풍요를 항상 당연하게 자신의 것으로 잘못 인식할 수도 있다. 그리고 그 풍요가 멈추고 어려움이 생기면 그 부정성이 반사회적 행동으로 표출될 수도 있다.

상황과 나이에 따라서 적절하게 조정해야겠지만, 자식이 자기 그릇으로 감당하지 못하는 물질은 항상 부작용이 따른다. 현재의 넉넉함이 미래의 피폐함으로 이어질 수도 있음을 기억해야 한다.

나의 어머니는 요즘에 이런 말씀을 하신다. 젊었을 때 너무 검소하게 살려고 해서, 자식들이 어렸을 때 해달라는 것을 많이 못 해 준 것이 마음에 걸린다고. 그럴 때마다 나는 "어머니가 그때 우리가 해달라는 거 다 해주면서 풍족하게 키웠다면 우리 자식들은 이렇게 훌륭하게 성장하지 못했을 거예요."라고 대답한다. 세월이 흘러가니 어머니도 아버지도 자식들에게 더 잘해주지 못한 것이 하나둘씩 떠오르시는 것 같다. 하지만 부모님이 의도하셨든 의도하지 않으셨든 간에, 어릴 때의 부족함은 오히려 성장한 후에 자기 계발에 소홀하지 않는 근면함과 성실함으로 발전하였다.

나는 부모님과 많은 시간을 보내려고 한다. 얼마 남지 않은 부모님의 인생에서, 지금까지 바라보던 부모님이라는 렌즈를 벗어버리고 객관적으로 있는 그대로의 두 분을 바라보고 싶다. 좋은 특성을 배우기 위해서이다. 자식에 대한 깊은 사랑이 남달랐던 어머니는 그 깊이 때문에 다른 사람들에게는 조금 배타적이라고 오해를 받을 수도 있었다. 하지만 어머니를 객관적으로 바라볼수록 현명하고 지혜로우신 분이라는 것을 새삼 느낀다. 만약 어머니가 요즘 시대에 태어나서 대학을 다니며 공부했더라면, 단언컨대 훨씬 더 큰일을 하셨을 거라 확신한다. 부모님으로부터 물려받은 좋은 특성을 나 역시도 좀 더 발전시켜서 두 아들에게 물려줄 것이다. 그것이 부모님과 두 아들 사이에서 징검다리가 되는 나의 역할이다.

5장

틀 밖에서 크게 키워라

32

사람을 이롭게 하는 인재로 키워라

세상의 중심이 되는 인재

앞으로 다가올 미래에는 지식형 인재보다는 창조적이고 융합을 잘하는 인재를 더 요구할 것이다. 점점 변화의 가속도가 붙어서 기존의 고정된 관념으로는 급변하는 세상을 따라갈 수 없다. 좋은 인재는 건전한 인성을 갖추고 기본에 충실하며 유연한 사고방식을 가지고 있다.

내가 세상의 중심임을 경험하는 방법은 외적인 접근과 내적인 접근으로 구분할 수 있다. 인간의 사회적 관계 관점으로, 다양한 인종과 국적의 사람들과 함께 소통하며 일할 수 있는 국제적 능력의 배양이 외적인 접근이라면, 스스로 자기 자신을 깊게 탐구함으로써 얻을 수 있는 실체적 경

2018년 학교 홍보 사진을 찍으며

험이 내적인 접근이다. 산속에 들어가 혼자 명상수행으로 일생을 보내지 않을 거라면 이 두 요소가 균형 있게 발전해야 한다. 그런 사람이 진정한 지구인이다.

우리 아이가 세상의 중심이 되는 인재로 성장할 수 있도록 부모는 징검다리 역할을 해야 한다. 우리 세대에서는 목적을 향해 달리다가 비록 도달하지 못할지언정, 우리가 다다른 지점부터 우리 아이들이 바통을 이어 나머지 길을 달려나가면 되는 것이다. 그러니, 무엇보다 중요한 것은 처음에 방향을 올바르게 잡는 것이다.

헛된 노력은 없다

내가 처음으로 외국에 나가본 것은 대학 졸업 후였다. 호주 워킹홀리데이 비자로 1년을 호주에서 지내다 왔다. 귀국 후에 한양대학교 대학원에서 석사과정을 공부했다. 졸업을 하면 해외로 나가서 박사과정을 더 공부하고 외국에서 살고 싶었다. 세상은 넓고 지구촌에는 다양한 사람들이 살고 있다. 한평생 한국에서만 살고 매일 똑같은 환경에서 비슷한 생각만 하다가 생을 마무리하고 싶지는 않았다.

하지만, 사람 일이란 바라는 대로 되지 않는다. 석사과정 중에 결혼을 하고 아이가 태어났다. 한국에서 취업을 해야만 했다. 아이가 자랄 동안, 딱 5년 정도만 한국에 머무르겠다고 생각했다. 하지만 이 역시도 예상과 다르게 흘러갔다. 나는 지금 17년째 한곳에서 직장생활을 하고 있다. 엔지니어로 미국 육군 공병단 극동 지구에서 17년간 일하고 있다. 회사 특성상 한국 엔지니어 제도보다는 미국의 제도를 많이 배웠고 실제로도 미국 관련 면허증이나 자격증을 취득했다.

웬만한 자격증들을 거의 취득한 후에는, 다음 카페(http://cafe.daum.net/proengr)에서 KSPE[The Korea Society of Professional Engineers]라는 미국 기술사단체를 운영했다. 많은 분들이 협력해 주셔서, 초기에 한국 엔지니어들이 미국 기술사를 취득하는 데 도움을 주는 단체가 되었다. 점점 미국 기술사를 취득한 사람이 많아지면서 한국 엔지니어사회에서 부족한 윤리와 자원봉사 등으로 활동영역을 넓혀나갔다. 그때 젊은 회원 중의 한 분이 EWB[Engineers Without Borders]라는 '국경 없는 엔지니어회'를 소개해주었고, 이미 외국에는 나와 비슷한 생각을 가진 사람들이 활동하고 있음을 알았다.

30대 중반에 엔지니어로 국제기구에 들어가려고 했지만, 공석공고를 통한 것 이외에 다른 방법이 없었다. 미리 생각하지 못한 것이 아쉬워서, 가끔 대학교에 가서 특강을 할 기회가 있으면 후배 공대생들에게 엔지니어로 국제기구에 취업하는 정보를 적극적으로 공유해주었다. 나 역시도 지원서를 많이 내봤고 서류조차 통과되지 않은 경우도 있었지만, UNDP에서 아프리카 가나에서 일할 현장 엔지니어 포지션에 지원한 서류는 고려대상이라는 통보는 받았지만, 아쉽게도 더 이상 진행되지는 못했다.

그러던 중, 서울에 유엔평화대학의 AP센터[Asia Pacific Center]가 개교했다는 소식을 듣고, '평화를 위한 국제개발과 협력'의 정규 석사과정을 다시 시작하게 되었다. 졸업한 후에는 전혀 다른 분야의 두 개의 석사학위(구조 공학과 국제개발)를 바탕으로, 한국인 엔지니어로서 국제기구에서 일해보고 싶었다. 하지만 이 역시도 뜻대로 되지 않았다. 개교에 중요한 역할을 한 교수의 불미스러운 사건으로 학교마저 폐쇄되었다.

코스타리카에 있는 유엔평화대학 본교에서는 AP센터의 학생들을 구제해야 한다며, 코스타리카 본교로 와서 남은 학업을 마칠 기회를 주었다. 하지만, 유일하게 직장에 다니면서 풀타임 석사과정을 하고 있었던 나는 포기할 수밖에 없었다. 처자식이 있는데 직장을 당장 그만둘 수 없었기 때문이다.

그렇게 시간이 흘러갔다. 그러다 갑상샘암이라는 '고마운 놈' 덕분에 위빳사나 명상을 시작하게 되었다. 그것은 나에게 큰 선물이었다. 외국에 나가 더 큰물에서 놀고 싶었고, 세상의 중심을 외부에서 찾으려고 할 때는 그렇게 빙빙 돌면서 앞으로 나아가질 못했던 나는 위빳사나 명상을 시작하면서 대학 때부터 그렇게 찾고자 했던 우주의 보편적 진리를 내 몸 안에서 경험하였다.

내가 그렇게 외국에 나가려고 할 때는 풀리지 않았는데, 아내와 두 아들은 의외로 물 흐르듯이 자연스럽게 외국으로 나가게 되었다. 그것도 영주권까지 얻어서 나갔으니 더욱 안정적이었다. 이런 일들을 되돌아보면서, 내가 가고자 했던 방향에서 내가 원하는 결과가 나오지 않았다고 '헛된 것은 아니었구나.'라는 생각을 하게 되었다.

내가 자랄 때보다는 환경이 좋아져서 외국에 나갈 기회가 더 많아졌다. 솔직히 두 아들이 가끔 부러울 때도 있다. 아이들을 보고 있으면 문득 이런 생각이 든다.

'만약에 내가 아이들처럼 초등학교 때 호주에서 1년 만이라도 학교에 다녔다면 인생이 많이 달라졌겠지? 최소한 1년이라도 교환학생으로 미리 살아봤다면, 내 삶에 어떤 영향을 미쳤을까? 젊을 때 더 다양한 경험을 하면서 내가 하고 싶은 것을 더 많이 할 수도 있었을 텐데…….'

하지만, 명상을 시작하면서부터는 사는 장소보다 사는 방법이 더 중요하다는 쪽으로 생각이 바뀌기 시작했다. 외국에 나가서 살던 한국에 살던 고통은 어디에든 있고, 그 고통을 어떻게 받아들이느냐에 따라서 천국도 될 수 있고 지옥도 될 수 있기 때문이다.

그럼에도 불구하고 젊을 때는 지리적 제한을 두지 말고 더 넓은 곳에서 많은 경험을 쌓으라고 권하고 싶다. 물줄기가 하나로 모여서 큰 강물을 이루듯이 많은 경험의 물줄기들이 더 큰 강물을 만들 수 있기 때문이다.

많은 사람을 이롭게 하는 인재로 성장하기를

큰아들 형근이가 미국 대학에 관심을 두면서, 스스로 미국 입학시험 중 하나인 ACT 책을 사서 공부하는 것을 보았다. 방학 때 ACT 시험을 두 번이나 볼 정도로 적극적인 것을 보고, 나는 미국영주권을 알아봤다. 호주영주권 때는 혼자 준비하고 접수해서 취득했지만, 미국영주권은 미국 변호사의 도움이 필요했다. 내 이력서를 본 NIW National Interest Waiver 전문 미국 변호사는 가능성이 높다고 답변을 해왔다. 나는 2개월간 꼼꼼히 모든 서류를 작성해서 접수했다. 하지만, 형근이가 호주에서 IB를 하면서 학교에서 지원하지 않는 미국 대학을 함께 준비하는 것이 수월치는 않았다. 고등학교 2학년 IB 점수는 45점 만점에 42점이었는데, 호주에 있는 대학은 골라서 갈 수 있을 정도의 점수였다. 나는 큰아들 형근이

2019년 뉴욕의 UN본부에서 상원이

에게 차라리 영국 대학을 알아보자고 제안했다. 아직 전공과 학교를 확정한 것은 아니지만, 형근이는 지금 옥스퍼드 대학의 컴퓨터 사이언스 & 철학과를 목표로 준비하고 있다. 참고로 옥스퍼드 대학의 컴퓨터 사이언스 학과의 IB 합격선은 39점이다.

작은아들 상원이는 중학교 3학년 때 자기는 다른 사람을 도와주는 것을 좋아하고 그럴 때 행복감을 느낀다고 했다. 그러면서 UN에 대해서 인터넷으로 한동안 검색을 하더니 그곳에서 일하고 싶다고 했다. 나는 상원이에게 "네가 어떤 목표를 설정하든지 적극적으로 지원하겠다."고 말해 주었다. "너의 DNA에는 단군 할아버지의 '홍익인간' 정신이 깃들어 있으니, 국제기구에 가서 일하면 즐겁게 할 것 같다."는 얘기도 덧붙여 주었다. 실제로, 상원이는 뉴욕에 갔을 때 UN 본부 투어를 하면서 가장 관심을 보이며 큰 동기부여를 받았다.

두 아들의 인생이 앞으로 어떻게 흘러갈지 결정된 것은 아무것도 없다. 본인이 기대했던 것과는 다르게 흘러갈 수도 있다. 그럼에도 불구하고 내가 그랬던 것처럼 아이들이 가고자 하는 발걸음은 헛되지 않을 것이다.

역사에는 많은 현자가 나온다. 진리는 스스로에게 있음을 후손들에게 이야기하고 있다. 널리 인간을 이롭게 하는 우리 민족의 DNA는 부모님으로부터 자식들에게 이어져 내려왔다. 확연하게 드러나는 종교의 차이와 서로 다른 피부색 그리고 다른 역사와 문화 등은 사실 큰 차이가 아닐지도 모른다. 빙산이 작은 윗부분만 물 위에 떠 있고, 수면 아래에 더 큰 본체가 존재하는 것처럼, 사람들 사이에 겉으로 드러나는 차이는 빙산의 일부분일 수 있다. 오히려 보이지 않는 빙산의 큰 몸체처럼 사람들은 공통점으로 가득 차 있다. 우리 아이들이 눈에 보이는 작은 차이와 눈에 보이지는 않지만 더 큰 공통점을 이해하고, 인종과 국경을 넘어서 많은 사람을 이롭게 하는 젊은이로 성장하길 바란다.

33

초등학생들, 헤엄쳐서 한강을 건너다

힘을 빼는 연습

아이들이 배우면 좋은 운동은 많다. 나는 수영을 가장 먼저 배우라고 권하고 싶다. 어린아이일수록 수영하는 데 큰 어려움이 없고, 한번 배운 수영은 평생 좋은 취미가 된다. 취미는 전문적으로 하는 것이 아니라 즐기기 위하여 하는 일이다. 이왕 할 거면 헤엄치는 수준이 아니라 생존 수영을 배우라고 하고 싶다. 나중에 혹시 모를 위험에서 자신을 지켜낼 수 있는 기본 능력이 되기 때문이다.

여행을 다녀보면, 수영을 하는 사람과 그렇지 못한 사람의 활동 범위는 확연히 차이가 난다. 지구 표면적의 70% 이상이 물이라는 것을 감안

하면, 지구에 살면서 활동영역에 제한을 두지 않기 위해서라도 어릴 때 반드시 수영을 배워놓는 것이 좋다.

그런데 이렇게 말하는 나는 정작 수영을 잘하지 못한다. 나는 증평에서 유년기를 보냈다. 동네에 중·고등학생 형들이 개울가에 가면 종종 따라가서 함께 놀곤 했다. 그중에 내 나이가 제일 어려서 엄마는 항상 위험하다고 말렸다. 하지만 형들과 함께 다니면 새로운 것을 많이 배우고 재미가 있어서 몰래 따라다녔다.

하루는 개울가에 형들과 함께 갔다가 구덩이가 있었는지 갑자기 발이 바닥에 닿지를 않았다. 나는 너무 긴장한 나머지 몸에 힘이 들어갔고 발에 쥐가 나버렸다. 물속에서 한두 번 오르락내리락하는데 주변에서 놀고 있는 형들의 웃고 있는 얼굴이 수면 밖으로 보였다. 더는 숨을 쉴 수가 없었다. '이대로 죽는 건가?'라는 생각이 들었다. 입으로 물이 들어오는 순간에 다행히 형들이 달려와서 나를 끌어올렸다.

그날 있었던 일을 나중에 엄마가 알게 되었다. 같이 놀았던 형들은 엄마에게 혼이 났다. 그 이후로는 형들이 개울가에 갈 때 나를 데리고 가지 않았다. 그때의 트라우마 때문인지 물에만 들어가면 긴장이 돼서 제대로 수영을 할 수가 없었다. 중학교 때 수영을 다시 배우려고 수영장에 다녔다. 초반에는 힘을 빼고 시키는 대로 잘 따라 하다가도, 호흡하기 시작하면 그때부터 힘이 너무 들어가서 수영을 배우는 게 쉽지 않았다.

그로부터 시간이 오래 흘렀다. 호주에 있을 때 바이런 베이에서 스쿠버다이빙에 도전했다. 그리고 자격증을 취득했다. 호흡할 때 힘이 들어가지 않고, 물속에서 하는 스쿠버다이빙은 그나마 할 만했다. 최근에는 TI[Total Immersion] 수영을 배우면서 어떻게 힘을 최대한 빼고 물속에서 자연스럽게 몸을 맡기는지 조금씩 이해가 되었다. 그래도 육지에서의 운동에 비하면 아직도 부족한 수준이라 계속해서 도전하고 있다.

'한강 헤엄쳐 건너기 대회'에 참가하다

이런 나의 경험 때문에 아이들에게는 빨리 수영을 배우게 하고 싶었다. 큰아들은 여섯 살, 작은아들은 여덟 살에 수영을 배우기 시작했다. 큰아들이 본격적으로 수영을 한 것은 열 살 때부터인 것 같다. 그때 큰아들은 서초구 태권도 시범단에서 활동할 정도로 태권도에 푹 빠져 있었고, 수영도 큰 어려움 없이 배웠다. 작은아들은 중간에 힘든 시기가 있었지만 잘 극복하고 꾸준히 배웠다.

새로운 것을 배울 때 두 아들의 반응은 사뭇 달랐다. 큰아들은 조금씩 꾸준하게 성장하는 반면, 작은아들은 계단식 성향으로 도약하는 단계마다 고비가 있었다. 그래도 작은아들은 초등학교 때 꾸준히 태권도, 수영, 피아노를 배웠다. 아마도 학원에 다니면서 따로 학습을 하지 않았기에 에너지가 넘쳤을 것이다.

두 아들은 1년 정도 수영을 꾸준히 했고, 어느 정도 자신감이 붙었다. 그러던 중에 아내가 서울 덕수초등학교에서 주최하는 '한강 헤엄쳐 건너기 대회' 얘기를 꺼냈다. 그러면서 한번 참가해보는 게 어떻겠냐며 제안했다. 아이들은 처음에는 반신반의하며 자신감이 없어 보였다. 그도 그럴 것이 조류나 물결이 치는 한강에서 수영하는 것과 잔잔한 실내에서 수영하는 것은 심리적으로나 에너지 소모 면에서 큰 차이가 났기 때문이다.

그런데 곰곰이 생각하던 아이들이 새로운 것에 한번 도전해 볼 만한 가치를 느꼈는지, 대회에 참가하겠다고 했다. 그때까지만 해도 아이들은 헤엄쳐서 1km를 가는 그 과정이 얼마나 힘든지 잘 몰랐다. 다행인지 불행인지 부모인 우리도 그런 경험이 없어서 그냥 도전해보기로 쉽게 결정했는지도 모른다. 아이들은 신청서를 낸 후에 열심히 연습하지 않다가, 예선 2~3주를 남겨놓고 아파트 단지 안에 있는 수영장에 가서 연습을 시작했다.

첫날에는 200~400m 정도를 반복 연습했다. 큰아들 형근이는 큰 어려움 없이 곧잘 따라왔는데, 작은아들 상원이는 힘들면 중간에 쉬고, 지나가는 친구들하고 얘기하느라 집중을 하지 않았다. 그래도 매일 연습하다 보니 몸에 힘을 빼면서 한 번에 헤엄칠 수 있는 거리가 점점 늘어났다. 예선전을 1주일 앞두고는 매일 엄마가 알려준 거리를 연습했다. 작은아들 상원이는 조금 힘들어했지만, 목표를 가지고 연습하는 과정에서 실력이 향상되자 스스로 대견하게 여겼다. 예선전 하루 전날에는 연습을 하지 않고 집에서 푹 쉬면서 몸 관리를 했다.

2013년 한강을 헤엄쳐 건너다

드디어 덕수초등학교에서 예선전을 치르는 날이 되었다. 그러나 우리 모두는 예상하지 못했던 상황 때문에 당황할 수밖에 없었다. 350m를 수영하고 나오면 팔뚝에 표시를 해주고, 차가운 물이 있는 통 안에 3초간 들어갔다가 다시 350m씩 4회를 계속 이어서 수영하는 방식이었다. 우리가 연습한 거리는 350m씩 3회를 반복하여 총 1.05km였는데, 실제 예선전은 350m 한 번이 더 추가되어 총 거리는 1.4km였다. 큰아들 형근이는 1.05km 연습을 했을 때도 여유가 있어서 실제 수영 거리가 늘어나도 괜찮았다. 문제는 작은아들이었다. 상원이는 연습할 때도 목표 거리를 끝까지 마친 적이 한 번도 없었다. 설상가상으로 350m가 더 늘어났으니 앞으로 어떤 상황이 펼쳐질지 아무도 예상할 수 없었다.

일단 예선전이 시작되었다. 아이들은 열심히 헤엄을 쳐서 100m씩 점점 목표 거리에 다다르고 있었다. 힘들어도 쉬지 않고 끝까지 목적을 가지고 최선을 다하는 모습이 대견스러웠다. 그런데 시간이 흐를수록 작은 아들 상원이의 동작에 힘이 들어갔다. 체력이 다 소진된 것 같았다. 그래도 상원이는 연습한 목표 거리를 가까스로 마치고 올라왔다. "이제 끝났지?" 하면서 숨을 헐떡거렸다. 진행요원이 앞으로 350m 더 있다고 하자, 상원이는 당장이라도 울 것처럼 우리를 쳐다봤다. 눈에는 눈물이 고였다. 이게 도대체 어떻게 돌아가는 상황이냐며 우리를 원망하는 눈빛으로 쳐다봤다. 당황해서 어쩔 줄 몰라 하는 아이에게, 미안한데 우리가 거리를 잘못 알고 연습을 한 것 같다고 말해 주었다. 진행요원은 포기할 것인지 계속할 것인지를 결정하라고 했다.

아이들을 키우면서 무언가를 하는 대가로 선물을 사준 적이 없었는데, 그날은 어쩔 수 없이 특별 조치가 필요했다. 나는 상원이에게 이렇게 얘기했다.

"거리를 잘못 알고 연습한 것은 미안해. 엄마 아빠도 일부러 그런 건 아니야. 정말 미안해. 연습하면서 너 스스로 실력이 많이 향상된 것처럼, 오늘도 최선을 다하면 힘들어도 실력이 더 늘 거야. 할 수 있을 만큼만 끝까지 해보고, 정 힘들어서 못 하겠으면 그만해도 괜찮아. 대신 네가 힘든 것을 이겨내고 마무리하면, 경기 끝나고 계속 사달라고 했던 레고를 보러 가자."

사달라는 것을 쉽게 사주지 않던 나는 예상치 못한 상황에 부딪히면서 한 번의 예외가 필요하다고 생각했다. 지금도 기억난다. 상원이는 "레고!! 레고!!"라고 소리치면서 다시 물속으로 뛰어들었다. 그리고 '레고'의 힘으로 끝까지 경기를 마무리하여 예선전을 통과했다.

도전의 과정

마침내 2013년 서울 어린이 한강 헤엄쳐 건너기 대회가 열렸다. 아이들은 한강 공원 잠실지구부터 뚝섬지구까지 1km 정도를 무사히 헤엄쳐서 건넜다. 이때 이후로 아이들은 물속에서 자신감이 생겼다. 호주에서 생활하면서 물을 접할 기회가 많은데, 전혀 위축되지 않고 해양스포츠를 즐겼다. 골드코스트 집에서 가까운 서퍼스 파라다이스에서 서핑을 배워서 즐기고, 누사 리조트에 가서는 카약과 요트를 온종일 타기도 했다. 탕갈루마 아일랜드에서는 요트를 타고 바다 한가운데로 가서 "자신 있는 사람들은 바다로 뛰어들라!"고 하자마자, 거침없이 바다에 뛰어들 정도로 물과 친하게 되었다. 실제로 스쿠버다이빙 빼고는 아이들과 거의 모든 해양 스포츠를 즐겨봤다. 나중에 아이들이 조금 더 성장하면 스쿠버다이빙도 함께 체험하면서 내가 느꼈던 바닷속 무중력의 안락함을 경험해 보고 싶다.

크루저 여행을 하던지, 배낭여행을 하던지, 세계 어디를 여행하든지 간에 아름다운 강이나 호수, 바다와 접할 때가 많을 것이다. 어려서부터 수영을 하고 물과 친해진 사람은 그 절호의 기회를 직접 몸으로 경험할 수 있다. 하지만 수영을 못 해서 물에 들어갈 수 없는 사람은 단지 눈으로만 감상할 수밖에 없을 것이다.

2017년 탕갈루마 리조트에서 바다로 나가기 전에

스스로 이겨내지 못할 것이라 생각하고 시도해보지 않으면 자신의 한계가 어디까지인지 알 수 없다. 분명 의욕 넘치게 시도했지만, 예상하지 못했던 난관으로 중간에 포기해야 하는 경우도 생길 것이다. 하지만 그런 과정에서 아이들은 무엇 하나라도 배운다. 그것이 중요하다. 실패냐 성공이냐는 중요하지 않다. 왜냐면, 우리 인생은 마무리되는 그 순간까지 도전의 연속일 뿐이다. 우리는 그 과정에서 성장한다. 내가 할 수 있는 일들도 '안정'을 추구하며 지금 하지 않으면, 나중에는 하고 싶어도 할 수 있는 기회가 모두 사라질 것이다.

34

예체능은 아이의 삶을 풍요롭게 해준다

삶의 균형

1980년대에 학교에 다녔던 사람들은 6·25 전쟁을 치른 부모님 세대를 이해하지 못한다. 마음으로는 이해할 수 있겠지만, 직접 체험을 해보지 않았기 때문에 이해의 한계가 있을 수밖에 없다.

힘든 시절을 보냈던 부모님 세대는 가난과 어려움을 극복할 수 있는 수단은 교육밖에 없다고 생각하여 자식 교육에 몰두했다. 그 당시에는 그것이 당연했다. 지금의 40, 50대는 어떻게 해서든 공부를 시켜 고시를 패스하든 좋은 기업에 들어가든 빨리 자리를 잡기 원하는 부모님의 성화로 공부에 몰입할 수밖에 없었다.

모든 것에는 장단점이 있다. 자녀 교육과 관련된 모든 활동이 공부에 집중되다 보니, 학습능력은 향상했지만, 사회에 나와서 행복지수나 사회적 교감지수는 현저하게 떨어졌다. 이 또한 자연스러운 결과이다.

지금의 40, 50대 직장인이 할 수 있는 취미는 제한적이다. 사회활동을 핑계로 술을 마시거나, 취미활동으로 골프나 등산 아니면 수영이나 테니스 정도를 할 것이다. 이마저도 시간적 여유가 있는 사람이나 가능하다. 요즘 아이들 세대는 학습 성장에만 머무르지 않고 다양한 취미활동을 즐기는 경향으로 바뀌고 있다. 개인의 행복을 위해 다양한 여가 활동이 필요함을 실감하고 있기 때문이다.

내가 아이들을 키우면서 중요하게 생각했던 것 중의 하나는 '삶의 균형'이었다. 부모님 세대가 학습적인 면에 치중했다면, 나는 학습, 운동 그리고 예능에 각각 3분의 1씩 균형을 유지하게끔 했다. 초등학교 때에는 당연히 학습적인 부분을 주목표로 두면서 예체능은 보조 수단으로 생각할 수도 있다. 하지만 나는 반대로 운동과 예능에 더 많은 시간과 노력을 할애했다.

학습적인 부분은 기본학습의 끈만 놓지 않고 유지하는 정도면 된다고 생각했다. 물론 책을 읽는 습관이 자연스럽게 몸에 밸 수 있도록 집안의 분위기를 조성했다. 아이들은 듣고 배우는 것이 아니라, 보고 배우기 때문이다. 책을 읽으라고 부모가 열 마디 잔소리하는 것보다 아이가 책을 읽는 부모의 모습을 보면 자연스럽게 책과 친해진다.

운동과 예능

우리 부부는 아이들이 유년기 시절에 감정 보호를 위해서 무슨 내용이든 아이의 얘기에 귀를 기울였다. 스스로 생각하고 판단할 수 있도록 기다려주었다. 그렇게 한 이유는 아이의 그릇을 스스로 키우기 위함이었다. 동시에 학습적인 면보다는 하고 싶은 운동과 음악을 꾸준히 경험하게 했다. 아이들이 성장하면서 즐길 수 있는 취미가 많아져서 삶이 풍요로워지길 바랐기 때문이다.

물론, 다양한 체험으로 뇌를 자극함으로써, 나중에 중학교에 가서 학습적인 부분에 좀 더 집중하더라도 더 쉽게 이해를 하면서 공부할 수 있을 거라는 확신도 가지고 있었다. 하지만, 큰아들과 작은아들의 성향은 달랐다. 교육의 기본원칙은 함께 가져가더라도 학습과 예체능은 아이마다 다르게 적용해야 함을 깨달았다. 즉, 받아들이는 해석능력이나 반응하는 성향이 아이마다 다르므로, 주변 환경만 똑같이 만들어준다고 해서 똑같은 결과를 기대할 수는 없다.

지금 생각해보면, 나 역시도 유년기에 다양한 경험을 했던 것 같다. 그 당시 평범한 아버지들은 바깥일을 하시면서 대한민국 경제를 키우느라 늘 바빴다. 양육과 교육은 어머니들의 몫이었다. 내가 어렸을 때 그나마 다양한 경험을 했던 것도 어머니 덕분이 아니었나 싶다.

넉넉한 집안 살림이 아니었는데도 어머니께서는 유치원생인 나에게 바이올린을 선뜻 사주시면서 배우라고 하셨다. 피아노 교습소나 웅변 학원에도 다녔던 기억이 있다. 내가 재능이 부족하고 꾸준히 배우지 않아서 그렇지, 어머니께서는 나에게 음악적 자극을 주려고 했던 것 같다. 나와 달리 누나는 음악과 미술에 뛰어난 재능을 보였다. 음대와 미대 중 어디를 가야 하는지 고민할 정도였다. 여동생도 감각이 뛰어나서 의상디자인과를 갔다.

나는 초등학교 4학년 때 청주 한벌초등학교로 전학 오기 전까지는 증평초등학교 축구부와 씨름부에서 운동을 했다. 청주중학교에 진학하고 나서는 야구부 감독님이 체육 시간에 나를 눈여겨보셨는지 야구부 가입을 권유하시기도 했다. 그 당시 내가 운동을 잘했던 것은 아버지와 아침운동을 함께 하면서 기초체력이 향상되었기 때문이었다.

요즘에도 어머니는 나에게 색소폰을 배우라고 말씀하신다. 당신은 그렇게 못하시지만, 자식에게만큼은 음악을 즐기면서 풍요로운 삶을 살기를 바라는 마음에서다. 내가 부족한 부분을 아이들에게 먼저 가르치고 더 나은 삶을 살기를 바라는 것처럼.

나는 아이들에게 항상 이렇게 말을 한다.

"공부, 운동, 음악. 이 세 개의 다리가 균형 있게 지지해 주면서 함께 성장할 때, 너희 인생은 풍요롭게 될 거야. 한쪽 다리만 너무 길면, 나머지 다리는 성장하지 못하고 절름발이가 될지도 몰라. 공부는 지식을 쌓고

2016년 골드코스트 한인회 행사 때 태권도 공연을 하는 형근이와 상원

논리적이고 합리적인 생각을 하는데 도움이 되지. 항상 운동을 하면서 건강한 신체를 유지하고, 따스한 정서와 교감능력은 음악이나 미술을 통해서 발달시키도록 하자. 지금 당장은 효과가 없을지라도 나중에 너희가 성인이 되면 반드시 균형 잡힌 삶을 살고 있을 거야."

아이들은 초등학교 때부터 운동과 음악이 어떻게 자기 인생에 영향을 미치는지 이해하며 즐겁게 배웠다. 고등학생이 된 지금도 그것이 습관이 되어 세 개의 다리가 균형을 맞추며 조금씩 성장하고 있다.

큰아들 형근이는 태권도를 꾸준히 해서 중학교 2학년 때는 태권도 4품을 취득했다(참고로, 태권도 4단부터는 남을 가르치는 정식 사범이 될 수 있다.)

2018년 학교 럭비팀과 기념사진 찍은 상원

작은아들 상원이는 초등학교 6학년 때 태권도 2품을 취득했다. 조금씩이지만 둘 다 테니스와 골프도 배웠다. 다행히 4명 가족이 한 팀이 되어 기회가 있을 때 테니스 게임을 할 수 있는 수준도 되었고, 뉴질랜드에 갔을 때는 골프를 함께 즐기기도 했다.

작은아들 상원이는 초등학교 6학년 때 사우스포트 축구클럽에서 활동하면서 많은 득점을 했고 그 공로로 트로피를 받기도 했다. 중학교 1학년 때는 학교 럭비 클럽에 가입하여 주전선수로 활약하며 팀 승리에 많은 기여를 했다. 아쉽게 결승전에서 패하여 2등을 했지만, 경기가 끝나고 나서 눈물을 흘릴 정도로 최선을 다했다.

2017년 학교 배구대표팀과 함께 연습한 후에

큰아들 형근이는 중학교 2학년 때 학교를 대표하는 배구선수 자격으로 호주 전국대회에 참가했고, 고등학교 1학년 때는 펜싱을 시작하여 학교에서 최우수선수가 되었다.

작은아들 상원이는 팝송과 힙합을 너무 좋아해서 항상 음악을 즐긴다. 돈은 함부로 쓰지 않는 편인데 유독 음악과 관련된 전자제품을 사는 데는 돈을 아끼지 않는다. 어렸을 때 아빠와 떨어져서 심리적 안정이 필요할 때마다 음악을 들었다고 했다.

우리 집 아이들은 둘 다 피아노 교습을 받았다. 꾸준히 연습해서 지금은 좋아하는 음악을 피아노로 연주할 만큼의 실력이 되었다. 취미로 배운 피아노인데, 교습 선생님의 권유로 지역 대회에 3번 나가서 큰아들 형근이는 1, 2, 3등을 고루 차지했다. 전공자보다 기술은 상대적으로 부족했지만, 음악적 감수성이 뛰어나다는 평가를 받았다. 두 아들은 스트레스를 받으면 피아노를 친다. 큰아들 형근이는 바이올린, 작은아들 상원이는 비올라 소리를 듣고 마음이 편안해져서 둘 다 그 악기를 연주하는 법을 배웠다.

남에게도 도움이 되는 재능

골드코스트에 살 때는 시에서 주최하는 다양한 문화 행사가 열렸다. 그때마다 중학생 형근이와 초등학생 상원이는 무대에서 태권도 퍼포먼스를 선보였다. 호주 지역사회의 전쟁 관련 기념행사 때에는 한국 학생을 대표하여 참전군인들 앞에서 짧은 연설을 하기도 했다. 그 연설에 감명받은, 베트남전에 참전하신 호주 할아버지는 자신이 수집한 세계 기념주화 세트를 선물로 주시기도 했다.

아이들과 아프리카 에티오피아에 가서 자원봉사를 한 적이 있다. 마지막 날에 형근이와 상원이는 작은 음악 공연을 했다. 에티오피아의 또래 친구들, 자원봉사를 온 캐나다 아저씨들, 그리고 봉사단체의 매니저인 영국인, 미국인 등 다양한 사람들 앞에서 며칠간 준비한 공연을 선보였다.

2016년 한국전쟁 참전 용사 보은행사 때 학생대표로 감사연설을 하는 형제

한국에서 가지고 간 형근이의 알토 리코더와 상원이의 오카리나 연주는 다른 국적과 피부색을 가진 사람들에게 서로의 동질감을 느끼게 했다. 어떻게 자신의 재능이 다른 사람에게 도움이 되는지 확인하는 순간이었었다. 악기에 관심을 보이던 현지 친구들에게 형근이와 상원이는 다음 번 방문 때는 작은 악기를 가지고 와서 선물하면서 가르쳐 주겠다고 약속했다.

2019년 에티오피아 자원봉사 마지막 날에 작은 음악공연을 하는 두 아들

다양한 육체적 활동은 남자아이들이 에너지를 분출하는데 도움이 된다. 많은 신체적 활동은 신경과 뇌를 자극한다. 육체적 활동을 꾸준히 하면 다른 운동들도 쉽게 접하고 배울 수 있으며 기본적인 신체 능력이 향상된다.
악기 역시 공부나 기술 연마가 아니라 순전히 즐기기 위한 목적으로 배우면 스트레스를 받지 않는다. 자기에게 맞는 악기를 고르고 재밌게 배우다 보면 인생이 조금 여유로워진다.
다양한 취미활동은 학업적 성취와는 관련이 없어 보일 수도 있다. 하지만, 어느 정도 레벨로 올라가면 공부, 운동, 예능이 서로 보완하면서 지지해 주는 경험을 할 수 있다. 꾸준히 유지하도록 부모의 관심이 필요한 이유다.

35

태즈마니아와 뉴질랜드 캠핑카 여행

아이들과 함께한 캠핑카 여행

호주에 간 지 1년이 지난 2015년에 호주 남쪽에 있는 섬 태즈마니아로 캠핑카 여행을 떠난 적이 있다. 호주의 좋은 자연환경만을 그대로 축소해놓은 듯한 태즈마니아는 호주의 제주도라고 불릴 정도로 호주에서도 아름다운 곳이다. 호주의 많은 캠핑 여행지 중에서도 으뜸이다.

초등학교 6학년인 형근이와 4학년인 상원이도 캠핑카 여행에 함께했다. 처음 가보는 태즈마니아여서 무리하지 않기로 했다. 태즈마니아의 주도가 있는 호바트 남쪽과 콜스 베이부터 북쪽으로 이어진 동쪽 해안 쪽을 주로 다녔다.

캠핑카는 인터넷사이트(www.autorent.com.au)를 통해 예약하였다. 태즈마니아의 렌터카와 캠핑카를 예약하는 사이트인데, Hertz와 연계가 되어 있었다. 우리가 여행을 간 시기는 호주에서도 성수기인 12월~1월의 여행 방학 시즌이라 가격이 만만치 않았다. 캠핑카 예약은 처음이라 가능한 옵션을 모두 넣다 보니, 가격이 하루에 200달러 이상 되었다. 이때의 경험으로 뉴질랜드 북섬을 캠핑카로 여행할 때는 꼭 필요하지 않은 옵션은 과감히 빼서 비용을 줄이고 차량 몸집도 줄일 수 있게 되었다.

초보자들은 캠핑카 여행을 처음 하면 보통은 샤워실과 화장실을 모두 갖춘 캠핑카를 선택한다. 우리도 처음에는 그렇게 했다. 하지만 실제로 다녀보면 샤워실과 화장실이 필요하지가 않다. 대부분의 여행지에는 중간중간에 화장실이 있고, 유료로 운영하는 현지 사이트에 캠핑카를 주차하면 대부분 샤워실을 이용할 수 있다.

우리도 캠핑카 여행은 처음이라서 모든 시설이 갖추어진 최고 사양의 캠핑카를 선택했다. 몸집이 커서 연비가 좋지 않았다. 처음에는 화장실이나 샤워 시설을 이용해 보고 편리함을 느꼈다. 하지만 사용한 화장실은 용량이 어느 정도 차면 직접 수동으로 분리하고, 화학용품을 이용해 처리한 후에 청소까지 한 후 다시 장착해야 한다. 사용한 샤워 시설의 청소와 정리도 물론 직접 해야 한다.

캠핑카 여행은 다양한 여행 종류 중에 하나이다. 아이와 함께하는 가족 캠핑카 여행은 절대로 저렴하지 않다. 만약 돈을 아끼고 싶어서 캠핑카 여행을 계획하고 있다면 다시 생각해보는 게 좋다. 젊은이들이 많이 하는 것처럼, 자는 것 이외에 아무 기능이 없는 소형 크기의 캠핑카를 가지고 유료 캠핑카 사이트를 다니지 않는 캠핑카 여행은 저렴할 수 있다. 숙박비와 교통비 등을 고려해서 2명 정도가 다니면 비용을 아낄 수 있다.

캠핑카는 길을 가다가 아무 곳에서나 주차한 후 음식을 해먹고, 마음에 드는 곳에서 자유롭게 숙박할 수 있는 장점이 있다. 하지만, 적어도 2~3일에 한 번씩은 유료 캠핑장 사이트에 숙박하면서 전기나 물을 충전하고 오물을 배수 처리해야 한다. 가용 가능한 각 부품의 용량 제한이 있기 때문이다. 호주 본토나 태즈마니아는 이러한 유료 캠핑 사이트가 많다. 각 지역 도심지 주변이나 웬만한 관광지 주변에는 거의 있다고 해도 과언이 아니다.

그러다 보니 big4.com.au와 같이 홀리데이파크를 이용하는 멤버십 제도가 존재한다. 2년에 50달러 정도의 멤버십 비용이 들지만, 사용할 때마다 10% 할인이 가능해서 장기간 캠핑카 여행을 할 계획이 있다면 적극적으로 활용해 볼 만하다. 캠핑장 사이트에는 바비큐를 즐길 수 있는 시설과 공용 식당, 샤워실이 있고, 각 사이트마다 특색을 갖춘 시설이나 활동을 제공하기도 한다. 수영장, 스파, 테니스장도 있고, 주변 관광 상품도 이용할 수 있다. 또한 캠핑카 없는 일반 고객을 위한 숙박 시설도 마련되어 있다.

여행에서 우연히 만나는 행운

호바트 공항에 도착해서 포트 아서로 가는 길에 출출했던 우리 가족은 아무 정보 없이 길가에 있는 식당에 들렀다. 재스민이라는 레스토랑이었다. 이 식당은 호주에서 흔한 피쉬&칩스에 대한 우리의 인식을 완전히 바꿔놓았다. 제대로 된 정식 메뉴인 것처럼 특이하면서도 맛있었다. 주문한 메뉴들 모두 식재료가 좋고 소스 등이 정말 일품이었다. 허기를 채우는 정도의 점심이 아니라, 요리를 즐기는 수준이었다. '웰빙과 맛을 함께 추구한다는 것이 바로 이런 요리구나'를 느낄 정도로 만족스러웠다.

브루니 아일랜드로 배를 타고 들어갔다. 거기서 봤던 푸른 바다와 오이스터 식당도 즐거운 추억을 선사했다. 북섬과 남섬을 연결해주는 더 넥 포인트의 비경은 아직도 기억에 생생하다. 그때 찍은 사진을 지금도 배경화면으로 쓰고 있을 정도로 너무나 아름다웠다.

호바트 뒤쪽을 감싸고 있는 웰링턴 산의 정상에 올랐다. 강한 바람이 우리를 맞았다. 여기서 바라보면 호바트시 전체와 그 뒤쪽에 포트 아서가 있는 태즈만 반도까지 모두 한눈에 담을 수 있다.

콜스 베이로 가면서는 주변의 경치를 만끽하며 천천히 이동하였다. 도중에 해안가 쪽에 멋진 경치가 있어서 차를 멈추고 신라면에 해산물을 넣고 끓여 먹었다. 이런 것이 캠핑카 여행의 즐거움이다. 콜스 베이에 도착해서는 예정에 있던 와인그라스베이가 산불 예방 때문에 입산이 금지되

2016년 태즈마니아 캠핑카 여행 중

어 일정에 차질이 생겼다. 하지만 예상대로 안 되는 것이 여행이다. 인생사의 굴곡처럼 오르락내리락하는 것이 여행의 숨겨진 묘미가 아닐런지. 우리는 덕분에 허니문 베이에서 좀 더 많은 여유시간을 즐겼다. 모두 수영복으로 갈아입고 비디에서 놀다가 선탠을 하면서 한가한 반나절을 보냈다.

아이들이 캠핑장 사이트가 아닌 곳에 아무 데나 차를 세워놓고 자보고 싶다고 했다. 콜스 베이에서 비나롱 베이를 가던 중에 아름다운 해변을 발견하고는 차를 세웠다. 아이들과 자전거를 타고 주변을 다녀봤으나 인적이 드물었다. 해가 질 즈음에 주변에 아무도 없으니 조금 무서웠다. 다행히 캠핑카 두 대가 와서 옆에 주차했다. 전기와 물 공급 없이 하루 동안 숙박하면서 아이들과 식사를 하고 영화를 보았다. 전날에 물을 많이 썼는지, 다음 날 아침에는 물이 부족해서 제대로 씻지 못하고 하루를 시작하기도 했다.

우리는 론체스톤과 데본 포트까지 여행을 무사히 마치고 다시 호바트 공항으로 돌아왔다. 태고의 자연을 간직하고 있는 태즈마니아의 진면목을 보기 위해서, 세계문화유산으로 지정된 태즈마니아 서쪽의 국립공원들의 산은 다음에 다시 꼭 가보고 싶다.

태즈마니아를 다녀오고 6개월 뒤에 뉴질랜드 북섬을 캠핑카로 일주하기로 했다. 이전 경험을 바탕으로 샤워 시설이 없는 캠핑카를 예약했다. 오클랜드 공항 근처에서 예약한 캠핑카를 타고 뉴질랜드 북섬 일주를 시작했다. 태즈마니아가 간직하고 있는 자연이 거칠면서 큼지막하다면 뉴질랜드 북섬의 자연 모습은 아기자기하면서 조금 부드러웠다. 더구나 북섬에는 화산 활동이나 지열과 연관된 지역이 많아서, 뜨거운 자연물을 이용한 여행지나 리조트의 스파 등이 있었다. 여행자로서는 조금 더 안락함을 느낄 수 있는 선택지가 많았다.

타우랑가에서 조금 떨어진 핫워터비치에서는 삽으로 살짝 파기만 해도 뜨거운 물이 나왔다. 아이들과 함께 구덩이를 만들고 해변 스파를 즐겼다. 뉴질랜드 원주민인 마오리족 문화의 중심지인 로토루아는 화산과

2019년 뉴질랜드 남섬 여행 중 폭스 글라시아 근처에서

지열 발전이 이루어져 있었다. 운전 중에 지열 발전소를 쉽게 볼 수 있었다. 다음으로 헬게이트라는 관광지를 방문했다. 지열에 의한 진흙과 유황 온천수가 천연으로 나왔다. 온몸에 머드를 바르고 온천 스파를 하면서 여독을 풀기에 충분했다.

뉴질랜드 남섬은 북섬과는 다른 자연환경을 갖추고 있었다. 마운트 쿡에서 올려다본 밤하늘에는 별이 빛나고 있었다. 아이들과 별자리를 감상했다. 데카포에서 본 그림 같은 자연 풍경도 기억에 남는다. 프렌츠 조셉 글라시아의 빙하들과 밀포드 사운드 가는 길의 자연과 산들도 다른 곳에서는 보기 힘든 풍경이었다. 하지만, 빙하가 점점 녹고 있는 것을 보면서 인간의 이기적인 문명 개발에 대해서 지구가 보내는 신호가 언제 마지막이 될지 서글픈 마음이 들기도 하였다.

퀸스타운 공원에서는 일본 사람 같은 동양인들이 핸드팬을 이용해서 특이한 음악 공연을 하고 있었다. 공연 후에 기부도 할 겸 음악 USB를 하나 사려고 가까이 가서 보니 한국 이름이 커버에 쓰여 있는 것을 보고 깜짝 놀랐다. 한국 젊은이들을 먼 곳에서 우연히 만나니 무척 반가웠다. 오래전 워킹홀리데이로 호주에서 다니던 내 모습이 떠올랐다.

활동적인 아내도 여행을 좋아하고 나도 여행을 좋아한다. 우리 가족은 시간만 나면 국내든 해외든 여행을 많이 다녔다. 단체 여행은 거의 가지 않았고 주로 스스로 계획하고 유연하게 다니는 자유 여행을 선호하였다. 아이들이 어릴 때는 대부분 현지 공항의 렌터카를 이용해서 여행을 다녔다. 초등학교 때의 여행은 아이들과 다양한 경험을 쌓거나 휴식을 목적으로 다녔다. 일정을 너무 빡빡하게 잡지 않았고, 예정대로 진행하다가 안 되면 또 안 되는 대로 흘러가게 내버려 두었다. 그런 것이 여행이니까.

아이들이 어렸을 때 다녔던 여행지는 아이가 커서 기억하지 못하는 경우가 종종 있다. 하지만 아이들과 함께하는 시간은 그 자체로 의미가 있다. 가끔 도시 여행도 하지만, 대부분 자연을 만끽할 수 있는 여행에서 힐링을 얻었다. 나중에 기회가 되면, 최대한 간단한 캠핑카로 긴 시간 동안 집시처럼 여기저기 자유롭게 다녀보고픈 생각도 있다.

물론 그 여행에 아내는 가장 중요한 파트너가 될 것이고, 성인이 된 두 아들의 스케줄이 허락한다면 다시 지구의 다양한 곳을 함께 다녀보고 싶다. 삶이라는 여정 중에 만난 소중한 동반자들처럼 남은 여생도 여행을 하는 것처럼 함께 즐기며 서로의 삶을 응원하고 싶다.

36

두 아들과 함께한 세계 일주

세계 일주 계획

많은 사람의 버킷리스트 중 하나는 세계 일주가 아닐까 싶다. 요즘은 버킷리스트에 머물지 않고 실제로 세계 일주를 하는 사람도 많아지고 있다. 세계 여행을 하는 방법도 그 목적만큼 다양하다. 자동차, 자전거를 이용하거나, 배를 이용해서도 세계 일주가 가능하다. 그리고 혼자서 여행을 하기도 하고, 친구와 둘이 하기도 하고, 가족과 함께 세계 여행을 하기도 한다.

1년 전까지만 해도 나의 버킷리스트에 세계 일주는 올라와 있지 않았다. 갑상샘암 수술을 한 후 일주일 만에 회사로 복귀하였고, 당연한 이야기지만 몸 상태가 수술 전하고는 달랐다. 몸이 쉽게 피곤해졌다. 게다가 명상을 건너뛰는 날이 생기면서 이전에 주변의 자극에 바로 반응하던 습관이 다시 나타나기 시작했다. 일상에서 그런 불편한 나의 모습을 발견하는 횟수가 점점 늘어났다. 이것은 암이 자랄 수 있는 환경을 다시 만드는 것과 다르지 않았다.

근본적인 마음의 전환과 습관의 변화가 다시 필요한 시기였다. 하지만 여유가 없어서 하루하루 끌려다니는 느낌이었다. 여러 가지 장애물이 있었지만 나는 장기 휴가를 내기로 했고, 운이 좋게도 회사에서 수락해주었다. 처음에는 1년을 생각했지만, 회사와 여러 가지 일정을 조정하면서 8개월간의 장기 휴가를 얻을 수 있었다. 3개월만 월급이 나오고 5개월은 무급 휴가였다. 무급휴직 기간 동안 경제적으로 어떻게 버틸 것인지도 미리 준비해야 했다.

평생에 한 번 있을까 말까 한 이 소중한 시간을 어떻게 활용할지 생각해보았다. 처음에는 전 세계에 있는 명상센터에서 한 달씩 여덟 군데를 다닐까도 싶었다. 아니면 4개월간 명상센터에서 장기코스를 하고, 나머지 4개월은 새로운 것을 가볍게 배우며 건강을 생각하면서 좋은 습관을 다시 가지는 것도 중요한 의미가 있겠다 싶었다. 그런 생각을 하면서 범위를 나 혼자만이 아닌 가족으로 확대해 보았다. 아내는 직장 때문에 힘들겠지만, 두 아들과 세계 일주를 하는 것도 의미가 있어 보였다. 두 아들이 이제는 다 컸기에 여행하면서 각자의 역할을 분담하면 아이들에게도 직접 경험이 되고 나에게도 큰 부담이 되지 않을 것 같았다.

결국은 골고루 균형 있게 시간을 쓰기로 했다. 부모님과 시간을 보냈고, 피아노와 수영을 다시 배웠다. 생활습관과 식습관도 하나씩 원래대로 바꾸기 시작했다. 그러면서 두 아들과 4개월간 세계 일주를 하기로 했다. 두 아들과 아내에게 내 생각을 공유했고, 순조롭게 동의를 얻었다. 나는 아이들이 다니는 학교에 연락해서 휴학 가능성과 절차를 알아보았다.

세계 여행의 첫 번째 절차는 여행의 목적을 정하는 것이었다. 우리의 여행 목적은 '세상 사람들의 겉으로 보이는 차이점(빙산의 일부)은 무엇이고, 눈에 보이지 않는 공통점(빙산의 몸체)은 무엇인지 직접 찾아가 경험해 보자.'였다. 목적을 정한 후에 그것에 맞게 방문할 대륙과 거점도시를 선정했다. 각 대륙을 이동하는 비행기 항공권은 마일리지를 이용하고, 도착한 거점도시에서 주변 나라나 도시는 각 지역의 저가 항공을 이용하기로 했다. 전체적인 루트에 따른 대륙 간 이동은 그동안 쌓인 아시아나 마일리지를 통해 스타얼라이언스 세계 일주 프로그램을 이용하여 무료로 구매했다.

나와 두 아들의 세계 여행 항공권을 확정하고 나서는 각 거점지역으로부터 근접한 국가나 도시의 대륙 내 여행 계획을 세웠다. 나는 이전의 경험을 바탕으로 너무 고정된 계획보다는 유연한 여행을 염두에 두었다. 사실, 구체적으로 준비할 시간이 부족했고, 아이들과 현지에서 직접 여러 가지를 경험하는 것이 낫겠다고 생각했다.

남미와 아프리카를 제외하고는 유럽, 중미, 미국 그리고 뉴질랜드에서 모두 렌터카를 이용하는 것을 기본으로 결정했다. 상황이 여의치 않으면 기차나 배, 지역 항공을 섞어 가면서 이동하는 전체적인 밑그림만 만들었다. 나는 렌터카 운전을 담당했고, 숙소와 현지 일정은 대부분 큰아들 형근이가, 먹는 것은 작은아들 상원이가 하기로 큰 틀에서 역할 분담을 했다. 아이들이 휴학하는 기간의 학비와 기숙사 비용이 절약되어서 그것을 여행비로 쓰기로 했다. 나는 한국에서 출발하여 다시 한국으로 돌아오는 여정이었다. 반면에 아이들은 호주에서 마일리지 항공권으로 출발하여 여행을 마치고 다시 호주로 돌아와서 학교로 복귀하는 여정이었다. 그래서 호주와 한국 간의 항공료도 절감할 수 있었다.

세계 여행을 준비하는 두 아들의 반응도 사뭇 달랐다. 큰아들 형근이는 불필요한 시간과 비용을 줄이기 위해서 머리를 삭발했다. 그것도 학교 기숙사에 있는 선배에게 자기 머리를 맡겼다. 보이는 것에 크게 신경을 쓰지 않는 모습을 보면서 20여 년 전의 내 모습이 떠올랐다. 대학 졸업 후에 호주 워킹홀리데이를 떠나기 전에 나 역시도 머리를 삭발하고 호주에서 1년간 지냈기 때문이다.

세계 일주 코스

마일리지로 구매한 항공권의 전체적인 구간은 다음과 같다.

대한민국 인천-프랑스 파리-에티오피아 아디스아바바-브라질 상파울루-파나마 파나마시티-미국 샌프란시스코-뉴질랜드 오클랜드-호주 브리즈번-대한민국 인천.

이렇게 큰 밑그림이 그려졌다. 여행 목적에 맞게 한 도시에서 적어도 일주일은 머무르면서 현지 일정은 그때그때 유연하게 세우기로 했다. 이왕 여행을 간 김에 주변의 역사·문화적 가치가 있는 곳도 여행자의 입장에서 방문하기로 했다. 큰아들은 각 지역의 고유한 음식을 먹는 것도 그 사회와 역사를 이해하는 또 다른 방법이라며 나를 설득했다. 그런 접근법이 마음에 들었다.

각 대륙에서의 이동은 현지 사정을 고려해서 다양하게 계획했다. 유럽에서 있는 동안 파리에서 이탈리아 밀라노까지는 야간열차를 이용하여 이동했다. 밀라노에서 렌터카를 빌려서 스위스-독일-오스트리아-돌로미티-베니스를 거쳐 다시 밀라노로 돌아와 렌터카를 반납하였다. 밀라노에서 로마까지는 다시 기차를 이용했고, 로마에서 파리까지는 저가 비행기를 이용하여 이동했다. 에티오피아 아디스아바바에서의 2주일은 에티오피아 교육재단EEF에서 자원봉사를 하는 것으로 모두 대체하였다.

남미에서는 브라질 상파울루에 도착한 후 페루로 이동하여 페루 리마 공항에서 시작하는 단체여행팀을 만나기로 하였다. 현실적으로 모든 세계 여행을 준비하기에는 시간이 부족해서, 남미에서만 유일하게 단체여

2019년 세계 여행 중 가장 기억에 남는 자연경관 중 하나인 아르헨티나 이구아수폭포의 악마의 목구멍

행을 선택했다. 우리가 선택한 단체여행은 세미 자유여행으로, 교통편과 숙박만 단체로 하고 각 지역에서는 개인 여행을 하는 형식이었다. 최대한 자유 여행을 선호하는 편이라 숙박과 교통편이라도 도움을 받고 싶었다. 그런데 예상치 못하게 남미에서 만난 사람들 덕분에 두 아들의 다른 면모를 볼 수 있는 소중한 기회가 되었다.

페루 리마에 도착한 후 쿠스코, 우루밤바를 거쳐 볼리비아의 라파즈, 우유니와 칠레의 산티아고, 아르헨티나의 부에노스아이레스, 아르헨티나 이구아수 폭포와 브라질 이구아수 폭포를 끝으로 단체 여행은 종료되었다. 그다음에는 다시 우리끼리 브라질 리오 데 자네이로로 비행기를 타고 이동한 후 처음 출발했던 브라질 상파울루로 돌아오면서 남미 일정이 끝났다.

남미 상파울루에서 중미의 파나마로 이동했다. 중미 파나마와 코스타리카에 들른 것은 은퇴 이후에 거주하기 적합한지 미리 점검하기 위한 목적도 있었다. 파나마에 도착한 후에 코스타리카까지 항공편을 이용해서 이동한 후, 코스타리카에서는 자동차를 빌려서 여행을 다녔다. 유럽이나 미국에서의 렌터카 여행에 비하면 일단 대부분 비포장도로였고, 일정 구간은 비포장으로 된 산을 넘어야만 하는 쉽지 않은 경험이었다. 그 와중에도 아내와 꼭 다시 한번 가고 싶은 곳들도 몇몇 발견해 놓았다.

파나마에서 미국 샌프란시스코로 건너온 후 우리는 바로 동부의 볼티모어로 날아갔다. 볼티모어에서 가까운 워싱턴 DC를 방문한 후 볼티모어에서 뉴욕까지는 기차로 이동했고, 뉴욕에서 보스턴까지는 비행기를 이용하여 미국 동부를 여행하였다. 중·고등학생 두 아들과 보스턴에서 MIT와 하버드 대학의 교정을 함께 거닐면서 여러 가지 이야기를 나누었다.

보스턴에서 라스베이거스로 날아와서 렌터카를 이용하여 미국 서부의 국립공원(자이언, 브라이스, 아치스, 그랜드캐니언)을 여행하였다. 미국 동부에서는 도시 위주로 다녔다면, 미국 서부에서는 광활한 미국의 국립공원을 경험했다. 로스앤젤레스에 도착해서 차를 반납했다. LA에서 샌프란시스코까지는 다시 국내선 비행기를 타고 이동했다.

샌프란시스코에서 뉴질랜드 오클랜드로 날아와서 아내와 합류했다. 오클랜드에서 뉴질랜드 크리스트처치로 비행기로 이동한 후에 렌터카를 이용해서 뉴질랜드 남부를 여행했다. 뉴질랜드 남섬 여행을 마친 후에 크리스트처치에서 오클랜드로 돌아온 후 호주 브리즈번으로 이동했다. 두 아들과 함께 학교를 방문해서 선생님들을 만나고 아이들은 복학했다. 나는 라즈미라는 퀸즐랜드의 작은 도시의 Dhamma 센터에 가서 10일간 자원봉사를 한 후에 한국으로 귀국했다.

중·고등학생인 두 아들과의 세계 일주는 함께 만들어 가는 여행이었기에 서로에게 더욱 의미가 있었다. 직접 참여하지 않고 다니는 여행도 나름 경험이 쌓이고 가치가 있겠지만, 자발적으로 스스로 생각하고 순간순간 함께 결정하는 여행은 아이들의 그릇을 넓히기에 더욱 적합했다. 세계 일주를 하면서 아이들과 갈등도 분명히 있었지만, 그때마다 어떻게 그것을 받아들이고 해결할지를 우리는 더 많이 배웠다. 여행 중 두 사람 사이에 갈등이 생기면 나머지 한 사람이 합리적으로 중재를 하며 지혜롭게 해결했다. 이런 경험은 세계 일주를 마친 아이들을 실제 삶이라는 긴 여행의 평생 동반자로 인식하기에 충분했다.

여행 이후에 아이들과 나는 서로 공감하는 부분이 있었다. 보이지는 않는 삶의 기본 가치는 모두 같다. 모든 종교에서 사랑과 자비를 이야기한다. 세상 어디를 가더라도 겉으로 눈에 보이는 생활방식은 다를지언정, 마음속에 담고 사는 일상의 가치는 같다. 가족의 사랑, 부모님의 따스함, 자식의 애틋함, 이웃에 대한 배려, 기뻤을 때 웃는 모습, 가족을 잃었을 때의 슬픔, 자식을 향한 교육열, 사회에 기여하는 공헌, 여행자를 환대하는 미소 등등. 실제로 우리 삶을 이끄는 것은 눈에 보이지 않는 이런 공통의 가치관이 아닐까 싶다.

37

소중한 추억을 선물한 아프리카 친구들

여행이 아닌 자원봉사로

요즘에는 해외여행이 자유로워졌지만 아프리카를 방문하는 결정은 쉽지 않았다. 여행의 안전과 편안함을 추구한다면 아프리카를 여행 목적지로 삼는 것은 현명하지 않을 수도 있다. 그래도 굳이 간다면, 남아공이나 탄자니아 또는 케냐의 사파리 투어나 킬로만자로 등산 정도는 색다른 투어가 될 수도 있다. 관광객 관점에서 보면 이해가 되지 않겠지만, 우리는 첫 아프리카 여행을 현지 친구들과 함께 먹고 자원봉사하는 것을 목적으로 삼았다. 그 선택은 내가 기대했던 것 이상의 큰 선물로 우리에게 돌아왔다.

아이들과 세계 일주 계획을 세우면서 전에 유엔평화대학에서 배웠던 것이 떠올랐다. 될 수 있으면 많은 곳에서 자원봉사를 하고 싶었다. 아프리카와 브라질에서는 현지 아이들과 함께 생활하며 우리가 알려줄 수 있는 것을 공유하는 프로그램에, 코스타리카에서는 환경보존 프로그램에 참여하기로 했다. 그런데 아쉽게도 일정이 맞지 않아서 아프리카에서만 자원봉사를 할 수밖에 없었다. 다음에는 반드시 갈 수 있도록 정보를 수집하고 라인을 만들어 놓는 것으로 만족했다.

자원봉사 관련해서는 기존에 회원으로 활동하고 있던 한국의 규모가 큰 NGO 단체들에 먼저 연락을 하였다. 우리 상황과 일정을 이야기하면서 해외에 있는 지사 연락처를 알려주면 직접 일정과 활동을 조율해보겠다고 했다. 3~4개월 전에 미리 연락을 했는데, 한국의 NGO 단체들은 개인적으로 자원봉사를 하는 것은 허락할 수 없다며 대부분 똑같은 반응을 보였다. 단체에 있는 기존의 프로그램에 의하면, 1년에 한 번 지정된 날에 원서를 접수하고, 내부 절차를 통해 교육을 받은 후에 다시 정해진 날짜에만 현장에 방문하는 자원봉사가 가능하다고 했다. 물론, 단체마다 규정이 있고 절차가 있다. 그 부분은 이해하고 존중한다. 하지만, 우리나라의 자원봉사도 단순하게 돈만 기부하거나 홍보를 위해 유명인의 단체가 현장 방문하는 공여자의 관점에서 탈피해야 한다. 원조의 양도 중요하지만 지속 가능한 양질의 원조를 위해서는 공여국과 수혜국의 풀뿌리 연결을 소홀히 해서는 절대 안 된다. 국민 개개인이 직접 현장에서 자원봉사를 더 쉽게 접하고 참여할 수 있도록 국내 NGO 단체들의 규정과 절차가 유연해지고 실행력이 빠른 시스템으로 변화가 필요하다는 생각을 해보았다.

아프리카에서 자원봉사를 하다

나는 한국의 NGO 단체들에게 10년 넘게 매달 기부를 하고 있었다. 하지만 개인 자격의 자원봉사는 안 된다는 통보를 받았다. 그래서 직접 개인적으로 알아보기로 했다. 인터넷 검색을 통해 많은 NGO 단체가 나라별, 활동별, 기간별로 가능한 프로그램을 운영하고 있음을 알아냈다. 그중 몇 곳을 골라서 직접 연락을 했다. 최종적으로 에티오피아에서 내 일정과 활동에 맞는 프로그램을 제공해 준 곳은 브라질 리오에 있는 Ikoporan이라는 단체였다. 마리시오라는 코디네이터가 나와 연결이 되었고, 마리시오는 EEF라는 에티오피아 교육재단의 아디스아바바 매니저인 앨리스를 나에게 소개해주었다. 나는 앨리스와 더 구체적이고 다양한 정보를 주고받으면서 프로그램의 가능성과 범위 그리고 여행자 보험이나 숙박 등 모든 사항을 하나씩 해결했다.

EEF는 영국 런던에서 창립한 후 아디스아바바에서 교육이 필요한 중·고등학생에게 숙식과 교육을 제공하는 재단이었다. 우리가 그곳에 간 시기에는 코넬 대학을 졸업한 보조 매니저 다니엘과 캐나다 병원에서 일하다 은퇴를 하고 우리처럼 자원봉사를 온 앨릭스와 그레그가 있었다. EEF는 50여 명의 학생에게 공부할 수 있는 환경을 제공하고, 호스텔에서 함께 생활하면서 근처의 중·고등학교에 보내주고 대학 진학까지 돕는 교육 NGO 단체이다.

외국에서 온 자원봉사자들은 자신이 가지고 있는 재능을 EEF 학생들에게 공유하면서 학습을 돕고, 가능하면 지속적인 재정 도움도 주고 있었다. 자원봉사자들은 EEF 기숙사와 학교 미팅에도 직접 참석해서 요즘에 무엇이 이슈이고 어떠한 해결책을 적용할 건지 실무적인 문제도 함께 의논했다.

에티오피아의 인구는 1억 명 정도이고, 수도인 아디스아바바에는 500만 명이 살고 있다. 대도시에는 중국 자금으로 많은 현대식 건물들이 지어져 있었다. 그것을 보고 작은아들 상원이는 무척 놀랐다. 아프리카에는 현대식 건물은 거의 없고 나무와 풀만 많을 것으로 생각했기 때문이다. 중심지를 벗어나서 EEF 호스텔이 있는 지역으로 가니, 비포장길 옆으로 노숙자들이 즐비했고 동물의 사체가 여기저기에서 보였다. 여기서도 빈부의 격차가 심했다.

우리는 학교 회의에도 참석했다. 학생들이 있는 호스텔에 전기와 물 그리고 가스가 부족하다는 이야기를 들었다. 생각하는 것만큼 모든 것이 잘 운영되지 않는다는 것을 느꼈다. 우리 집 아이들은 아프리카에 대한 편견이 여러 번 깨졌다고 했다. 직접 경험해보지 않으면 진실을 알 수 없고 편견이 생길 수밖에 없다는 것을 깨달았다.

우리가 길거리를 지나가면, 길가에 앉아있는 사람들이 "차이니즈?" 하면서 관심을 보였다. 아마도 중국 자금이 많이 흘러들어와서 그런 것 같았다. 금발의 영국인 매니저인 앨리스는 자기에게도 "차이니즈"라고 부른다고 했다. 그냥 중국을 따라 하고 싶은 마음인 것 같았다. 우리나라도 1960년대에는 외국 사람만 보면 무조건 "미국인"이라고 불렀던 것과 비슷하지 않을까.

가르치고 배우다

EEF에 도착한 첫날 두 아들은 비슷한 나이 또래의 남자아이들과 공을 차면서 놀았다. 그러면서 금세 친해졌고 서로 자연스럽게 이야기를 나누기 시작했다. 그것을 본 그레그와 알렉스는 마냥 신기하다고 했다. 우리보다 2주 먼저 와서 매일 함께하면서도 아직도 스스럼없이 말을 걸지 않는 친구들이 많다며 우리 가족을 부러워했다. 자원봉사자들이 조심해야 할 것이 있다. 무언가 제공한다는 입장에서 접근하면 오래 지속할 수 없다. 현지에 있는 친구들이 무엇을 어떻게 받고 싶은지 수용자 입장을 고려하면서 자원봉사를 해야 한다.

사실 EEF에 중·고등학생의 봉사자가 온 것은 이번이 처음이었다. 처

2019년 EEF 학생들에게 태권도를 가르치고 있는 두 아들

음에 내가 매니저와 연락을 할 때도 런던에 있는 재단 위원들은 봉사자들이 어려서 걱정이 된다는 의견도 있었다. 나는 오히려 비슷한 나이라서 더 쉽게 공감하고 공유할 수 있는 장점도 있으니 다르게 생각할 필요가 있다고 답변했다. 그리고 두 아들의 성공적인 활동을 보면서 현장 매니저인 앨리스는 좋은 경험을 했고 다른 생각을 할 수 있었던 시간이었다며 칭찬을 아끼지 않았다.

두 아들은 EEF 친구들과 방과 후 튜터링을 하면서 자기가 잘하는 과목을 가르쳐주기로 했다. 하지만 며칠 동안 같이 지내보니 오히려 그 친구들에게 배울 점이 많았다. 형근이와 상원이는 한국어를 가르쳐 주었고, 그 친구들은 에티오피아 언어인 암하릭어를 알려 주었다. 나중에 알게 되었지만, 암하릭어는 우리나라 한글과 비슷하게 소리로 만든 언어라 그런지, 자음과 모음의 관계도 한국어와 비슷한 것이 많았다.

두 아들은 태권도를 현지 친구들에게 가르쳐주었다. 한국의 무술을 아프리카 친구들에게 소개하는 것을 자랑스럽게 생각했다. 그것은 사회성과 많은 사람 앞에서 스피치하는 능력에도 도움이 되었다. 나는 현지 매니저와 상담한 후에 학생들에게 명상의 첫 단계인 아나빠나 명상을 소개해주기로 마음먹었다. 10일 코스를 완료하지 않은 사람들도 가능하고, 더구나 지도하는 사람 없이도 체험할 수 있는 관련 자료들(http://www.dhamma.org/en/about/mini_anapana)을 정리해서 알려주었다. 자연스러운 호흡을 관찰하는 아나빠나 명상은 학생들 집중력에도 도움이 되지만 가족과 떨어져 호스텔에서 혼자 생활하는 학생들 마음의 안정에도 도움이 되리라 생각해서였다.

두 아들도 2016년 1월 포모나(Pomona)에 있는 Rasmi센터에 직접 가서 '아이들을 위한 1박 2일 아나빠사 정규 코스'에 참석하기도 하였다. 물론 그때 한 번의 경험으로 명상이 습관화되지는 못했지만, 언젠가 본인들 실제 삶에 유익하다고 스스로 이해가 되면, 그때 자연스럽게 받아들일 것이라 믿으며 기다리고 있다. 이 역시도 아빠인 내가 어떻게 수행하고 어떻게 변화하는지 실제로 지켜보면서 배우리라고 생각한다.

우리 가족과 에티오피아 친구들은 시간이 날 때마다 축구, 탁구를 하고 다른 게임들도 함께 즐기면서 정말 한 가족처럼 지냈다. 개인적인 이야기를 하면서 점점 공감하는 부분이 많아졌다. 특히 우리 아이들과 친한 이야수라는 에너지 넘치고 영리한 친구의 집을 방문할 기회가 생겼다. 임시로 지붕을 막아놓은 한 평도 안 되는 집이었다. 비가 새는 그곳에

2019년 에티오피아 자원봉사 기간 중에 이야수 친구 집을 방문해서

서 엄마와 두 동생이 함께 먹고 자고 생활했다. 엄마는 이야수가 EEF에서 학업을 계속 이어가는 것에 감사하다고 말했다. 집에 있으면 그런 교육을 받을 수 없기 때문이다.

고등학교 3학년 학생들과 토론 시간을 가졌다. 그 학생들은 글로벌 이슈에 대해서도 잘 인지하고 있었으며, 새로운 접근법으로 문제 해결안을 제시하기도 했다. 그중 한 학생은 뉴욕대로부터 입학 허가를 받기도 했다.

세계 일주를 마친 후 두 아들에게 어떤 일이 가장 기억이 남느냐고 물어보았다. 뛰어난 자연경관과 문화적 유물, 역사적 현장들도 많았지만,

단연 EEF에서의 생활이라고 말했다. 그 이유는 간단했다. 현지인들과 가장 가깝고 밀접하게 함께 생활했기 때문이다. 자원봉사로 무언가 도움을 주려고 갔지만, 실제로는 훨씬 많이 배우고 온 계기가 되었음을 공감하고 있었다. 작은아들 상원이는 자기가 그곳에서 태어나 자랐다면 쉽지 않았을 거라며, 에티오피아 친구들의 긍정적인 모습과 공부에 대한 열정에서 많은 것을 느꼈다고 했다. 그러면서 지금의 편안함에 감사하고 누구에게도 부정적인 영향을 주는 말이나 행동을 하지 않겠다고 다짐했다. 큰아들 형근이도 불편한 환경임에도 불구하고 불평하거나 부정적인 사람을 보지 못했다며, 자기가 다른 사람을 도울 수 있는 여건이나 능력이 있음에 정말 감사하다고 말했다. 그곳에 대해 가지고 있던 편견이 잘못된 것임을 경험했고, 에티오피아 친구들의 상대를 존중하는 성숙한 마인드를 보면서 자신도 더 성장하겠다고 했다.

여행은 목적에 따라 다양한 여행을 할 수 있다. 즐기고 힐링하고 맛있는 음식을 먹는 여행도 물론 의미가 있다. 그렇게 힐링하고 다시 현실로 돌아와서 열심히 공부하고 일할 수 있다면 말이다. 만약 아이들을 틀 밖에서 크게 키우고 싶다면, 직접 참여할 수 있는 다양한 자원봉사를 부모와 함께 실천해 보는 것은 어떨까 싶다. 그 과정에서 몸으로 배운 지혜는 삶을 살아가는데 등불과 같은 역할을 할 것이다. 그 등불이 올바른 삶의 방향을 비추고 있다면, 언제든지 세상의 중심으로 한 걸음씩 나아갈 수 있을 것이다.

38

성공보다는 삶을 즐기면서 성장하기를

하루하루의 삶이 소중하다

사람들은 누구나 성공하고 행복하게 살고 싶은 욕망을 가지고 있다. 성공하면 당연히 행복할 거라고 생각한다. 그러나 '성공=행복'이라는 절대 공식은 없다. 만약 부모가 성공해야 행복하다는 오해를 하고 있다면 예외 없이 자식에게도 성공이라는 상대적 잣대를 요구할 것이다. 자식의 행복을 위한 것이라고 포장을 하면서 말이다.

삶을 즐겨보지 못한 부모가 자식에게 삶을 즐기라고 가르칠 수 있을까? 시행착오를 겪더라도 자식을 나보다는 더 행복하게 키우고 싶은 마음은 모든 부모가 같을 것이다. 신체적으로나 지식적으로 부모보다 더 진화되고 높은 능력을 보유하고 있을지라도, 종류만 다를 뿐 자식들도 똑같은 쳇바퀴 안을 돌면서 똑같이 고통스러워하면서 하루하루를 살아간다. 부모의 삶, 그리고 자식의 삶이 진정 행복하려면, 부모가 먼저 좋은 생각, 좋은 습관으로 살아야 한다. 자식은 그것을 보고 배운다.

부모님이 물려주신 좋은 건강 습관은 나의 건강을 유지하는데 기본 바탕이 되고 있다. 근검절약하는 생활 태도와 저축하면서 자산을 조금씩 불려 나가는 재테크 습관도 나의 경제적 자유에 중요한 기본이 되고 있다. 그렇다고 내가 마냥 행복한 것은 아니다. 물론, 건강과 경제적 여유가 있으면 상대적으로 더 행복할 수도 있을 것이다. 하지만 그것은 영원하지가 않다. 아무리 노력해도 언젠가 몸은 노화되어 병들 것이고, 돈은 많다가도 한순간에 날아가 버릴 수 있다.

외부의 변화하는 환경과 내 몸의 노화가 어쩔 수 없는 것이라면 그것을 있는 그대로 받아들이는 지혜도 필요하다. 내가 노력해도 어쩔 수 없는 것에는 힘을 빼고 받아들이고, 내가 노력해서 바꿀 수 있는 방향에 소중한 에너지를 집중하는 것이 현명하지 않을까 싶다.

아이들은 어릴 때부터 성인이 되기까지 외부의 환경을 어떻게 받아들여야 하는지 다양한 시행착오를 겪으며 배운다. 그리고 자신의 마음의 소리에 어떻게 귀를 기울여야 하는지도 연습하고 실천한다. 쉽지 않은 게 부모의 역할이다. 이 역시도 내가 할 수 있는 만큼 즐기면서 하면 된다.

호주에서 알게 된 지인이 있다. 나보다 나이가 많은 그분은 아들을 의대에 보내려고 교육에 열정적으로 참여했다. 가족의 바람대로 아들은 의대에 당당히 합격했다. 의대에 입학한 후에 그 집 아들은 본격적으로 시작하는 공부가 적성에 맞지 않아 힘들어했다. 그래도 아빠는 열심히 하던 아들이라 금방 이겨내고 적응하리라 생각했다. 하지만 적성에 맞지 않는 공부를 억지로 해서인지 아들은 점점 성적이 떨어지고 자신감도 잃었다.

그 아버지는 아들이 의대에만 들어가면 모든 게 잘 풀릴 것으로 생각했다. 그런데 아들이 기대에 못 미치자 어찌해야 할지를 몰랐다. 긴 인생을 생각한다면 1~2년 돌아간다고 해서 행복의 순위가 바뀌는 것은 아니다. 지금이라도 이 방향이 아니라는 확신이 들면, 지금까지 쏟아부었던 과거의 시간과 돈에 집착하지 말고 과감하게 방향을 전환해야 한다. 물론 단기간의 슬럼프일 수도 있겠지만, 하루하루의 삶이 소중한 순간이라고 생각하면 내일을 위한 오늘의 희생이 과연 바람직한 선택인지 의문이 든다.

우리는 보통 어떤 순간에 행복하다고 느낄까? 아마도 본인 스스로 자신의 삶을 살고 있을 때 행복하다고 느낄 것이다. 반대로 타인에 의해서 자신의 선택이 좌지우지되는 상황에서는 행복감을 느끼기가 어렵다.

부모는 아이가 행복하기를 바란다면 스스로 자신의 삶을 조정할 수 있는 능력을 길러주어야 한다. 스스로 삶을 조정하기 위해서는 리더십과 책임감이 뒤따라야 하며, 그만큼의 능력이 뒷받침되어야 한다. 그런 능력이 없이는 자신의 삶을 주도적으로, 자기가 원하는 대로 이끌 수 없고 그러한 삶은 행복한 삶이 될 수 없다.

대단한 행운

삶을 즐기기 위해서는 우선 성공해야 한다고 생각할 수도 있다. 성공해야만 내 삶이 남에게 구속당하지 않고 스스로 조정할 수 있다고 믿기 때문이다. 목표한 것을 이루기 위해서는 상응하는 희생이 따른다고 스스로 위로하며 현재의 고통은 즐겁다고 착각할 수도 있다. 아이들이 저마다 색깔이 있듯이, 어른도 각자 다른 색깔로 살아간다. 사는데 정답은 없는 것이다.

하지만, 최소한 내가 말하고 행동하는 것은 어떤 의도였는지 누구보다 자기 자신이 가장 잘 알고 있다. 생각이나 의도가 점점 강해져서 겉으로 표현되는 것이 바로 말과 행동이기 때문이다. 내가 스스로 선택하고 삶을 조정하면서 느끼는 행복은 나뿐만 아니라, 내 주변에 어떻게 영향을 미치는지도 생각해야 한다. 내가 즐겁게 느끼고 선택한 결정이 나뿐만 아니라 다른 사람에게도 즐거움을 줄 수 있는 말이나 행동이었는지 점검할 필요가 있다.

고3인 큰아들 형근이가 미국의 대학교에 관심이 있다고 하여 준비한 미국영주권은 쓸모가 없을 수도 있다. 미국 대학이 아니라 영국 대학으로 간다면 준비한 계획이 잘못되었다고 생각할 수도 있다. 하지만 나는 그 과정에서 많은 것을 배웠고, 형근이와 대화를 나누면서 서로 공감할 수 있었다. 과거는 과거대로 소중하다. 그리고 지금은 당장 필요 없다고 생각한 미국영주권이 나중에 우리 가족에게 어떤 영향을 미칠지 미래는 아무도 모른다. 우리는 단지 현재에 최선을 다하고 건전한 행복감을 발산하면 된다.

자신의 삶을 주도적으로 이끌기 위해서 경제적인 능력을 확보하는 것도 중요하다. 부자들의 공통점을 보면 정말 자기가 즐기는 일에 최선을 다했을 때 돈도 따라온다는 것이다. 삶을 즐기는 능력이 되면 성공은 자연스럽게 따라온다. 하지만 성공했다고 모두 즐겁게 살지는 않는다. 돈을 삶의 목적으로 삼고 열심히 돈을 벌면 목적은 달성하겠지만, 아마도 점점 더 큰 돈을 벌고자 하는 새로운 목표가 생길 것이다. 그러므로 돈 버는 것만큼 쓰는 것도 중요하다. 돈을 쓰는 것을 보면 그 사람의 가치관을 알 수 있다. 무엇을 중요하게 여기는지도 알 수 있다. 돈을 벌 때도 돈이 주체가 되지 않아야 하듯이 돈을 쓸 때도 돈이 목적이 되어서는 안 된다. 나와 주변의 평화가 유지되는 쪽으로 돈을 쓰면, 나중에 그 평화가 반드시 나에게 되돌아오기 마련이다.

살아가면서 자신만의 올바른 방향을 찾는 것은 매우 중요하다. 중요한 것은 속도가 아니라 방향이다. 방향을 알고 있으면 잠깐 옆길로 새더라도 언제든지 다시 가고자 하는 길로 나아갈 수 있다. 요즘엔 그 방향을 알고 있는 것만큼 그 방향으로 실제 발걸음을 움직이는 것의 중요성을 절실히 깨닫고 있다. 아무리 옳은 방향과 가치관을 가지고 있어도 실제로 한 걸음도 떼지 않는다면 평생 제자리에 머무를 수밖에 없다.

강 건너편으로 건너가면 내가 원하는 세상이 있다고 방향을 잡았으면 실제로 물에 몸을 담그고 거친 물결을 가로지르면서 나아가야 한다. 하지만 매일 강 건너편을 바라보기만 하고, 저쪽으로 갈 거라고 매일 스스로 다짐만 하고, 깊은 강물이 두려워서 물에 들어가지는 않는다. 그러면 평생을 강 건너편만 바라보다가 생을 마감할 것이다.

나는 많이 부족했었고, 지금도 여전히 부족하다. 스스로 부족하다는 것을 너무나 잘 알고 있다. 다행스럽게도 그 부족함을 어떻게 채우고, 그것을 채웠을 때 나와 주변에 어떤 변화가 일어나는지 직접 경험해 보았다. 나는 나아가야 할 방향을 알고 있다. 이제는 그 방향으로 매일매일 실천하는 일만 남았다. 이 실천이 가장 힘들고 평생 가도 도달하지 못할 수도 있지만, 내가 걸을 수 있는 만큼은 계속 걸어나가려고 한다.

목표에 도달하지 못했다고 서운해할 것도 없다. 만약에 내 두 아들이 나와 같은 방향을 바라보고 있다면, 내가 멈춘 곳에서부터 다시 시작하여 그 길을 계속 이어나갈 것이다. 이어서 걸어가는 사람이 꼭 내 자식이 아니어도 괜찮다. 나는 누군가 필요한 사람에게 그만큼의 발자국을 미리

2019년 볼리비아 우유니 소금 사막의 태극기를 배경으로

남겼을 뿐이다. 괜찮다. 그것으로 되었다.

결혼을 하고 두 아들을 키우면서 나는 정말로 많이 성장했다. 아이들이 없었다면 경험하지 못했을 다양한 감정과 상황들은 나를 더 성숙한 사람으로 만들었다. 아직도 어느 순간에는 예전의 습관적 경향들이 반응하려고 할 때도 있지만 적어도 점점 더 성숙해지려고 노력을 한다.

아이들이 앞으로 어떻게 성장할는지는 아무도 모른다. 각자가 가진 색깔대로 이쁘게 자기 색깔을 발휘하면서도 주변의 다른 색깔을 가진 사람들과도 잘 어울릴 수 있는 지혜가 함께하기를 바란다. 그리고 다른 색깔과 섞이면서 또 다른 색깔을 만들어 낼 수 있는 용기도 키워나가리라 믿는다.

좋은 일이든 나쁜 일이든 확실한 것은 아이들 덕분에 내 삶이 더 풍요로워지고, 내가 원하는 방향으로 한 걸음씩 나가게 해주어 감사하다는 것이다. 이번 생에서 내 삶의 동반자인 아내와 아이들을 만난 것은 무엇과도 비교할 수 없는 대단한 행운이었다. 그리고 아이들이 서로 다른 색깔을 지닌 것은 정말 신의 한 수였다. 아이들은 필요한 부분을 멀리서 찾을 필요가 없다. 아무런 편견 없이 형제끼리 서로를 바라보며 관찰하다 보면, 자신에게 없는 부분을 상대방에게서 찾을 수 있을 것이다. 그것이 살아가면서 서로에게 꼭 필요한 부분이라고 받아들이면 각자의 성장에 큰 밑거름이 될 것이다.

참고문헌

공자, 김형찬 옮김, 논어, 홍익출판사, 2005

기시미 이치로 외, 전경아 옮김, 미움받을 용기, 인플루엔셜, 2018

김유미, 두뇌를 알고 가르치자, 학지사, 2003

남경흥, 허공의 놀라운 비밀, 지식과감성, 2020

네빌고다드, 이상민 옮김, 네빌 고다드 5일간의 강의, 서른세개의계단, 2020

댄 킨들론 외, 문용린 옮김, 아들 심리학, 아름드리미디어, 2007

마커스 버킹엄 외, 박정숙 옮김, 위대한 나의 발견, 청림출판, 2003

범입본, 조기영 옮김, 명심보감, 지식을만드는지식, 2009

스티븐 코비, 김경섭 옮김, 성공하는 가족들의 7가지 습관, 김영사, 2003

스티븐 코비, 김경섭 옮김, 성공하는 사람들의 8번째 습관, 김영사, 2005

알프레드 아들러, 김세영 옮김, 알프레드 아들러, 교육을 말하다, 부글북스, 2017

이동민, 탈무드, 인디북, 2001

이승헌, 아이 안에 숨어 있는 두뇌의 힘을 키워라, 한문화, 2005

전현수, 정신과 의사의 체험으로 보는 사마타와 위빳사나, 불광출판사, 2018

존 가트맨, 내 아이를 위한 사랑의 기술, 한국경제신문사, 2007

칼 세이건, 홍승수 옮김, 코스모스, 사이언스북스, 2012

크리슈나무르티, 권동수 옮김, 자기로부터의 혁명 1, 2, 3, 범우사, 1988

크리슈나무르티, 정현종 옮김, 아는 것으로부터의 자유, 물병자리, 2002

크리슈나무르티, 캐서린 함 옮김, 크리슈나무르티, 교육을 말하다, 한국NVC센터, 2016

하비 뉴퀴스트, 김유미 옮김, 위대한 뇌, 해나무, 2007

하비 카프, 오민영 옮김, 엄마, 나는 아직 침팬지예요, 한언, 2004

하임 기너트, 신홍민 옮김, 부모와 아이 사이, 양철북, 2003

S. N. 고엔카, 담마코리아 옮김, 고엔카의 위빳사나 명상, 김영사, 2017

S. N. 고엔카, 담마코리아 옮김, 고엔카의 위빳사나 10일 코스, 김영사, 2017